青年学术文库

孔尚任和《桃花扇》新论

徐爱梅 著

山东大学出版社

图书在版编目(CIP)数据

孔尚任和《桃花扇》新论 /徐爱梅著.
—济南:山东大学出版社,2013.3
ISBN 978-7-5607-4759-0

Ⅰ.①孔…
Ⅱ.①徐…
Ⅲ.①《桃花扇》—戏剧文学评论
Ⅳ.①I207.37

中国版本图书馆 CIP 数据核字(2013)第 057189 号

责任编辑:董付兰
封面设计:张　荔

出版发行:山东大学出版社
　　社　址　山东省济南市山大南路 20 号
　　邮　编　250100
　　电　话　市场部(0531)88364466
经　　销:山东省新华书店
印　　刷:济南景升印业有限公司印刷
规　　格:880 毫米×1230 毫米　1/32
　　　　　7.5 印张　209 千字
版　　次:2013 年 3 月第 1 版
印　　次:2013 年 3 月第 1 次印刷
定　　价:18.00 元

本书得到山东大学自主创新基金资助
Independent Innovation Foundation
of Shandong University，IIFSDU

前 言

一个人的遭遇总是离不开他的时代环境，一个作家的文学创作总是和他所处的社会环境相关，而在社会环境的诸因素中，文化政策的影响尤不可小觑。综观历史上对孔尚任和《桃花扇》的研究，恰恰在这方面关注得不够。实际上，孔尚任一生的沉浮穷达及《桃花扇》的意义，都和康熙朝的文化政策有着密切的关系，因此，从康熙朝的文化政策及其与孔尚任创作的互动关系来理性地考察孔尚任和《桃花扇》，是本书写作的出发点。从这样的角度出发，对孔尚任的诗文活动以及有关材料，书中都会有不同于他人的论述和看法。比如，我们可以同情孔尚任被罢官的遭遇，但我们必须客观地承认，如同孔尚任的被额外议用，孔尚任的被罢官也是康熙朝文化政策实践过程中的必然结果。

一

孔尚任(1648～1718)，年轻时就博学多识，精通儒家典籍和儒家的诸种仪式规范，对音乐和曲艺多有研究，也精于赏鉴并热爱收藏文物字画。但他在37岁遇到康熙皇帝之前，只不过是一个中了秀才却过不了乡试关的落魄书生。这和他的山东同乡蒲松龄[①](1640～1715)，颇有相似之处，但在遇到康熙之后，孔尚任的人生境遇和蒲松龄相比却是云

① 蒲松龄(1640～1715)，字留仙，世称“聊斋先生”，自称“异史氏”，今山东省淄博市淄川区洪山镇蒲家庄人，著有著名的文言文短篇小说集《聊斋志异》。蒲松龄出生于一个逐渐败落的中小地主兼商人家庭，19岁应童子试，接连考取县、府、道三个第一，名震一时，补博士弟子员，以后屡试不第，直至71岁时才成为岁贡生。为生活所迫，他除了应同邑人宝应县知县孙蕙之请，为其做幕宾数年之外，主要是在本县西铺村毕际友家做塾师，直至1709年方撤帐归家，前后共做了42年塾师。1715年正月，蒲松龄病逝，享年76岁。

泥之别。孔尚任踏入仕途后，喜欢和诗友们结社唱和，饮酒赋诗，再加上他酷爱收藏，所以日常开销不小。虽然他也常说自己捉襟见肘，甚至月俸钱不够一天的花费，但那是指他在购买古董文物方面的“奢侈消费”，总起来看，孔尚任的仕途生活还是比较惬意的。

从康熙二十三年(1684)十一月康熙曲阜祭孔时被额外议用，到康熙三十九年(1700)三月被以莫须有的罪名罢官，孔尚任经历了十六年的仕宦生涯。级别也从正八品的国子监博士一直升到从五品的户部清吏司员外郎。

这期间，孔尚任担任国子监博士长达十一年，从康熙二十三年至康熙三十四年(1695)，中间有四年(康熙二十五年七月至康熙二十八年暮冬)还作为康熙亲命的湖海使臣赴扬州治理河道。虽然孔尚任抱怨国子监博士的生活清闲、冷落，但是这却使他有了充足的时间享受和诗友们饮酒赋诗的风雅生活，而且和他来往的不乏当时颇有声望的官员、文人，比如王士祯、万斯同等人。从扬州返京后，孔尚任继续担任国子监博士，并于康熙三十三年(1694)七月和顾彩合作完成了他的戏曲试笔之作——历史剧《小忽雷传奇》，并将其搬上舞台演出。康熙三十四年九月，孔尚任升为正六品的户部主事，任职宝泉局监铸(宝泉局是清朝两大铸造钱币的机构之一，在当时人眼里这是一个肥差)，一时间，和他来往的人也禁不住纷纷向他借贷，让孔尚任哭笑不得，他在给好友张潮的信中说自己不是贪腐之辈。康熙三十八年(1699)六月，他用心写作多年的《桃花扇》完成，京城王公缙绅传抄借阅者众多，以至于这年秋天的一个傍晚，康熙也派内侍向孔尚任索要《桃花扇》剧本观看。不仅如此，孔尚任开始在和他的好友们的宴会上让伶人演奏《桃花扇》助兴。康熙三十九年正月元宵节，京城著名的昆班金斗班开始公开演出《桃花扇》并引起轰动。孔尚任可谓春风得意，因为这年三月他又被晋升为从五品的户部广东清吏司员外郎，这是孔尚任仕途的顶峰，但没想到很快就跌到了他人生的谷底——旋即被莫名其妙地罢官。

孔尚任在京任职期间，每逢衍圣公孔毓圻[①]进京拜见康熙，康熙赐

① 孔毓圻：孔子第六十七代孙，袭封洐圣公。

宴时总是少不了孔尚任作陪。康熙御赐曲阜圣物、派太子曲阜祭孔这类大事也总要孔尚任亲随前往。虽然他后来被罢官,但身为圣裔又屡被圣恩眷顾,从曲阜故里到江南,再到北京,孔尚任身上始终笼罩着一层不太真实而又炫目的光环。遗民和诗人们因为他是圣裔而尊敬他,视他为师长、朋友;官员们因为他有康熙额外议用的身份而在和他交往时保持着客气、友好的态度;家族里的亲戚们也以他为荣,把家传的文物带到京城送给他。

二

孔尚任常常抱怨国子监博士是"冷署"、"闲官",甚至有时穷困到无米下锅的地步。但我们有必要客观地来看待这个问题。

这一点,我愿意从孔尚任的一本非文学的小册子《享金簿》说起。

孔尚任一生的多种著作在当时都已公开流传并广为人知,但《享金簿》例外。世人知道孔尚任曾编有《享金簿》一书,是在民国年间。民国时期邓实(1877～1951)于上海旧肆发现了《享金簿》,并将其辑入《美术丛书》刊行问世,徐振贵《孔尚任全集辑校注评》(2004)据《美术丛书》本重印。此书仅有孔尚任抄本流传,应该是孔尚任后代保管不善丢失所致。严格意义上说,《享金簿》不能叫作书,而是孔尚任一生收藏品的明细账本。据统计,《享金簿》凡著录孔尚任收藏品157件,种类繁多,包括书画碑帖、青铜器、砚石、乐器、古玉、古尺、古纸、钱币、紫砂壶、瓷器、文房清玩等。数量最多者为书画碑帖,共计89件,其中不乏稀世珍品,譬如书画作品有宋拓《淳化阁帖》(得之内府)、宋拓《淳熙秘阁续法帖》、唐李白《自书诗卷》(用玉鱼换得)、王维《江山雪霁图》(得之一僧人)、宋董源《秋山晚霭图》、夏珪《千岩竞秀图》、宋徽宗画《白鹰》(据孔尚任说应是内府物)、元赵子昂《大字赤壁赋》(孔尚任儿子购得)、明徐渭《葡萄诗》手稿、唐伯虎《桃花坞图》和《秋村图》、沈周《登大石图》、文征明《云崖图》、董其昌《溪山平远图》、谢时臣《丹山碧海图》、崔子忠《十八尊者卷》、陈洪绶画《水浒卷》,还有明燕王靖南剳付五幅、崇祯帝的山水画和书法各一幅等。其次是青铜器和砚石,有夏鼎、商母乙鼎、周素鼎以及其他铜器,有宋东坡子石砚、陆游松皮砚、宋八骏绿端砚、松花石、蜡石、阴阳石等12件。再有就是古乐器,有汉玉羌笛、唐代宫廷胡琴小忽雷、羯鼓、宋代琵琶大海潮(宋代内府乐器)、雕漆箫、镂牙笙、明代琵琶小吟蝉、阮琴8件。

孔尚任在《享金簿》里对每一件收藏品都交代了来历和去向,所以笔者了解到,有些珍贵的收藏品当时已不在孔尚任手中。如黄庭坚的书法作品——《黄山谷书黄龙晦堂和尚开堂书》本来是孔尚任的一个族弟的收藏品,后辗转被孔尚任的族孙孔爰咨得到,并带至北京孔尚任住处相赠,但最终被衍圣公孔毓圻“借”走贡入大内。夏珪的《千岩竞秀图》是孔尚任从海陵商贩那儿用千钱购得的,但从扬州返回北京收拾行装时因为手头紧而卖给吴剑宜,后被衍圣公赎回存于孔府。孔尚任收藏的赵子昂的书画作品共有五幅,其中一幅《青山绿水图》是从小贩那儿购得,因为小贩不识货,所以非常便宜。后被画友借走,不知何故充作公物,孔尚任大叹可惜。

今天,孔尚任的这些收藏品绝大多数已散佚不可见。只有那把存放于故宫博物院里的琵琶乐器小忽雷,还能让我们想起它曾经属于过孔尚任。孔尚任购得唐代官府胡琴小忽雷后,和顾彩合作创作了《小忽雷》,并在当时上演。之后,小忽雷又经历了更曲折的传奇:据清代文人桂馥的《晚学集》记述,康熙五十七年(1718),孔尚任去世后,其子携琴入京,不慎丢失,“遗于道左”,为王斗南得之。后辗转多人之手,20世纪50年代初,国家文物部门才从刘氏老人处购得这件流传民间千余年的古代乐器小忽雷,调拨给故宫博物院收藏。这件稀世珍品已被载入大型画册《中国乐器图鉴》中。

从孔尚任《享金簿》的收藏品名目来看,孔尚任购买这些收藏品的花费不是小数目。他在《小忽雷》的开场《博古闲情》里就说过:“喜的是残书卷,爱的是古鼎彝,月俸钱支来不勾一朝挥。”国子监博士的月俸还不够他买一件古鼎彝、一册残书卷的,可见其热衷于“奢侈品消费”。孔尚任在扬州时也说过家人对他这项爱好很不满意,《湖海集·与吴剑宜》札云:“谋饱无计,搜箧中仅有旧书二卷,蒙代典十金,可支一月矣。平日买书卖画,每为家人所恶,今获书画之济,家人虽不言,吾以意骄之。”旧书二卷就可以典得十金,可支一月花费,这显然说明“月俸钱支来不勾一朝挥”的说法不是夸张之语。

孔尚任很愿意刊刻自己的诗文，但一生都没打算把《享金簿》公之于众。孔尚任在给朋友们的书信里常常告诉他们自己正在进行或者要完成的作品，但是从没向朋友们提到过《享金簿》的名字。这是为什么呢？他当然有将其公之于众的机会，对孔尚任来说，刊刻他的作品并不是很难的事情。比如扬州著名出版商张潮和他关系很好，在孔尚任从扬州返回北京后，多次写信向孔尚任索要了多部作品如(《人瑞录》、《出山异数记》)收在他主编的《昭代丛书》[1]里，著名诗人王士祯还托孔尚任的关系把自己的《鸽经》推荐给张潮收录。孔尚任也把一些朋友的相关作品，比如程石林的《鹌鹑谱》、石村年的《画诀》等，推荐给张潮收录。那么《享金簿》作为孔尚任收藏的书画碑帖金石文物的总集，自然也可以收录在《昭代丛书》里。

孔尚任不愿意将《享金簿》公之于世，笔者猜测这主要是里面多是价格不菲的珍贵收藏品的原因，孔尚任不愿意“露富”，尽管这些都是他节衣缩食用俸禄购得的。这也可以让我们重新思考孔尚任每每诗中表达的“送穷”、“叹穷”并非如蒲松龄一样揭不开锅。

这些艺术品一部分为亲友所赠，由此可以看出孔尚任和他们非同一般的交情。比如扬州著名遗民宗元鼎在孔尚任到达扬州时，虽已经很少参加文场应酬之事，但他却和孔尚任保持着较多的私人交往，并将“家藏近百年”的古琴相赠；足不出户的遗民高士闵义行，将家藏的倪云林大幅《烟鹤图》题诗相赠；孔尚任在下河局帮助冒襄的儿子冒青若谋得了一个差使，为了表示感谢，冒襄让儿子把家藏明代画家关九思的《书林秋屋图》小轴赠给孔尚任；明代书画家祝允明的三卷书法真品乃“一得于燕市，一得于族弟，一得于族孙”；徐渭的《葡萄诗》原稿，“予族弟秋浦，赠予小卷，乃原稿也”。

其他藏品则大多为孔尚任宦游南北时费心搜获，根据他在《享金簿》中的记载，可知有得之“莱阳旧家”者，有得之“毗陵士林”者，有得之“广陵新胜街”者，亦有得之“越人余叔庵”者，而得之京师“燕市”、“燕

---

① 《昭代丛书》是专门收集清人杂著的丛书，如山帙、水帙、花帙、鸟帙、鱼帙、酒帙、书帙、御帙、数帙等。

肆”、“庙市”、“慈仁寺”、“燕京后土祠”者，则更不在少数。

在当时，收藏古玩字画、金石玉器是文人们的一个高雅爱好，孔尚任也是如此，不过更痴迷而已。从《享金簿》所收录的这么多珍贵的收藏品来看，对孔尚任来说，维持这个爱好的花费确实不是一笔小数目。

三

孔尚任收藏的古玩字画，除了保存在故宫博物院里的那把小忽雷，其他的已不知流落何处。但是孔尚任的诗文、戏曲等著作却一直流传下来。孔尚任在《致张潮书》中说：“第十五年拙宦，碌碌无成；旅邸郁胸，间作词曲，比之古人饮醇酒、近妇人，亦无聊之极思耳！”

“十五年拙宦，碌碌无成”，虽是孔尚任自谦，但也算是中肯的自评。孔尚任在仕途上兢兢业业，但确实没有突出的政绩。从本质上来说，他是一个书生，而不是一个典型的官吏，无论是国子监博士，还是湖海使臣，乃至于在户部任宝泉局监铸，他喜欢的都是在尽职尽责之后的空余时间，和诗友们饮酒赋诗、赏鉴文物、登高抒怀的诗人的风雅生活。他说自己“兼作词曲”是“无聊之极思”，但其实这恰恰是他对历史的贡献。

作为封建时代的读书人，虽然幸运地兼有着圣裔的身份，但孔尚任在连举人都考不中的落魄情况下，得到康熙的额外议用的确是人生中的“异数”和奇迹。这种奇迹的发生不是偶然的，是康熙文化政策在实践过程中的必然结果：康熙继续推行入清以来的以儒家思想为核心的文化政策，必然要以奖赏符合这种文化政策的人物和事迹作为旗帜，来达到他拉拢汉族读书人的目的。当康熙通过他的诸多政策达到巩固清朝统治的目的之后，他当然不会抛弃孔尚任，就像他并没有抛弃孔尚任的族兄孔尚铉一样①，只要他们继续坚持着康熙的文化政策。在相当长的时间里，孔尚任也是一直这么做的。

康熙在推行他的文化政策的过程中，选中了孔尚任作为时代的鼓吹

① 孔尚任和族兄孔尚铉同年因进讲得授国子监博士一职，又在同一年被升迁为户部官员，二人也常在京城共饮。孔尚任在为孔尚礼所写的墓志铭里，称赞孔尚铉在户部任上，天天面对如山的赋税文件，常向人说道：“吾但竭吾力焉耳！能免于罪，则天也。”孔尚铉于康熙三十六年冬病逝于户部主事任上，孔尚任为他写有《户部江南清吏司主事雪谷先生暨原配路安人合葬墓志铭》。

手，而孔尚任的文学活动和文学创作也实践着康熙的文化精神。在《出山异数记》里，孔尚任感叹他遇到康熙的经历是“异数”，是他一生中的奇迹；年长康熙6岁的孔尚任更在书中把康熙对他的关心喻为父子情谊。康熙提倡儒家温柔敦厚、发性情之正的诗教，孔尚任作为康熙亲命的湖海使臣，到扬州后论诗既不宗唐，也不宗宋，而是鲜明地提倡“性情诗”。在他的倡导下，扬州诗文的创作表现出“感于盛世者则深”的主流文学的特点。孔尚任还以其尊贤敬老的儒家长者风范，为康熙争取了那些不愿和清朝合作、甚至拒绝康熙召见的遗民们对清朝统治的认同。康熙在《过江陵论》中赞明太祖朱元璋，叹明朝亡于昏君佞臣、亡于门户党争、亡于士气浇漓，孔尚任在《桃花扇》里便明确地跟着《过江陵论》的论调，无限痛恨地指出：“私君、私臣、私恩、私仇，南明无一非私，焉得不亡！”

但孔尚任不是一个纯粹的时代的鼓吹手，他是一个宅心仁厚的儒生，一个富有同情心的诗人，一个伟大的戏曲家，一个热心看众生、冷眼看历史的人。康熙三十年(1691)，康熙亲至曲阜祭孔，在游览孔林时，康熙指着一棵大树询问树名，孔尚任马上机敏地回答“俗名橡子树”。康熙却笑着指出：“本名槲树，乃木旁加斗斛之斛。朕胡人，不必讳也。”康熙大度地把孔尚任不敢说的话说了出来。于是，在《桃花扇》里，孔尚任除了跟着康熙的步调褒忠贬奸外，在《余韵》中也大胆说出了康熙不肯对明太祖朱元璋说的话：你的臣民(遗民)没忘你！他甚至更无情地指出繁华成败一切都将归于虚无的历史规律：“俺曾见金陵玉殿莺啼晓，秦淮水榭花开早，谁知道容易冰消。眼看他起朱楼，眼看他宴宾客，眼看他楼塌了。”

这是孔尚任作为一个诗人、一个戏曲家的伟大之处，他的仕宦生涯也让他看到了封建体制内滋生的毒瘤——“私君、私臣、私恩、私仇”现象所具有的自我毁灭性。在孔尚任看来，一切皆从一已利益出发，不顾大局、“无一非私”的岂止是南明王朝！三年扬州的湖海浮沉，让他饱看了清朝治河官员你死我活的激烈党争、惊人数字的贪腐，(这个王朝)“焉得不亡”也就是早晚的结局了。孔尚任和晚他七十年而生的曹雪芹相似的地方，就是他们都感受到了封建社会“忽喇喇似大厦倾，昏惨惨似灯将尽”的末日光景，又因为找不到挽狂澜于既倒的妙方而充满了绝望的情绪。

这也是他被罢官的根本原因,当这个鼓吹手开始吹奏出不符合专制思想日益强化的时代的音符时,康熙便巧妙而果断地罢了他的官职,让他停止演奏。

可以说,孔尚任人生的大起大落都和康熙及其文化政策有着密切关系,孔尚任的仕途是成也康熙,败也康熙;孔尚任的文学创作始终受到康熙的文化政策的影响,从他在扬州提出的"性情诗"论,到《桃花扇》对康熙《过江陵论》的亦步亦趋,以至他被罢官还乡之后从事的修志工作,都表明孔尚任一直努力地和康熙的"文化精神"保持着一致。但作为一位著名的诗人和成功的传奇戏曲大家,孔尚任的作品所具有的文学情感力量是孔尚任和康熙皇帝都无法影响和决定的。所以,当《桃花扇》的反思触及了封建制度体内产生的"贪污、腐败、党争"痼疾,当《桃花扇》的演出掀起了一股强烈的遗民怀念故明的伤感思潮时,孔尚任便被罢官了。这不仅仅是康熙皇帝对曾经的宠臣孔尚任的抛弃,也是康熙朝的文化政策对以孔尚任为代表的创作者及其倾向的淘汰。

所以,本书对孔尚任和《桃花扇》的考察与以往论者不同的地方是:在康熙朝文化政策的大背景下,从孔尚任和康熙的关系出发,考察孔尚任一生的行踪及其文学创作,考察康熙的文化政策和孔尚任创作的互动关系。此书虽以"新论"作题目,实则多是对旧问题的重新思考。旧题重提,视角不同,方法不同,结论也就不敢附和前人。所论当否,还请专家指正。

作　者

2013 年 2 月

目　录

第一章

康熙的文化政策和孔尚任的出山异数

在结束了血与火的武力征服之后，1644年，满清政权占领北京，取代明朝开始了对全国的统治。但是，这个由少数民族通过杀戮与掠夺建立的新政权，要想在思想上确立对民众的统治，却不是一件容易的事情。梁启超在《近三百年学术史》中说："满洲人虽仅用四十日工夫便奠定北京，却须用四十年工夫才得有全中国。他们在这四十年里头，对于统治中国人方针，积了好些经验。他们觉得用武力制服那降将悍卒没有多大困难，最难缠的是一班'念书人'，——尤其是少数有学问的学者。因为他们是民众的指导人，统治前途暗礁，都在他们身上。"[①]读书人为"四民"之首，他们的思想情操、处世态度对其他社会阶层都有很大影响，他们的向背可以说也代表着民心的向背。

清初，汉族士人对明朝的忠诚、对清朝的仇恨以及由此引起的社会、人心的动荡，是清朝统治者的心头大患。汉族士人的这一心态当然极不利于清朝的统治，为了改变这一状况，清初统治者以尊孔崇儒为核心实施了一系列的文化政策招揽人才，比如继续用科举考试选拔读书人、以博学鸿儒科征召遗民中的硕儒、聚集读书人编修一系列文化典籍等，因为清政权深知，以孔子为中心的儒家学说是千百年来汉文化的核

① (清)梁启超:《中国近三百年学术史》，山西古籍出版社2001年版，第14页。

心，是赢得和聚拢汉族读书人心、拉近满汉之间距离的重要法宝。而实践证明，清王朝的这种文化政策及招揽人才的模式，无疑是它能够实现长期统治的一个重要原因。而康熙在以上诸种文化政策的制定和实践中是有特殊贡献的。孔尚任的戏剧人生就是在康熙文化政策的大背景下上演的。

春江水暖鸭先知，儒家思想的发祥地曲阜，凭着天时地利人和，当然会得此风气之先。也就是在这种以"尊孔崇儒"为核心的文化政策下，孔尚任，一个博学多识却在举业之路上困顿的秀才，没有落魄为同时代的蒲松龄，而是幸运地因为他的圣裔身份，在康熙皇帝曲阜祭孔时得以在御前讲经，并得到康熙的额外议用，从此平步青云，跻身于清朝的官僚阶层。此后，他北上京城任国子监博士，南下扬州做湖海使臣，升迁为户部主事、户部广东清吏司员外郎。一部《桃花扇》使他无限风光，也戏剧性地终结了他的仕途。他一生的遭遇，如同他的代表作《桃花扇》一样，极富戏剧性。使他的人生大起大落的，正是康熙皇帝和康熙皇帝的文化政策。

第一节　康熙的文化政策概述

早在人关之前，皇太极就已经认识到儒家思想和文化在治理国家中的重要性。在关外，他就确立了"以文教治世"的方针，并对汉人广为招降纳叛，常常采用汉官的建议。顺治帝福临是清朝入主中原后的第一代皇帝，他也十分懂得儒家"文教治天下"的道理，并制定了"兴文教，崇经术，以开太平" 的文化政策，以尊孔和提倡封建礼教来完善和巩固清朝的统治。

这些政策对缓和汉族地主阶级与满族贵族的民族矛盾，起到了显著的作用，由此，清朝的统治也渐趋稳定。但是要实现长治久安还需假以时日。可惜顺治英年早逝，仅创其例，而未及一一将其付诸实施。

康熙初年，以辅政大臣鳌拜为首的一部分保守的满洲贵族从自己的利益出发，轻视文教，排斥汉官，力主回归满族"淳朴旧制"，推行了文

化上全面倒退的政策，在汉族士人及百姓心中激起了强烈的反感。康熙于康熙八年果断清除了以鳌拜为首的顽固守旧势力，继续继承并积极推行皇太极和顺治对汉文化的政策，尊重汉民族的文化传统，全面吸收儒家学说，重视提拔、任用汉族地主阶级知识分子，使得众多读书人以及明朝遗民纷纷为康熙朝效力，可以说，清王朝的文化政策到康熙年间，已经趋于完善和卓有成效了。

康熙的文化政策有以下重要举措：

第一，发布"十六条"圣谕，确立文教为先的国策，并以实际行动尊孔崇儒。

康熙亲政后，将世祖制定的崇儒重道国策具体化，提出了以"文教为先"为核心的十六条治国原则。康熙九年（1670）十月谕曰："朕惟至治之世，不以法令为亟，而以教化为先。盖法令禁于一时，而教化维于可久。若徒恃法令而教化不先，是舍本而务末也。朕今欲法古帝王，尚德缓刑化民成俗，举凡敦孝弟以重人伦，笃宗族以昭雍睦，和乡党以息争讼，重农桑以足衣食，尚节俭以惜财用，隆学校以端士习，黜异端以崇正学，讲法律以儆愚顽，明礼让以厚风俗，务本业以定民志，训子弟以禁非为，息诬告以全良善，诫匿逃以免株连，完钱粮以省催科，联保甲以弭盗贼，解仇忿以重身命。以上诸条，作何训迪劝导，及作何责成内外文武该管各官督率举行，尔部详察典制，定议以闻。"[①]康熙要求"部院衙门将现行处分条例重加订正，斟酌情法，删繁就简"，以"上谕十六条"行世为准，以"人伦"为先，将教化作为治国重点并在各级学校和有关部门中推广实行。

而康熙的尊孔，可以说是终生的。康熙八年（1669），康熙帝亲诣太学祀孔，向孔子像行三跪六叩首之礼。笔者查阅《圣祖实录》发现，此后康熙每年都要祭拜孔子，时间或在年初，或是孔子诞辰，先是自己亲祭，以后则委派台阁官员。在尊孔方面，康熙更为世人所津津乐道的是他亲赴曲阜孔庙孔林祭拜孔子一事。

---

① 《清实录·圣祖实录》，中华书局 1985 年影印版，第 461 页。

康熙二十三年十月，康熙结束南巡之后，赶赴阙里举行祭孔大典，以天子之尊，向孔子行三跪九叩首之礼，这是不容易的。但康熙这样做，却让无数的汉人尤其是知识分子，备受激励。孔尚任就是其中之一。当然，康熙充分肯定孔子及其学说的政治地位，其目的在于利用孔孟之道，团结广大汉族士人，加强其封建专制统治。

第二，除了仪式上的重视，康熙本人对儒家经典的学习重视程度，也是入清以来前所未有的，那就是恢复经筵、日讲并将其制度化、经常化，并任用汉人为经筵、日讲官。

经筵、日讲是汉唐以来封建帝王及官员们推崇儒学、尊道养德的重要举措和制度。其主要规程、做法在东汉时就已经形成，但到明清时期才臻于成熟。其基本做法是以每年二月至端午节、八月至冬至为讲期，逢单日入侍，由学臣轮流讲解经传史鉴，以示对儒学的推崇。在清朝恢复经筵、日讲制度上，康熙的贡献是不可小觑的。在康熙之前，只有顺治朝实行过一次。而康熙却把它制度化、日常化了。

康熙初年，一些儒臣鉴于经筵多年未行，多次吁请及时举行经筵，得到了年轻而想有作为的康熙帝的首肯。在清除鳌拜集团一年以后，康熙帝便谕礼部准备举行经筵大典，康熙十年(1671)二月十七日在保和殿首开经筵。同年三月初十，日讲如期举行。这样，康熙帝不仅恢复了自顺治十四年(1657)后一度停止的经筵、日讲，而且把它作为定制一直持续下去，认真实行。此后，自康熙十年(1671)至康熙帝去世的半个世纪里，除因巡幸、出征偶未举行外，基本未予停止。他还多次下旨令儒臣将日讲与经筵时对四书五经的解文，纂集刊刻成书，如《日讲春秋解义》、《日讲易经解义》等，并亲自为这些《解义》撰写序文，颁发全国。康熙至曲阜祭拜孔子并听取孔尚任御前讲圣人经典，最后以《日讲春秋解义》、《日讲易经解义》赠送衍圣公诸人，也是他重视儒家经典学习的重要表现。

上有所倡，下必应焉。康熙重视经筵、日讲，喜读儒家经典，自然赢得了汉族读书人的欢迎和支持。那些担任经筵讲官的人中，就有很多汉族经学名臣，如吏部尚书黄机、刑部尚书冯溥、工部尚书王熙、翰林院

掌院学士熊赐履、国子监祭酒徐元文以及神韵诗人王士祯等。

康熙本人对儒家经典的学习也是终生的。康熙二十三年南巡途中，他对高士奇等人说的一段话就是他对自己学习经典的总结。南巡结束后北返途中，“泊舟燕子矶，读书至三鼓”。侍讲学士高士奇担心康熙太过劳累，请求他爱护身体：“皇上南巡以来，行殿读书、写字每至夜分，诚恐圣躬过劳，宜少自节养。”康熙回答说：“朕自五龄，即知读书。八龄践阼，辄以学庸训诂询之左右，求得大意而后愉快。日所读者，必使字字成诵，从来不肯自欺。及四子之书，既已通贯，乃读尚书。于典谟训诰之中，体会古帝王孜孜求治之意、期见之施行。及读大易、观象玩占、实觉义理悦心。故乐此不疲耳。”①

第三，继续开科取士，并特设博学鸿儒科录取遗民中的鸿儒。

开科取士是封建社会选拔官吏的主要途径，而通过科举考试求仕成名也是读书人在社会上得以立足的最重要的途径。清初，满族统治者开科取士，使“读书者有出仕之望”，自然得到一部分士人的拥护。但清朝真正把开科取士作为选拔官吏的正途，严格来讲是从康熙开始的。康熙在位期间，正是清朝固基守成、创业图强的关键时期。这期间除鳌拜、平三藩、征台湾、定漠北、反击沙俄侵略，国事繁忙，然而康熙为了选拔人才，仍坚持了每三年一次的开科取士制度。他在位 61 年，共开科 21 次，录取进士 3903 人。

康熙通过开科取士，大规模地选拔了各类有用人才，不仅做到了“使读书者出仕有望，而从逆之念自息”，文臣归心，武将折腰；而且以此为纽带，密切了和汉族士人的感情，大大缓和了满汉民族矛盾和文化冲突。

在康熙的文化政策中，特开博学鸿儒科是一关键环节，康熙十七年(1678)正月，康熙下诏：“自古一代之兴，必有博学鸿儒，振起文运，阐发经史，润色词章，以备顾问著作之选。凡有学行兼优、文词卓越之士，不论已仕、未仕，令在京三品以上科道员，在外督抚布按，各举所知，朕将

① 《清实录·圣祖实录》，第 228 页。

亲试录用……务令虚公延访,以得真才。以副朕求贤右文之意。"[①]康熙十七年(1678)正月,正值三藩之乱,三藩之乱的现实让康熙看到,民心向背是决定清朝统治地位是否稳固的关键。康熙颁布这道谕旨,其实就是为了网罗遗民之心。

康熙十八年(1679),被荐举博学鸿儒科的明遗民有 186 人,最终有 143 人赴京参加康熙的殿试,共录取 50 人。虽然有很多人拒绝了这次荐举,但从揽心的效果看,显然是成功的。原来拒不仕清廷的士人群体受到了强烈的冲击,发生了不同程度、不同方式的分化,许多原来对清廷抱有对立情绪的遗民,或态度软化,或立场转变,甚或俯首称臣,其总的趋势是开始走向与官方合作的道路。值得注意的是,黄宗羲、顾炎武、傅山等这些一直誓不与清朝合作的人,在他们之后的生活中,都有了与清朝官吏交往的记录。

康熙以博学鸿儒科体现他重视儒学的决心,这非常符合遗民的文化传统,也为他们认同清廷提供了文化心理基础。另外,那些没有参加博学鸿儒科考试的遗民以及考试后不接受康熙的任命还乡退隐的遗民,与康熙派到江南治河的使臣——孔尚任建立了深厚的感情。

第四,重视和礼遇汉族官员。

康熙在对待汉族官员的态度上,是非常重视的。他对学问渊博的汉族官僚、士人予以较多的关注,并广泛吸收他们参与国家政务。康熙十六年"始设南书房,命侍讲学士张英、中书高士奇入直"。当时的南书房是全由汉人组成的内廷机构,为康熙的一批亲信汉人提供了对朝政发表意见、单独进言的理想场所。熊赐履、李光地、高士奇、徐文元、徐乾学等高级汉官均深受康熙信任。这些充任南书房行走的人员,除了陪康熙作诗写字外,也为康熙出谋划策,参赞军机,所以实际上南书房是康熙处理政务的秘书处、参谋部。多数充任过南书房行走的汉官,后来都得到了升迁和重用,如张英、陈廷敬等官至大学士、尚书。

这个时期,入仕的汉族士人明显增加。而康熙作为最高统治者,反

---

① 《清实录·圣祖实录》,第 910 页。

复申称“满汉一体”、“满汉皆朕之臣子”，着力改善汉官在政治生活中的不利处境，将满汉官员品级划一。这对争取汉族官员作用极大。

孔尚任在江南治河的困顿不堪中，因为南巡的康熙将他叫到乘船上并以果品相赠，而再次感激涕零地写下了颂圣诗，可谓是当时受到康熙重视的群臣们的写照。

第五，网罗士人编纂文化典籍。

康熙在网罗地主阶级知识分子纂修书籍，使他们就范于清政府的统治方面，亦取得了十分显著的成绩。

康熙在位期间，除充分利用已有的翰林院外，还设立了武英殿修书处、佩文斋、渊鉴斋、《明史》馆、《一统志》书局等修书馆所，并尽力设法网罗当时著名的文人、学士参与修书。由于康熙的倡导和授意，当时所修书籍多达六十余种，其中有价值的如《康熙字典》、《明史》、《一统志》、《佩文韵府》、《全唐诗》、《书画谱》、《广群芳谱》、《律历渊源》、《古今图书集成》等，已成为我国文化宝库中的重要财富。

康熙年间，除顾炎武、黄宗羲、李顺等少数学者坚持拒绝与清政府合作外，绝大部分著名学士都不同程度地参与了康熙组织的大规模修书工作。突出的有地理学家胡渭、顾祖禹，经学家阎若璩，史学家万斯同，诗人王士祯，画家王原祁等。而对拒绝合作的黄宗羲等人，康熙仍持宽容态度，表示“可召至京，朕不授以事，即欲归，当遣官送之”①。当他得知黄宗羲至死不从时，也不绳之以法，反“叹息不止，以为人材之难”②。曾经组织过武装抗清的黄宗羲，在这种政策的感召下，最后还是把儿子黄百家送入宫中参与修纂《明史》。这足见康熙对汉族知识分子的优容，在一定条件下也能起到武力镇压所起不到的作用。

孔尚任被罢官后，曾经西去山西平阳、东至莱州参与两地府志的编写工作，这两部府志也是康熙下令全国统一编写的《一统志》的一部分。

当然，在以上诸种文化措施中，“尊孔崇儒”一直是康熙文化政策的核心内容。儒家学说崇尚道德传统，以及关于个人修养的说教，这不仅

---

① 《清史稿·黄宗羲传奇》。

② 《清史稿·黄宗羲传》。

具有泯灭民众反抗意识的作用，而且还有助于维护现存统治、伦理秩序。抓住了“尊孔崇儒”这一要点，其他的具体措施，如开科取士、征邀学者等，就都可以自然而然地推行了，因为它们无不在儒学的披覆之下。

综上，由于尊孔崇儒、开科取士、礼遇汉官等文化政策，符合了汉族士人的利益和要求，所以他们逐渐对新朝寄予希望并为之效力。康熙通过尊孔、祭孔等一系列活动以最权威的方式确立了儒家学说的统治地位，这使汉族士人产生了强烈的文化认同感，激烈的民族矛盾随之趋于缓和。许多过去拒不入仕的“隐逸之士”也纷纷出山，科举考试及博学鸿儒科的设立以及康熙的额外恩典则向读书人打开了入仕的大门，那些在朝为官的汉族士大夫，受到康熙文化政策的激励，更加效忠于清廷。

在康熙这样的文化政策下，孔尚任等来了他人生的转机。

第二节　康熙曲阜祭孔与孔尚任的出山异数

康熙王朝如此重视文教，曲阜阙里作为儒家思想的发源地、孔子的故里，自然是近水楼台先得月。早在顺治元年(1644)十月 ，孔子第六十五代孙孔允植就奉旨袭封衍圣公。康熙六年(1667)，孔子第六十七代孙孔毓圻袭封衍圣公，并多次进京拜见康熙皇帝，得到康熙赐宴的殊荣。康熙七年(1668)四月，孔尚任 22 岁这一年，康熙巡幸国子监，对有官位的孔、孟、颜、曾四姓子孙加以提拔，以示尊孔崇儒。孔尚任的好友颜光敏就是在这次加恩中，以圣贤后裔的身份升迁为礼部仪制清吏司主事。

当然，清政权对孔府的待遇也是优厚有加。清廷规定，衍圣公为正一品，由嫡长子承袭，用三台银印，入朝觐见时，班位排列在阁臣之上。还规定衍圣公以下置圣庙[①]孔庙执事官 40 人，为三品到九品；孔氏子

① 圣庙：孔庙。

孙世代袭五经博士。清廷对孔府的优厚，使孔府除礼乐之家外，更成为显赫的官僚机构。

可是这些浩荡的皇恩，对于孔尚任来说，依然太过遥远，因为他本人既不是孔子的嫡系子孙，又处在科举的困顿之中。康熙二十三年，已经 33 岁的孔尚任，还是一个乡试不中的秀才，虽然花钱买了一个国子监生的功名，但是仕途依然渺茫。但是这一年，因为康熙亲诣曲阜叩拜孔子，博学多识的孔尚任得到御前讲经的殊荣，从此平步青云，跻身清朝官僚行列，意外地迎来了他人生的转机。

一、甲子年东巡祭孔

清朝于康熙二十年(1681)平定三藩之乱，二十二年(1683)使台湾归顺，进一步完成大一统，自太祖、太宗、世祖以来，真正实现了统一安定。康熙二十三年正值甲子年，按照中国传统，国家有如此的业绩而又值甲子年，就应当改元[①]或采取隆重的举措，而诸大臣也多次上书请求康熙举行改元、东巡封禅泰山、孔府观礼等重大活动。虽然康熙否定了大臣们改元、封禅泰山的阿谀建议，但是却打算采取巡狩以观风问俗的方式，东巡并致祭泰山与孔子。[②]

当然，东巡泰山和祭祀孔子是康熙甲子年的两件大事，无论康熙多么“低调”，登泰山的行动都意味着宣告清朝统治的合法性，祭祀孔子则是表明对汉族文化的认同。从《康熙起居注》和《圣祖实录》的有关记载来看，在九月底临行前，康熙和群臣一直在讨论有关事宜。

《康熙起居注》有几段重要的记载：

> 九月十一日甲戌条：大学士觉罗勒德洪、明珠、王熙、吴正治、宋德宜，学士石柱、麻尔图、图纳、席尔达、王鸿绪、范承勋、牛钮以折本请旨：九卿会议皇上东巡，宜乘便致祭泰山之神及阙里孔庙。

---

① 元：60 年循环的第一年。

② 本节关于康熙东巡的论述借鉴了常建华《新纪元：康熙帝首次南巡起因泰山巡狩说》一文的观点，特此注明并向作者致谢。该文载《文史哲》2010 年第 2 期。

上曰:"这所议似可行。"明珠等奏曰:"诚如圣谕。臣等初时竟不能晓,今聆天语,方得豁然。"上颔之。①

二十二日乙酉条:又勒德洪、明珠等奏,遵旨议皇上东巡致祭阙里,似应上亲奠酒,赐衍圣公等书籍及加赏赉。上曰:"致祭先师孔子礼仪、赏赉衍圣公等之事,所关紧要,尔等会同翰林院堂官及原任翰林院学士陈廷敬、库勒纳等详议。"②

可见九卿会议一直认为致祭泰山之神及阙里孔庙是东巡的两件重要内容,而且"东巡致祭阙里"的具体礼仪和典礼在康熙看来,"所关紧要,尔等会同翰林院堂官及原任翰林院学士陈廷敬、库勒纳等详议"。

出巡前,康熙帝还向全国颁布诏书:

康熙二十三年九月十九日诏曰:帝王诞膺景命,统御万邦,道重观民,政先求莫。是以虞廷肆觐,肇举省方;周室怀柔,式歌时迈。诗书具在,典制丕昭。朕仰荷天庥,缵承祖烈,抚兹兆庶,期底时雍,夙夜孜孜,懋求治理,以富以教,靡敢怠遑。犹虑蔀屋艰难罔由上达,故于直隶郡县周览巡行,勤施补助。更念山左等处土宜俗尚,不加巡省,曷克同知。矧历逢甲子,世际升平,聿图泰运之恒新,在措芸生于豫大,乘时命驾,咨彼民依。但乐利只慰夫一方,而德泽未敷于九有,朕心歉焉。用是特昭公普以弘仁,庶奏和之盛治。於戏!时臻熙皞,弥隆宽恤之恩;户乐清宁,丕笃绵长之庆。布告天下,咸使闻知。

诏书说巡视的对象是"山左",即山东,告诉人民东巡的目的是周知"土宜俗尚",起因既是诗书所在古礼可依,更是"历逢甲子,世际升平",符合传统文化与时下盛世的要求。可以说,这是一次具有古典礼仪的"东巡狩"活动,所以巡视过程中的礼仪就显得非常重要。此时,孔尚任刚

① 中国第一历史档案馆整理:《康熙起居注》第2册,第1226页。

② 中国第一历史档案馆整理:《康熙起居注》第2册,第1232页。

好完成了衍圣公交给的任务并准备回到石门山继续隐居。当得知康熙准备亲至曲阜祭孔的旨令后，衍圣公孔毓圻便顺理成章地邀请孔尚任继续留下来帮助他做好接驾工作。

康熙帝离开京师后，由直隶陆行进入山东，途经霸州、任丘、河间、献县、阜城、平原、禹城、济南、长清。十月初七，康熙就派遣太常丞张量馨、鸿胪寺鸣赞韩布，带着香帛到曲阜监视祭品，与准备有关活动的孔尚任共事月余。这也是下文孔尚任所说"宗公族姓复留任襄祭事，任乃率诸弟子在庙肄习"的由来，但当时并没有确定由孔尚任为康熙讲解儒家圣经。

十月初十，康熙到达泰安，当天登上泰山极顶，驻跸山顶，次日浏览后下山，诣东岳庙，祀泰山之神于峻极殿。之后继续前行，经新泰、蒙阴、沂州，十七日驻跸郯城县红花铺，当天总漕邵甘、总河靳辅等来朝觐康熙帝，汇报黄河屡屡决口之害。康熙在接见靳辅时提出即日南巡河工。但笔者以为这不是康熙心血来潮的决定，而是早已命靳辅做好接待准备，不过此时才乘便公开罢了。

但这样却改变了本来应当接续泰山之行的曲阜祭孔，改为先去视察河工，回来时再致祭孔子。南巡时，康熙亲自祭拜明孝陵引起了朝臣的大力称赞。于是康熙决定祭拜孔子的礼节也绝不能简化，专门下旨要求衍圣公派两位圣裔在御前讲解儒家经典。对衍圣公来说，这个任务没有人比孔尚任更合适了。而另外一个讲经人也不犯难，因为孔尚任推荐的孔尚铉也令衍圣公很满意。

二、从捐纳的国子监生到"额外议用"的国子监博士——孔尚任的出山异数

孔尚任(1648～1718)，字聘之，一字季重，号东塘，又号岸堂，生长

在山东曲阜城东南湖上村，为官庄户[①]。他是孔子的第六十四代后裔，但并非嫡系。嫡系的长子长孙可以世袭衍圣公的爵位。但他也总是期待着“圣裔”的光环能够让他拥有与众不同的人生。当孔尚任的命运终于发生改变的时候，孔尚任称之为他人生中的“异数”——非同寻常的好运气，意思就和我们今天所说的“奇迹”一词差不多。

（一）捐纳的国子监生

孔尚任自幼聪慧，熟读经史，好诗文，通音律。孔尚任的父亲孔贞璠是个举人，非常重视对孩子的教育。孔尚任父亲的好友贾凫西[②]也对幼时的孔尚任有着很高的期待。贾凫西是明朝遗民，特立独行、愤世嫉俗，喜欢写鼓词。孔尚任对这位前辈很是欣赏和尊敬，在为贾凫西写的小传《木皮散客传》里，很生动地描写了他所接触到的贾凫西。后来孔尚任在《桃花扇》里还借用了贾凫西的鼓词，表明他很认同并欣赏贾凫西特立独行的思想。虽然孔尚任的父亲及其好友贾凫西不仕清朝，但他们却对孔尚任寄予了厚望。

孔尚任从小所接受的教育，以及他所身处的氛围，都使他渴望努力走出一条成功的举业之路。孔尚任 8 岁开始，就被送到曲阜孔庙西侧的四氏学宫读书，而他也称得上是一位才学出众的生员，颇为学录孔贞灿所器重。18 岁那年中了秀才，之后却运气不佳，屡试屡败。无论是父亲的厚爱、贾凫西的欣赏，还是学录孔贞灿的青睐，都不能保证孔尚任场屋的成功。康熙十七年，孔尚任 30 岁，这年秋天，他赴济南参加乡试，再次败北。这次失败之后，他决定隐居石门山。当然，在他写的《告山灵文》里，我们看到，他希望这是一条“终南捷径”：

相传古之晨门吏隐于兹。唐张叔明亦鲁诸生也，卜宅其麓。杜子美有《访张氏隐居》诗，又有《与刘九法曹、郑瑕丘石门宴集》

① 孔氏家族从 53 代起分派，20 人为一派，分 20 派之后，人口繁衍渐多，由 20 派又分出了 60 户。在 56 代时，以 56 代为主，加上 53、54、55、57 几代共 60 人，每人分为一户，共 60 户，户多以居住地为名，如官庄户即是。

② 贾凫西：原名应宠，号凫西，别号木皮散客。

诗；李太白亦有《鲁城东石门送杜甫》诗，皆其处也。

世名隐者，莫不住山。住五岳者，譬之游市朝；住终南者，又似据津登垄焉。

很显然，孔尚任选择游览并隐居石门山，一个原因就是唐代有多位著名文人隐居在此并获得显赫声名，比如张叔明、杜甫、李白等。乡试失意后的孔尚任有此心理和举动是不难理解的，这也是古代失意文人的通常做法。

很自然地，在他隐居的第二年，即康熙十九年，当朝廷为了补充平定“三藩之乱”的军需，而颁布开捐纳事时，他“尽典负郭田”，也就是卖尽靠近城边的良田，在 1681 年春，通过其时任云南粮储道的族孙孔兴诏，买了一个国子监生的功名。国子监是国家的最高学府，在此学习三年就有了“吏部议叙”当官的资格。可是孔尚任因为是用钱捐纳的“例监生”，按清朝典制规定，例监生未经保举不准升转正途。但对孔尚任来说，当务之急是先取得一个资格和名分，至于将来，那怎么能预料得到？也许他心里还暗暗怀着有朝一日被人保举而成为国家栋梁的期待。

不过，孔尚任自己也深知捐纳功名并不是仕进的正途，对此行为，他也感到有几分可笑，甚至认为是“倒行逆施”。在写给朋友颜光敏的信中，他这样自嘲：

弟近况友离可笑，尽典负郭田，纳一国子监生，倒行逆施，不足为外人道，然亦无可告语者。

自然，孔尚任之所以如此，也是因为他急切地渴望仕进，渴望走上治国平天下这样的古代文人的正途，但又不能通过举业这条途径实现自己抱负的缘故。不过，已成了监生的他，要想真正实现其人生理想，实际上也没多大机会。顶着个监生头衔，老死故乡或至多当个州县小吏的可能性，显然才是最大的。

当然，他还是等来了短暂的出山机会。康熙二十一年秋，孔尚任35岁时，衍圣公孔毓圻“束书加币”写信聘请他出石门山办理夫人张氏的丧事。办完了衍圣公夫人的丧事，已是第二年的春天。紧接着，衍圣公又延请他负责编修《孔子世家谱》及《阙里志》，负责教导训练邹鲁子弟中选出来的700位年轻人学习礼乐，同时寻访工师，监造礼乐祭器。由于孔尚任精通礼乐与文物鉴赏，到了康熙二十三年秋，这一切都顺利完成。“至甲子秋皆竣，合宗族万人，释菜于庙，告备也。”①

完成了衍圣公孔毓圻交给的这一切任务，孔尚任又得回到石门山中去了。之前，他苦心地设计着自己的人生道路：科举不中，隐居石门山，卖田买得国子监监生，难道要终生隐居石门山吗？寻寻觅觅，人生的出路究竟在哪里？

就在他准备再次无奈地回到石门山中时，幸运的大门终于向他打开：“礼既成，将还山，恭闻天子东巡，有事阙里，宗公族姓复留任襄祭事，任乃率诸弟子在庙肄习。”康熙驾临曲阜，衍圣公要准备迎驾的诸多仪式，自然少不了博学多识的孔尚任的帮助。于是，孔尚任遇到康熙而改变命运的“出山异数”就开始了。

（二）“额外议用”的国子监博士

康熙二十三年十一月十六日，康熙结束南巡北返至山东费县时，下旨给山东的官员以及衍圣公：令于孔氏弟子中选举讲书二人，在祀典告成后，为他讲经，内容为《大学》首节和《易经系辞》首节。孔尚任被衍圣公孔毓圻推举为御前讲书人并写作讲义，在讲义得到御批通过后，康熙又命选举两个讲书人为他讲解儒家经典。孔尚任向孔毓圻推荐了他的族兄孔尚铉，当时的孔尚铉已是中了乡试的举人，在身份上高于孔尚任。但是御前讲经的共同经历，使得他们两人站在了同一个起点——被康熙破格提拔，之后两人共同进京担任了国子监博士，又在同年升转户部，不同的是，孔尚铉因病死于户部任上。

---

① （清）孔尚任：《出山异数记》，载徐振贵校注《孔尚任全集辑校注评》第4册，齐鲁书社2004年版，第2335页。本节所引内容未注出处者，皆出自此文。

讲经事毕，康熙非常满意，他特别面谕大学士明珠道："孔尚任等陈书讲说，克副朕衷，着不拘定例，额外议用。"从此，"自费监生"孔尚任平步青云，跻身清朝官僚的行列。这番经历，对于孔尚任来说，是"书生遭际，自觉非分；犬马图报，期诸没齿"。那么究竟孔尚任什么样的表现让康熙如此满意呢？

十一月十六日，孔尚任一天都在孔庙张罗安排，夜深才返家休息。但刚刚躺下，就被一下人拽起，跑到衍圣公灯火辉煌的东书堂阶下匍匐听旨。接着遵旨撰写《大学》首节和《易经系辞》首节的讲义，完成讲义后，山东巡抚张鹏提醒孔尚任讲义最后应该加上颂圣言词。张公的提醒可谓醍醐灌顶，孔尚任不仅在讲义的最后加上了颂圣言词，而且在他接下来为康熙导游孔庙孔林时，也一直将颂圣言词牢记在心。每个问题无论是否有肯定答案，他都不会忘了颂扬康熙。

第二天，康熙在众臣拥戴之下进孔庙奎文阁举办祭孔大典，对孔子像行三献礼后，又行三跪九叩的大礼，这是旷代未有的殊荣。并在祝文中称颂孔子："仰惟先师，得侔元化，圣集大成。开万世之文明，树百王之仪范；永言光烈，罔不钦崇。"这时的孔尚任因为在诗礼堂等候为康熙讲经，未能亲睹康熙的拜孔大典，但让他自豪的是，那些"执事礼乐弟子，皆（孔尚）任所教者也"。

更重要的是，孔尚任撰写和讲解的经义，使"天颜悦霁"，得到了康熙的肯定。祭孔大典结束后，康熙稍事休息，换便装，升诗礼堂，听孔尚任讲解儒家经义。衍圣公率领五世子孙向皇上三跪九叩首后，随着鸿胪鸣赞一声威严而洪亮的"讲书"唱赞，孔尚任、孔尚铉由两阶入，跪拜，恭立讲案西侧。孔尚任先至讲案前，面朝北而立，翻开讲卷，用二银尺镇压。咫尺之前，就是御案，康熙和孔尚任相向，面朝南，容肃立端，御案上书亦展开，是用二金尺镇压。

孔尚任先是宣读《大学》首节："大学之道，在明明德，在亲民，在止于至善。"之后开始面对康熙和诸大臣娓娓讲解：

此一章书，是言修己治人内圣外王之道，乃《大学》一书之纲领;此一节,又圣经一篇之纲领也。孔子意谓,大人统天下国家以立极,其为学之道有三:一在明明德者,命于天而赋予人,至虚至灵,具众理而应万事,本明者也。但为气禀物欲所拘蔽,则明者有时而昏;然其本体之用,未尝或息,必因其善端之发而遂明之,以复其初。此《大学》之所以立体也。一在亲民,德者,人人所同得,大人既自明其德也,又必推己及人,鼓舞振作。使凡具是德者,皆有以去其旧染之污,而嘉与维新。此《大学》之所以致用也。一在止于至善,明德、亲民,皆有至当不易之则,纯乎天理,而毫无人欲,所谓至善也。大人于己之德,必无一理之不明;于民之德,无一人之不新,皆造于至善之域,而主适不迁。此《大学》之所以体圣功而该王道也。孔子发明宗旨,溯千圣之心传,开百王之治统。其纲领条目,灿然毕具,新法治法,悉备于此。

钦惟皇上,瑞莫炳照,圣学缉悉。精一远溯唐虞,性道亲承洙泗。翠华时迈,欢腾万姓之心;玉轴宏开,义畅六经之旨。固已圣敷文德,垂裕丕图矣。臣愚,伏愿天保升恒,日跻豫泰。弥伦无外,群占四表之光;法则于昭,永耀千秋之境。则盛业同参天地,而大猷允越皇王矣。

接下来,是孔尚铉宣讲孔尚任所写的《易经系辞》第一节讲义,原文如下:“天尊地卑,乾坤定矣。卑高以陈,贵贱位矣。动静有常,刚柔断矣。方以类聚,物以群分,吉凶生矣。在天成象,在地成形,变化见矣。”孔尚任的讲义如下:

此一节书,是孔子从有《易》之后,原未有《易》之先,见天地自有自然之易也。孔子意谓,《易》之有乾坤,而乾坤之有贵贱、刚柔、吉凶、变化,岂自《易》始哉!天以阳处上,地以阴处下,一尊一卑,有健顺之理,而乾坤已定于此矣。自是地与万物之卑者陈于下,天与万物之高者陈于上,而卦、爻之上者贵、下者贱,已位列于此矣。天与万物之阳者,性常主动;地与万物之卑者,性常主静。而卦爻

之阳为刚、阴为柔，已剖断于此矣。人心一念向善，而众善咸集；一念向恶，而众恶皆归，以类聚也。人事，善与善交而不入于恶，恶与恶交而不入于善，以群分也。聚分而善，则吉应之；聚分而恶，则凶应之，而吉凶之理，已生于此矣。在天有日月星辰之成象，在地而山川动植有成形，而易中之阴变为阳，阳化为阴者，已见于此矣。造物自然之易如此，盖六十四卦止一乾坤，乾坤止一易简之理。有亲有功，可久可大，皆从此出。此易所以与天地准也。

钦惟皇上，至德体乾，圣功开泰，省方观民以敷治，教思容保以求宁。固已广运无方，极效天法地之量；太平有象，宏开物成务之图矣。臣愚，伏愿得一以贞，兼天而运。法天时，御大化，云行而雨施；率土承，流至治，日暄而风动，则中和洋溢宇宙，而位育参两乾坤矣。

《大学》强调儒家的道德，宣扬天理，去除人欲；《易经系辞》则突出天尊地卑、皇权受命于天的合法性，这样的讲义可谓深得康熙之心。孔尚任讲完退场后，康熙"天颜悦霁"，回头对诸大臣说："经筵讲官不及也。"孔尚任的讲义不过是重复了个人修身的重要性以及天尊地卑等级秩序的亘古有之，同时讨好地恭维康熙国泰民安。康熙深知《大学》首节和《易经系辞》首节对清朝统治的重要性，所以他才选此两篇命孔尚任宣讲，与其说是讲给自己听，不如说是借孔圣人之地、圣裔之口讲给天下人听。当时站在康熙御座前的两列听讲的人员，排立于左翼的是大学士、各部尚书、内阁学士、翰林院掌院、国子监祭酒、太常寺卿、太仆寺少卿、鸿胪寺少卿、光禄寺少卿以及巡抚等22位阁僚大臣，列立在右侧的是衍圣公及孔、孟、颜、曾等有功名者35人。其余司、道、府、县官，俱候门外，康熙点名"兖州府知府张鹏，为官清正，亦许听讲"，张鹏蒙皇帝点名才得以进入诗礼堂听讲！

接下来由大学士宣读的康熙写给孔、孟、颜、曾以及周公后代五氏子孙的期望以及儒家的圣人之道成为紧紧连接康熙和孔门中人的纽带：

至圣之道，与日月并行，与天地同运，万世帝王所以师法，下逮公、卿、士、庶，罔不率由。尔等远承世泽，世受家传，务期型仁讲义，履中蹈和。存忠恕以立心，敦孝弟以修行，斯须弗去，以奉先训，以称朕怀。尔等俱祇尊毋替！特谕。

当天傍晚，康熙起驾赴兖州，孔尚任返家。在回家途中，激动难抑的他还“随路感泣，逢人称述”；回到家对其母亲讲述，连其母也“感激皇恩，不觉泣下”。而内阁王公则告诉了孔尚任其将为国子监博士[1]的喜讯，他们奉命为孔尚任谋划功名已定：“议官已定，不日为国博矣。”孔尚任高兴地感谢说：“汉唐儒生，以经术进用者，皆赐博士。任虽才学不称，而皇上授官之典，可称允当。”

其实，早在为康熙御前讲学之前，孔尚任已经敏感地感觉到，功名即将是他的囊中之物了。十六日夜，孔尚任改写讲义之时，明亮的烛光照着诗礼堂中的画屏，画屏上画的是两个黄鹂鸣翠柳，一行白鹭上青天。孔尚任眼睛倏地一亮，忍不住内心的冲动，轻轻地扯扯身旁族兄孔尚鉝的袖子，悄悄地说：“我两人将登朝矣。”

十二月初一，康熙提拔的任命书就由吏部飞至曲阜：

举人孔尚鉝、监生孔尚任，陈书讲说，克副朕衷，应将伊等不拘定例，俱从优额外授为国子监博士。

所谓“从优额外授为国子监博士”，指以国子监自费生的身份，只有有人保举，才能有升转仕途的资格，而康熙竟成了孔尚任的保举人！孔尚任得以跻身封建国家最高学府负责教学的官员之列，成为正八品官员。

---

① 国子监是中国古代隋朝以后的中央官学，为中国古代教育体系中的最高学府。明朝由于首都北迁，在北京、南京分别设有国子监，于是设在南京的国子监被称为“南监”或“南雍”，而设在北京的国子监则被称为“北监”或“北雍”。北京国子监始建于元朝大德十年(1306)，是我国元、明、清三代国家管理教育的最高行政机关和国家设立的最高学府。国子监博士则是在国子监中分管教学的官员。

第二年二月初七，国子监祭酒为刚上任的孔尚任在国子监彝伦堂西阶设了一座高高的讲坛，钟鼓声里，围绕在讲坛四周的数百名满汉弟子，虔敬地向着坛上的孔尚任连拜三拜，而后聆听这位圣裔的教诲。

第三节 《出山异数记》等文中对康熙的感恩

康熙二十三年九月至十一月，康熙先是东巡登泰山，接着南巡视察河工并祭明孝陵，最后亲至曲阜祭孔，不仅每一项行动都惊动了天下，而且更大的意义在于政治上的象征性：致祭泰山象征着清朝的统治乃天命所归；祭拜孔子则表明接续了儒家的道统；致祭明太祖，在于承认明朝统治的合法性以及清承明制的连续性。种种文化政策及实践使得康熙争取了多数汉族士大夫的心，使其认同清朝的统治。孔毓圻等编撰的《幸鲁盛典》以及孔尚任的《出山异数记》则是对康熙以上态度的明确回应，可以说，康熙这次东巡取得的政治效果是非常显著的。

当时出现了赋诗作文赞颂康熙此次盛举的热潮，这些诗文大部分收录在衍圣公孔毓圻等编撰的《幸鲁盛典》里。此书共二十卷，除了记录康熙二十三年至康熙三十九年间康熙对孔毓圻、孔府及其子孙的多次赏赐加恩的事迹外，还收录了陪行的各级官员所写的众多颂圣诗文。康熙本人也作了《南巡笔记》，收入康熙的《圣祖仁皇帝御制文集》中，该书刊刻赏赐大臣，公之于世，康熙谦虚的态度也得以广泛传播。随着这一系列文化书籍的出版，康熙尊孔崇儒的政策不但得到了广泛的宣扬，而且仿佛有流传千古之势。

康熙在《南巡笔记》中，低调而谦虚地以了解“东南黎民风俗”的南巡而非封禅及巡狩的东巡作为题目，结尾则进一步表达了他“周咨民隐、体察吏治”的目的，表明他的出巡与历史上遭受诟病的帝王巡游是不一样的。

康熙甲子春日，有以时值上元请行封禅及巡狩燔柴诸典礼者。

夫朕凉德菲躬，临御海寓，迩年以来，水旱兵戈，民亦劳止。虽邀天庥佑，四海荡平，万姓乐业，实未有丰功伟烈，足以昭示来兹，何敢效法前人，铭功纪德。至于巡狩，古天子所以周省侯国，使诸侯肆觐明堂，考其政绩。今天下之权统一于内，督抚之贤不肖，朕皆得而知之，又无事于巡狩之名也。惟是近畿郡邑屡经巡幸，补助时施，而东南黎民风俗尚未周知，乃于秋九月陈请两宫，暂违定省。

是行也，往返数旬，所历山东江南诸郡县，日以周咨民隐、体察吏治为首务，行道之顷，复得览其山川，凭吊古迹，至于地方利弊，则将有以斟酌损益焉。率笔记之，以示朕之不徒事游豫也。[①]

康熙帝临幸阙里，亲祀孔庙，行九拜之礼，特命留曲柄伞于庙庭，复亲制碑文，遣官勒石于孔庙大成门左，周公孟子诸庙咸蒙制文刊石，并录圣贤后裔给世官以奉祠祀。孔毓圻认为天子尊师隆轨超迈古今，宜勒为成书，于是于康熙二十四年(1685)上疏康熙请求纂修《幸鲁盛典》，并举进士金居敬等八人助修。康熙批准并给予其优厚资助，康熙二十七年(1688)成书十八卷奏进，康熙指示应改正者二十八条且臣工诗文尚有应遴选录入者，谕孔毓圻等覆加校定，并诏发帑金重建庙庭。康熙三十九年三月，孔毓圻上表再呈该书，共修成事迹二十卷，艺文二十卷。康熙为之作《御制幸鲁盛典序》。

《幸鲁盛典》里收录了二十卷之多的众臣对这次盛典和康熙的赞颂。兹以国子监祭酒曹禾的《圣驾幸阙里颂有序》[②]为例窥一斑而知全豹。曹禾的《圣驾幸阙里颂有序》称康熙为“道统所归、治统所归”的一代圣主：

皇帝御极之二十有三年，泰阶既平，八风时协，德洋恩溥，休气翔洽。群臣推数上元甲子，以为贞符，运会苞维，叶契允宜，封峦勒成，传示无极，监皇帝谦让，稽《虞典》巡狩礼，循省风俗，与兆民相

① 康熙：《南巡笔记》，载《四库全书》集部第 237 册，台湾商务印书馆 1986 年影印本。

② 《山东通志·阙里志八·国朝艺文》。

见。以冬十一月臻乎泰山礼成，清问下民，及于江淮蠲逋赐复，靡隐弗烛，老稚嵩呼，声轔天地。

先是命礼臣定幸鲁仪制，既上复筹度于圣心，典礼加隆，轨物具备。于是纡山谷，历险阻，过周元公庙，命亲藩特祀；抵阙里，致斋帐殿，瞻谒宫墙，恭行九拜礼，乐舞毕陈，奠献加敬。是日也，日转一阳，星联五纬，黄云如幕，荣光烛天。皇帝御讲堂，进四氏子弟说经于庭，管弦钟鼓依然。见杏坛当日之风，遂命复孔氏田租，赐诸弟子爵，赉予有差。圣情优渥，复洒宸翰，悬书殿楣，著桧赋，留九斿曲盖，为车服礼器之光荣。既乃诣孔林，酾酒隧道，徘徊仰止，不忍去焉。

臣闻道开于天，传于帝王，必圣人而在天子位者，以心法相授受，故道统所归。即治统所归。三代以后，皇纲中绝，笃生圣人，穷不得位，阐微言继绝学，集先圣之大成，以开后圣。盖遥遥三千余岁，始遇我皇上，乘玉衡，握金镜，履中蹈和，优入圣域，孜孜典学，默契心传，接古帝之道统，开中天之至治，原本承先启后之功，不胜重道尊师之念，敷天之下，同然一辞，颂我圣主。圣不自圣，绍宗渊源，文教之讫，亦克与永。自昔帝王有事泰山，因而幸鲁，其心未必与先圣亲切相承，礼仪疏阔，名焉而已，从未有精意绸缪、情文笃挚如我皇上者也。洵乎迈汾水之游，轶崆峒之驾，皇建有极，为亿世作则者也。

四个月后的康熙二十四年，国子监博士孔尚任满怀感激地以一篇洋洋洒洒的《出山异数记》追记了康熙二十三年的这次君臣遇合，特别是康熙向众人夸赞他"此秀才好胆子"，尤令他自豪，而孔尚任则以"书生遭际，自觉非分；犬马图报，斯诸没齿"来表达他无比感激的心情。衍圣公孔毓圻的官修《幸鲁盛典》和国子监祭酒曹禾的《圣驾幸阙里颂有序》等是从官方的角度对康熙的"道统所归、治统所归"的颂扬，而孔尚任的《出山异数记》则从个人的切身经历出发把康熙的这次祭孔行动写成了自己人生难得的"异数"。聪明的康熙通过祭祀孔子的行动加强了清朝在思想上的统治，曹禾和孔尚任这两位清朝最高学府里的官员对康熙的赞颂将影响到天下儒家士人们对康熙的态度。

康熙在孔庙祭孔并游览圣迹完毕之后，下旨仍让衍圣公及讲书官孔尚任引驾参观孔林。游至孔林思堂时，康熙问起孔林的面积，孔尚任回答“十八顷”，并诉苦说：“至今两千余年，族众日繁，拊葬无隙。”当康熙问“何不开扩”时，孔尚任不失时机地请旨扩建孔林：“皇上问及，此真臣家千百世子孙之幸。但林外皆版籍民田，欲扩不能，尚望皇上特恩！”康熙回顾侍臣，并微笑着和他们说了几句话之后，对孔尚任说：“可具本来！”

康熙走出思堂，升辇出孔林，离开曲阜前往兖州，孔尚任和衍圣公们匍匐路旁相送。起身时看到祭酒阿公，祭酒阿公对孔尚任说：“上在思堂数语，尔知之乎？”任曰：“不知。”阿公曰：“上云‘此秀才好胆子，知朕敬重先师，尽力乞请，既到其家，皆依所奏可也’。”孔尚任深感皇上优容之恩，随路感泣，逢人称述。

之所以被康熙笑称为“此秀才好胆子”，是因为孔尚任多次向康熙请旨为孔家索要恩典，扩建孔林的要求不过是其中的一项罢了。一天之内，孔尚任向康熙提出四项要求并被一一批准：由皇上选设卫护林庙的百户官、引城东文献泉之水入孔庙、准周公后裔为世官和扩大孔林的规模。而这些要求之所以被批准是因为都有着堂而皇之的理由，那就是为了保护和维护圣迹。

孔尚任之所以如此大胆地提出这么多的要求，是因为他敏锐地感觉到了康熙对儒学的重视。虽然历朝历代多有皇帝曲阜祭祀孔子，但是作为清朝第一位莅临曲阜的皇帝，康熙还是做足了文章。康熙看似顺水推舟送人情，其实是给自己的尊孔事业增加砝码。孔尚任正是摸准了康熙的这一心理，所以接连提出诸多要求。

引康熙游览圣迹，巧妙应对康熙的发问，君臣之间的默契，更令孔尚任感怀不已。

祭祀过孔子后，康熙游览“圣迹”，孔尚任再次被选为引驾之人。由于他刚刚编撰过《阙里志》，对孔庙、孔林等都异常熟悉，所以每当康熙

有所询问，他都能够对答自如。每一个问题，孔尚任都给出了圆满的答案，即使是面对敏感的华夷之别，他的柔顺、谦恭以及反应敏捷，都给康熙留下了深刻的印象。

比如，已经浏览过孔庙的康熙，随便问了一句你孔家的古迹看完了没有，孔尚任竟能回答得如此“机智”：“先师遗迹湮没已多，不足当皇上御览。但经圣恩一顾，从此祖庙增辉，书之史策，天下万世，想望皇上尊师重道之芳躅，匪直臣一家之流传也。”意为孔庙古迹虽不算多，但经过御览，都将成为万世流传的经典。康熙赐给衍圣公一首《过阙里诗》：“銮略来东鲁，先登夫子堂。两楹陈俎豆，万仞见宫墙。”孔尚任对此佩服得五体投地，叩头谢恩，说自古以来帝王过阙里只有唐明皇有一首五言律诗，也不过是感叹孔子生不逢时，有德无位；而康熙的诗对圣道充满悦慕赞美，真可谓超今越古。在孔林，当康熙在孔子墓前行跪叩礼时，跟着跪叩的孔尚任竟发现了御袍翠里有补缀烧痕，于是发出了“仰观皇上恭俭至德”、“媲美神禹”的感叹。康熙随口问孔林有无占筮用的一丛五十茎的蓍草，孔林其实没有，但机灵的孔尚任却说您圣上的銮舆今天一经过，瑞草必生，到时臣定“驰献”。当康熙指着一棵大树询问树名时，孔尚任马上机敏地只回答“俗名橡子树”，以至于康熙笑着道出：“本名槲树，乃木旁加斗斛之斛。朕胡人，不必讳也。”

值得注意的是，出自《出山异数记》的“朕胡人，不必讳也”七字仅曲阜市文物管理会藏本《出山异数记》里有，而张潮《昭代丛书》所收《出山异数记》中此七字已经被删去了。

从孔庙出来，康熙又来到孔林，谒孔子墓。他本应再对孔子行一跪三叩礼，可是当他走到孔子墓前时，站立良久，却没有跪拜。孔尚任看出了帝意，便灵机一动，引康熙到一旁休息片刻，然后让他重新回到孔子墓前，恭恭敬敬地行了一跪三叩礼。对此，在场的官员都大惑不解，衍圣公孔毓圻事后也向孔尚任询问。孔尚任解释说：开始康熙皇帝不拜，是因为他看到了明正统八年大书法家黄养正篆书的“大成至圣文宣王”墓碑。康熙认为，天无二日，国无二王。自己身为一国之主，不能再拜王。他到曲阜来是拜师，而不是拜王。为此，他才让康熙到一边休息一下，自己则趁机将墓碑上的"王"字用黄绫盖上。当康熙再次来到墓前时，已看不到"王"字了，所以才向他敬仰的先师行了大礼。

忠君与功名，几乎就是古代中国读书人精神与物质的全部，孔尚任的诸多表现，无不体现着圣裔对康熙的忠诚，但同时也巧妙地展示了他的才华。他的功名，也就近在咫尺了。

游览过程中，尤其令孔尚任感激的是，康熙数次对孔尚任本人的关心。当康熙"等君臣于父子"、三问孔尚任年龄时，孔尚任对康熙已是感激涕零了。

在他的《出山异数记》里，对此有颇为动情的一段文字：

> (上)至墓门伫立东望，问是何所，尚任奏曰："臣家春秋祭扫、族姓燕会之所，名曰思堂。"其堂门久扃，诸臣俱前往辟道，惟尚任一人侍立驾侧，自叹茅草，何以至此！上阅西壁碑刻……顾问尚任曰："尔年果三十七否?"尚任奏曰："臣年三十七岁。"又问："能作诗否?"尚任奏曰："亦尝学诗。"……霁堂陛之威严，等君臣于父子，一日之间，三问臣年，真不世之遭逢也。

很显然，康熙这种看起来是客套寒暄的"关心"，对孔尚任来说则是非同寻常。

康熙驾临曲阜致祭孔子，其目的就是其自云的"朕幸鲁地，致祭先师，特敷文教，鼓舞儒学"。而康熙的尊孔事业又何止这四项呢？让我们看看康熙对孔姓家族的赏赐吧。

康熙的队伍离开曲阜，前往兖州准备返京时，孔尚任等人赶至孔庙诗礼堂等候，吏部尚书亲自颁发皇赏：

> 衍圣公及五姓博士、曲阜知县，俱颁日讲《易经》、《书经》解义各一部；
>
> 赐衍圣公狐裘蟒袍一领，黑貂褂一领，缎绫表里各五匹；
>
> 赐五姓博士、曲阜知县及四姓子孙名列仕籍者三十五人，俱羊

皮蟒袍、绵蟒褂各一件；

赐孔氏子孙进士、举人、贡生十一人，俱镶领袖锦缎袍、锦缎褂各一件；

监生、生员三百人，俱银五两；

曲阜县百姓，明年地丁银两，全与蠲免。

孔尚任当时的身份是诸生，因此也领得赏银五两，领赏完毕，大家俱往康熙所在的兖州方向叩头谢恩。有精神粮食《易经》、《书经》的日讲讲义，也有御赐衣物钱粮，从衍圣公到孔、孟、颜、曾入学子弟，以至曲阜百姓，可以说都实实在在地得到了康熙的隆恩照耀。

康熙四十七年(1708)，孔尚任去山西平阳助修府志，经过霍州时，留宿霍州知府孔兴琏府上。孔兴琏是康熙十四年举人，康熙二十三年逢康熙巡幸曲阜，加恩授广东番禺知县，又升迁霍州知府。后于康熙四十年(1701)改为平阳知府，官至天津两广都转盐运使。[①] 孔兴琏一生官运亨通，可谓受康熙皇恩不浅。

后来，孔尚任奉康熙命随孙在丰南下治河，在扬州任上结识了著名的出版商张潮。当时张潮正在主编《昭代丛书》，孔尚任向张潮推荐了自己的《出山异数记》，希望能被收录进丛书中，张潮慨然应允，但是专门致信孔尚任，建议改为《幸鲁承恩私记》，被孔尚任拒绝了，回答张潮说“仍以旧名为是”[②]。因为康熙的这番南巡，确实改变了孔尚任待价山中的尴尬处境，岂止是一个恩字了得，这样的经历是孔尚任一生中的“异数”，是他人生中难逢的奇迹，给他的人生带来了非同寻常的变化。

---

① 参见袁世硕：《孔尚任年谱》，齐鲁书社 1987 年版，第 186 页。

② 转引自袁世硕：《孔尚任年谱》，第 148 页。

第二章

康熙朝的盛世雅音与孔尚任的诗文活动(上)

——康熙的诗教观及影响

康熙朝的诗歌领域，以顾炎武、黄宗羲、傅山、屈大均为代表的遗民诗人的“变风变雅”之声渐次消亡，虽然其他流派众多，宗唐、宗宋争论不休，但是“尚雅”的风尚，却如一道明溪暗流，贯穿始终，我们可以从众多的文集、诗话及作品中验证这一点。而这种尚雅风尚的形成，离不开康熙温柔敦厚的诗文观的推动和引导。文学史上为大家所熟知的王士祯、陈廷敬、朱彝尊等人的“盛世雅音”可说是这类尚雅文学的代表：王士祯的神韵诗、陈廷敬的“和声以鸣盛”[①]的雅诗、朱彝尊的醇雅诗交相唱和，共同奏响了康熙朝诗坛的盛世元音。但是，不可忽略的是，孔尚任的“性情诗论”，尤其是他在扬州的诗文活动也是康熙诗坛雅音的一个重要组成部分。

孔尚任对自己在扬州的诗文活动也非常自豪，他在《与王安节》的信中总结道：“下河斥卤波涛，为生平第一噩梦；金陵山水文章，为生平第一好梦。”《湖海集》是他治河期间的诗文作品的总集。这部诗文集由江南友人帮他整理出版并真挚点评。这部诗文集不仅是孔尚任在扬州的个人的文学成就，更是康熙派孔尚任出使扬州取得的硕果。在这部

---

① 原文为：“文章宿老，人望所归，燕许大手，海内无异词焉，亦可谓和声以鸣盛者矣。”载四库全书研究所编《钦定四库全书总目》，中华书局1997年版，第344页。

诗文集中，孔尚任明确提出了他的性情诗论，以儒家的温柔敦厚诗教和自己的创作实践带动了扬州诗文创作的繁荣，使扬州诗人的创作主题表现出“盖欣赏夫时和者犹浅，而兴感于盛世者则深”的尚雅风格。同时以自己尊老敬贤的态度改变了扬州遗民对康熙朝的态度，促成了扬州诗风由清初凄清愁怨的亡国哀音向清新平正的盛世雅乐的转变。而孔尚任的性情诗论其实是对康熙诗教观的呼应，孔尚任在扬州诗文活动的成功其实也是康熙诗教的成功。

此部分内容分为上下两章进行考察。第一章重在考察康熙的诗教观以及对台阁重臣、文坛领袖王士祯、陈廷敬、朱彝尊等人诗文活动的推动和影响，第二章则以孔尚任的扬州活动为主，具体考察孔尚任对康熙诗教观的实践以及他在扬州的诗文活动。

第一节　康熙“性情之正”的诗教观

尊孔崇儒是康熙文化政策的核心，在诗文观上，康熙当然主张温柔敦厚的儒家诗论，他主持编纂了包括《全唐诗》、《四朝诗选》、《古文渊鉴》、《佩文韵府》等在内的很多文学文化典籍，并亲自撰写序言。在这些序言中，康熙明确提出了原性发情、温柔敦厚的诗教，并倡导为诗作文皆以此为准。

康熙十分关注诗坛的创作风向，为了和尊孔崇儒的治国思想一致，他大力提倡温柔敦厚的诗教，并且以下达圣谕的方式鼓励群臣创作此类诗作，比如康熙十六年就发圣谕云：“治道首崇儒雅。前有旨令翰林官将所作诗赋词章及真行草书不时进呈。后因吴逆反叛，军事倥偬，遂未进呈。今四方渐定，正宜振兴文教，翰林官有长于词赋及书法佳者，令缮写陆续进呈。”[①]而他的这一诗教，则充分表现在他的《诗说》以及《全唐诗录序》、《四朝诗选序》等序文里。

---

① 《圣祖仁皇帝圣训》卷一二。

一、诗"源于性而发于情"

康熙的诗论集中体现在他的《诗说》一文里。他这样论诗：

诗者心之声也。源于性而发于情，触于境而宣于言。凡山川之流峙，天地之显晦，风物之变迁，以致君臣父子夫妇兄弟朋友之间，古今治乱兴亡之迹，无不可见之于诗。而读其诗者，虽代邈人湮，而因声识心，其为常为变，皆得于诗遇之。故曰：感天地而动鬼神，莫善于诗。①

康熙指出"诗者心之声也"，而且诗歌有着巨大的"感天地而动鬼神"的情感力量。诗是用来表达人的内心情感的，山川流峙、天地显晦、风物变迁、君臣父子夫妇兄弟朋友之间、古今治乱兴亡之迹，无不可见之于诗。但这种内心情感"源于性发于情"，是有所节制的情感。所以，诗歌既是写性情，并且有着强烈的感发力量，那么作诗自然要回到性情之正的源头——《诗三百》。

二、提倡《诗三百》的"忠厚和平"和"性情之正"

然诗道升降，与世递迁。三百篇之经孔子删定者，可观可兴可群可怨，极缠绵悱恻之思，皆忠厚和平之意，性情之正也。总乎其莫可及已。

迨诗亡而骚作，骚亡而汉五言作，流传于魏，尤存古风。降自六朝，浸尚绮丽，比兴义缺。唐以诗取士，能名家者，粲如林立。初唐盛唐，咸足上追风雅，然其间距镬虽一，而心声各别，奇正浓淡，品格自成，不可强而同也。至中晚则菁华尽露，而浑厚之象为稍变矣。若夫宋人为诗，大率宗师杜甫，其卓然骚坛者，洵能树帜一代，虽后人览之觉言理之意居多，言情之趣居寡，然反复涵咏自具舒畅

---

① (清)康熙：《诗说》，载《四库全书》集部第237册，第198页。

道德之致。几乎有明诗家，奇而规模唐音，洋洋洒洒可谓盛矣，而明之于唐终有间焉。朕稽古之暇，怡情吟咏，于唐人诗集虽尝诵习，而犹念诗有其源。

故复上溯乎楚词以及三百篇，寻玩其旨趣，博征其义理，庶几得其心之原声。而骛乎世之所强同者。

康熙认为《诗三百》的“忠厚和平之意”以及“性情之正”，是后来的诗歌比不上的。所谓“忠厚和平”、“性情之正”，那当然是指《诗三百》“哀而不伤，乐而不淫”的中庸精神，这就明显有以儒家经典为范式的意图。

以此标准考衡历代作品，那么优劣立判：六朝诗流于“浸尚绮丽”又“比兴义缺”，中晚唐诗则缺乏忠厚之象，明诗追随唐音则终不能达其精髓。康熙充分肯定唐诗，是因为“咸足上追风雅”，宋诗以杜甫为宗，处处言理缺乏情趣，“后人览之觉言理之意居多，言情之趣居寡”，却得到了康熙的充分肯定，因为他欣赏宋诗传达的道德：“然反复涵咏自具舒畅道德之致。”是因为这些诗“咸足上追风雅”，“寻玩其旨趣，博征其义理”，源于《三百篇》。

三、感人心、美谣俗是诗教的目的

康熙多次强调这一诗教观：

在昔诗教之兴，本性情之微，导中和之旨，所以感人心而美谣俗，被金石而感神祇，故达舜以教胄子，乐正以造俊秀，盖自二帝三世故已然矣……是则唐人深造诣之能事也。

学者问途于此，探珠于渊海，选材于邓林，博收约守而不自失其性情之正，则真能善学唐人矣！[①]

生民之始，秉二仪之精，含五常之性，而其理据于一心，人心之

① （清）康熙：《御制全唐诗序》，载《四库全书》集部第362册，第2页。

> 灵日出而不穷。诗大序谓在心为志，发言为诗，其阐明虞廷言志之意而归本于心者，其意深矣。夫诗之日远而日新，如此而皆本于人之一心。孔子云诗三百，一言以蔽之，曰思无邪。子之言诗法也，即心之法也。[①]

可见，康熙认为学诗要回到诗歌的源头——《诗三百》，正是看中了《诗三百》的性情之正、风雅之道、忠厚之意，这也是他这个时代所需要的。于是，从宫廷到草野，从京城的达官贵人到江南的骚人墨客，都以自己的诗作实践着康熙的诗歌主张。陈廷敬以弘扬"大雅"，补救"大雅久寂寞"为己任，与王士祯的神韵诗、朱彝尊的醇雅诗，一起奏响了康熙朝的"盛世雅音"。虽然这一时期的诗人为宗唐和宗宋争得不可开交，看起来也各各不同，但究其实，宗唐时诵盛世之歌，宗宋时吟道德之致，不立家数者如孔尚任写其性情之正，都不曾偏离康熙的论诗之道。

第二节　提拔风雅词臣，勉励风雅诗作

康熙很快地发现并提拔了一批倡导风雅而又颇有影响的诗人和名臣——王渔洋、陈廷敬以及朱彝尊等，这样，以康熙为中心的台阁重臣又各以自己的影响将盛世元音推及朝堂、草野。[②]

陈廷敬历任康熙朝经筵讲官、工部尚书、户部尚书、刑部尚书、吏部尚书等要职。康熙与陈廷敬，既为君臣，又为师生。陈廷敬进讲经史让康熙收获颇丰："朕政事之暇，惟好读书。始与熊赐履讲论经史，有疑必问，乐此不疲，继而张英、陈廷敬等以次进讲，大有裨益。"[③]康熙对陈廷敬的诗文也非常欣赏，他曾与李光地有过这样的对话："上又问：'此时笔下好底有谁？'奏曰：'皇上所知如徐乾学果是笔下来得。'上微笑，徐

① (清)康熙：《御选宋金元明四朝诗选》，载《四库全书》集部第376册，第1页。

② 本节内容受到黄建军《陈廷敬与康熙诗文交往考论》等论文的启发，在此致谢。该文载《山西大学学报(哲学社会科学版)》2009年第6期。

③ 中国第一历史档案馆：《康熙起居注》，中华书局1984年版，第1624～1625页。

曰：‘诗须陈廷敬。’奏曰：‘诗诚莫过于他。’”①如此肯定陈廷敬之诗，是因为陈诗如《四库全书》所评，“和声以鸣盛”，代表了康熙朝的盛世之音。

《清史稿·陈廷敬传》有“廷敬初以《赐石榴子诗》受知圣祖”之说。康熙十一年（1672）十二月三十日，康熙赐来朝祝贺元旦的外藩王、贝勒、贝子、公等及内阁大臣、满汉大学士、三旗都统、尚书、副都统、侍郎、学士、侍卫等官宴，陈廷敬侍宴并得到石榴子的赏赐，因此作《赐石榴子诗》：

> 仙禁云深簇仗低，午朝帘下报班齐。
> 侍臣密列名王右，使者曾过大夏西。
> 安石种栽红豆蔻，火珠光迸赤玻璃。
> 风霜历后含苞实，只有丹心老不迷。

诗中描绘的君臣朝会的盛况以及表达的“风霜历后含苞实，只有丹心老不迷”的忠君情怀，是此诗获得康熙青睐的根本原因。自此以后，陈廷敬所作诸诗，自然都以此为标准。

康熙四十四年（1705）正月，康熙作《赐大学士臣陈廷敬诗》，《圣祖仁皇帝御制文集》直接题为：“览《皇清文颖》内大学士陈廷敬作各体诗，清雅醇厚，非积字累句之初学所能窥也。故作五言近体一律，以表风度。”康熙将陈廷敬诗歌的总体风格论定为“清雅醇厚”，这也正是统治者所希冀的盛世元音，因为庙堂文学自当以清醇典雅、雍容大度为标准。“清雅”是相较于衰世的“变雅”而言的，而“醇厚”既是康熙对诗风的要求，其实也是他对大臣人品的期盼。陈廷敬显然是盛世的楷模，其诗风也完全迎合了康熙盛世的需要。

王士禛（号渔洋山人，故人称“王渔洋”）早年即因大明湖《秋柳诗》四首名扬南北。之后他论诗力主神韵，推重文雅风流，追求清新妙悟之

---

① 李清馥：《榕村谱录合考》，载北京图书馆藏《珍本年谱丛刊本》第 85 册，北京图书馆出版社 1999 年版，第 493 页。

境，由此也受到了康熙皇帝的眷顾，并荣升侍读，成为文学侍从。康熙十五年(1658)、十六年(1659)连续两年，康熙一直在关注着王渔洋，期望他的诗能成为盛世元音的代表并流传后世。《王渔洋先生年谱》所引《召对录》云：

(十五年)一日，杜肇余臻阁学谓予曰："昨随诸相奏事，上忽问：'今各衙门官读书博学善诗文者，孰为最?'首揆高阳李公(李霨)对曰：'以臣所知，户部郎中王士祯其人也。'上颔之，曰：'朕亦知之。'"明年丁巳六月大暑，辍讲一日。召桐城张读学(张英)入，上问如前。张公对："郎中王某诗为一时共推，臣等亦皆就正之。"上举士祯名至再三，又问："王某诗可以传后世否?"张对曰："一时之论，以为可传。"上又颔之。七月初一日，上又问高阳李公、临朐冯公(冯溥)，再以士祯及中书舍人陈玉瑾对，上颔之。[①]

以上即是康熙向臣僚们的征询细节，当他的"王某诗可以传后世否"的疑问得到张英、李霨、冯溥等重臣的肯定答复后，十七年，康熙就将王渔洋升迁为翰林院侍讲。

康熙十七年正月，康熙帝在懋勤殿召见了以诗文优长见称的王渔洋和陈廷敬，当时正值博学鸿儒科实行。鸿博诏谕下达的当日，康熙皇帝又传谕："王士祯诗文兼优，著以翰林官用。"任命其为翰林院侍读，为从五品的官员。这次任命，被认为是"此本朝部曹改词臣之首例，异宠也"。王渔洋的神韵诗很受康熙赏赞，他的《雨中度故关》写于康熙十一年(1672)入蜀担任主考官途中："危栈飞流万仞山，戍楼遥指暮云间。西风忽送潇潇雨，满路槐花出故关。"其中的"西风忽送潇潇雨，满路槐花出故关"，写出了盛世的春和景明以及使臣心中充满的如槐花一样芳香的圣恩。据记载，康熙晚年还常于宫中吟诵此诗。

朱彝尊早年是一个反清复明的志士，但随着清朝统治的稳定，他也

① 伊丕聪：《王渔洋先生年谱》，山东大学出版社1989年版，第107～108页。

慢慢改变了对清朝的态度。康熙六年,他在给王渔洋的诗集所作的《王礼部诗序》中就表达了希望得到王渔洋的援引和提拔的愿望:"然则先生之诗,其必传于后无疑,而予之欲附以传者,不可谓无其人矣。《伐木》之诗曰:'嘤其鸣矣,求其友声。'夫鸣鸟既迁于乔木,而必下呼其友。先生之交游满天下,顾独有取予之一言,是亦小雅之义也。"①但改变他命运的是康熙十七年的博学鸿词科。康熙十八年(1679)三月初一,50岁的朱彝尊因"总督仓场户部侍郎严公沆、吏科给事中李公宗孔等交荐"而进京参加博学鸿儒考试。

其实此次考试朱彝尊的答卷并不能令康熙满意,拆卷日,上问:"诗中有云'杏花红似火,菖叶小于钗',菖叶安得似钗?"盖朱彝尊卷也。众对曰:"此句不甚佳。"上曰:"斯人固老名士,姑略之。"②对于朱彝尊,康熙在指出其"不甚佳"的诗句之后,却又以"斯人固老名士"而宽待他,正说明康熙看重的是这些遗民被"招安"的结果,至于过程则无甚紧要。康熙就是希望运用这种方式诏告天下:野无遗贤,以期从心理上瓦解前朝遗民的抵抗情绪。康熙十八年(1679)三月,博学鸿儒科中试的朱彝尊等50人均授翰林院检讨,入史馆纂修《明史》。不久以后,诗坛上就出现了"南朱北王"的双峰并峙的格局。

他最为士林传诵的是康熙二十二年正月二十日写的两首诗:

二十日召入南书房供奉

本作渔樵侣,翻联侍从臣。
迂疏人事减,出入主恩频。
短袂红尘少,晴窗绿字匀。
愿为温室树,相映上林春。

---

① (清)朱彝尊:《曝书亭集》,世界书局1937年版,第455页。

② (清)陈康祺:《词科摭言》,载《郎潜纪闻二笔》,中华书局1984年版,第478页。

恩赐禁中骑马

鱼钥千门启，龙楼一道通。
趋翔人不易，行步马偏工。①
鞭拂宫鸦影，衣香苑柳风。
薄游思贱日，足茧万山中。

前一首诗歌表达了朱彝尊那种得做侍从臣后的欣喜之情。他从一个常年奔波江湖的"渔樵侣"扶摇而成为康熙身边"侍从臣"，而且频蒙"主恩"，再也没有昔日浪迹天涯的"红尘"染袖之苦恼，有的只是"晴窗绿字"的奢华，最后表白心声：希望自己能够成为皇家上林苑的一棵"温室树"，为盛世增辉。后一首诗主题为今昔对比，最值得称道的是其尾联"薄游思贱日，足茧万山中"。

朱彝尊论诗主"醇雅"，与康熙所提倡的"清雅醇厚"的美学原则相呼应，并与王士祯的"神韵"说共同承载了演绎康熙王朝盛世元音的政治使命。

第三节　和声以鸣盛——君臣唱和，共谱盛世雅音

陈廷敬、王渔洋多年为康熙近臣，他们或接受康熙的诗文赐赠，或与康熙君臣唱和，其他如应制、纪恩或受命编纂诗文集、吟诗作文自不可胜数，更重要的是，他们也凭借着各自的影响，从京城到地方共同谱写盛世元音。

康熙选择王士祯，当然是因为他的典雅与温厚的"神韵诗风"堪当康熙盛世诗风的标准。沈德潜曾说过："或谓渔洋獭祭之工太多，性灵反为书卷所掩，故尔雅有余，而莽苍之气、遒劲之力，往往不及古人。……然独不曰，欢娱难工，愁苦易好，安能使处太平之盛者，强作无病呻吟乎？"②

① (清)朱彝尊：《曝书亭集》，第151页。

② (清)沈德潜：《清诗别裁集》，河北人民出版社1997年版，第60页。

王士祯既以诗文受知康熙，故其神韵诗也自然服务于朝堂，“神韵”说自觉向正统靠拢，借山水清音来淡化明末清初怨愤激烈的哀思，有意识地为盛世鼓吹雅音，成为康熙所需要和接受的诗学思想。这自然影响了王士祯的诗歌创作，他早年《秋柳诗》中淡淡的的故国情思已完全消失了。在与康熙的交往过程中，他深感世道升平，沐浩荡皇恩，诗风自然而然地转变为盛世雅音。他的诗学一生凡三变，但是不管怎么变，“神韵”未变，“雅”音未变，康熙对他的赏识起了决定性作用。

康熙奖掖陈廷敬的诗风为“清醇雅厚”，陈对此非常得意。他一再向友人津津乐道：“上尝有是言矣，赐廷敬诗序有曰：‘清醇雅厚，非积句累字之学所能窥也。’于戏，此风雅之本原，诗人之极致，廷敬何足以当之！”

陈廷敬除一次奉命祭告北镇、两次丁忧、两次追随圣驾南巡离开京城外，大多数时间身居庙堂，和康熙君臣唱和。他呼应康熙皇帝，恪守汉儒的诗教说与功利观，高举文以载道的大纛：“夫文以载道，诗独不然乎？自昔宋初学者，祧少陵而宗义山，虽以欧阳公之贤，犹舍杜而学韩。欧阳公诗不逮文，固无可论，然亦岂非以韩诗之为尤近于道与？”[①]可见儒家之“道”在陈氏心目中的地位，他所追求的正是“道尊而学正，学正而文兴”[②]，俨然一副神圣不可侵犯的儒家正统面孔。陈廷敬以弘扬“大雅”，补救“大雅久寂寞”为己任，与王士祯的“神韵”诗、朱彝尊的“醇雅”词，一起奏响了清朝的盛世元音。

王士祯和陈廷敬既是康熙提拔的重臣，又是文坛领袖。他们不仅与康熙唱和，而且通过和友人、学生等的交往，带动和影响了更多的诗人。

王士祯先后做官四十五年，位列六部九卿，数次主持乡试、会试，门生故吏遍天下，又加上两次奉祭告之名任值南书房，多次参与或主持文人雅集活动，编定《十子诗略》等诗文集；既为官场重臣，又是骚坛领袖，不仅影响了身边的师友，更带动了众多弟子。他在《居易录》中回忆了自己从顺治戊戌（1658）至康熙庚申（1680）二十余年间文坛交往的概况，其中就包括了汪琬、程可则、邹祇谟、刘体仁、梁熙、叶方蔼、沈荃、彭

① （清）陈廷敬：《午亭文编》，载《四库全书》集部第1316册，第547页。

② （清）陈廷敬：《午亭文编》，载《四库全书》集部第1316册，第505页。

孙遹、李天馥、陈廷敬、董文骥、龚鼎孳、宋琬、曹尔堪、施闰章、宋荦、王又旦、曹贞吉、颜光敏、叶封、田雯、谢重辉、丁炜、陈维崧、曹禾、汪懋麟等。这些人既是清初文坛名流,也是官场名臣;既是王士祯的诗友同僚,又是康熙的重臣或文友,影响着一代文风,自然地引领着诗歌创作朝着符合康熙意愿的盛世之音发展。

陈廷敬不仅理论上以诗载道,而且他通过文人雅集的方式,将这种褒衣博带的诗风传递到他所接触的每一个文人,体现了其"和声以鸣盛"的特点。沈德潜亦云:"康熙初,公与西樵、渔洋、荔裳、愚山、顾庵、绎堂诸公,时为文酒之会,号称极盛。"[①]可见其诗歌活动之一斑。考察陈氏的《午亭文编》,就会发现作为诗人的陈廷敬大量地参与当时文人的雅集活动,并且大多有诗纪之。比较大型的雅集就有数十次,这些所谓的文会,不仅仅是通常意义上的文人之间诗酒流连,相互切磋,更主要的是它犹如一张精心织就的大网,将当时文坛的风云人物笼罩其中,共同演绎康熙朝的盛世雅音。

康熙朝以陈廷敬、王士祯为代表的诗人,不仅用自己的诗文为康熙王朝润色鸿业,同时利用自己在文坛和政坛的双重影响力,带动着诗坛盛世元音的多重演奏。朱彝尊在仕途上两次遭到贬官最终致仕归里,虽没有陈廷敬和王士祯的一帆风顺,但他的"醇雅"词论(斥淫哇、抑豪放、崇雅正、偏清空)却对清代词风影响深远。

陈廷敬、王士祯、朱彝尊等这些康熙诗文坛颇有影响的诗人,都因受到康熙的提拔而以倡风颂雅为己任,而作为康熙"保举"的国子监博士孔尚任自然会牢记康熙"学诗否"的问讯,并自觉地以家传《诗三百》为标准向康熙的诗教靠拢。所以孔尚任论诗主"性情"也就不足为奇了。

孔尚任在扬州期间提出了他的性情诗论并以此影响和带动着扬州诗坛的风向,但因为孔尚任和江南有着知己的情谊,督管河务期间亲见百姓疾苦,所以他的性情诗比起陈廷敬、王士祯、朱彝尊等人的台阁吟诵,要厚重得多。

---

① (清)沈德潜:《清诗别载集》,第87页。

第三章

康熙朝的盛世雅音与孔尚任的诗文活动(下)

——孔尚任的性情诗论与扬州文学的繁荣

有清一朝,扬州文坛曾出现过三次集中的诗文创作繁荣时期:“神韵”诗人王渔洋任扬州推官的四年(顺治十七年至康熙二年),孔尚任以湖海使臣身份驻扬州的三年(康熙二十五年至康熙二十八年),卢见曾在扬州任两淮盐运使的十年(乾隆十八年至乾隆二十八年)。他们文学活动的意义各不相同。王渔洋在扬州的诗文唱和是明亡清兴后扬州文学的第一次振兴,三藩之乱后孔尚任莅临扬州所掀起的诗文创作热潮则是扬州文学的再度繁荣。至于卢见曾,虽然他极力追寻王渔洋,多次发起文学聚会,其红桥修禊诗的唱和人数甚至超过了7000人,规模前所未有,但由于乾隆时的扬州已成为富庶的商业都会,卢见曾的诗文活动已沦为娱乐表演,失去了清初王渔洋和孔尚任所承担的文化振兴的意义。

由于王渔洋诗名显赫,他在扬州的文学活动及其对扬州文学的贡献,已有充分的论述。文学史上关于扬州生活对孔尚任创作《桃花扇》的重要性也多所揭示,但身兼圣裔和康熙使臣双重身份的孔尚任对扬州文学乃至清代诗学的意义、他的性情诗论和创作对康熙诗教的呼应,特别是他和江南遗民的友情以及对他们生活方式的改变,却并没有引起论者的关注。

康熙二十五年七月，身为国子监博士的孔尚任奉康熙帝之命以湖海使臣的身份随工部侍郎孙在丰前往淮扬，疏浚黄河海口。治河衙署就设在的扬州(广陵)。从康熙二十五年七月离京、八月到达扬州至康熙二十八年暮冬奉命离扬还京，四年中，孔尚任不惮风雨劳悴，勤于治河事务，但终因党争纷起，未能实现当初治河的宏愿。但他在扬州广交骚人墨客，大会诗人名流，多次组织和参与了扬州的大型诗文活动，促成了扬州文学的繁荣。

第一节　扶风振雅倡文教——孔尚任在扬州的诗文活动

康熙二十四年正月十八日，孔尚任怀着“犬马图报”的心情，奔赴京城，二十八日升国子先生座，从此开始了他的为官生涯。

国子监博士是学官，每月除了四天左右的时间给国子监生授课，其他时间都很清闲。因此，在这一年以及从扬州回来后继续担任国子监博士期间，孔尚任的大量诗文多是记录他和同僚及诗友们郊游、赏花、论诗诸如此类的休闲活动。当然，孔尚任也用诗表达了对国子监博士冷清生活的抱怨：“殷勤劳帝简，仿佛记臣名。教胄官原美，分簾职又清。”“茶叶分冷署，诗社聚闲官。”[①]“佳节豪华住帝都，闲官冷署自踟蹰。”[②]对孔尚任来说，闲官冷署怎么能比得上曲阜为康熙讲经的那种荣耀与热闹？

好在康熙并没有让孔尚任等太久，第二年，也就是康熙二十五年七月，黄河、淮河水灾严重，康熙任命孔尚任以湖海使臣的身份随工部侍郎孙在丰出使淮、扬一带治河，参与疏浚黄河海口的工程，治河衙署就设在扬州。

相比依然担任国子监博士的族兄孔尚铉，我们不妨把康熙对孔尚任的这次任命，看作明君对臣子孔尚任的磨炼与试验。这对于一心想

---

① (清)孔尚任：《乙丑闱中拨闷，和王宪尹韵》，载徐振贵校注《孔尚任全集辑校注评》第2册，第679页。

② (清)孔尚任：《中秋待月》，载徐振贵校注《孔尚任全集辑校注评》第2册，第682页。

经世济民的孔尚任来说，自然是难得的机遇，他牢记着离京前康熙对诸臣的重托，渴望能做一番事业。

从康熙二十五年八月到达扬州至康熙二十八年暮冬奉旨离扬还京，四年中，孔尚任不惮风雨劳悴，勤于治河事务。但因主管治河的官员之间意见相左，彼此又上书康熙互相攻讦，致使下河工程一再受阻，不能连续施工，治河工程也就一拖再拖，孔尚任也未能实现当初治河的宏愿。孔尚任对此极为失望。那些大僚们置受困于滔滔水灾中的百姓于不顾，沉醉在歌舞酒宴之中，这使得孔尚任不禁发出了“为问琼筵诸水部，千樽倒尽可消愁？”[①]的责问。

但扬州治河期间，却展现了孔尚任文人的特质，他在扬州广交骚人墨客，大会诗人名流，访问了诸多明遗民，如王弘撰、杜岕、张瑶星和余怀之子余宾硕等人，并且游历南京，亲过明故宫，拜谒明孝陵，为《桃花扇》的创作收集了翔实的资料。同时他多次组织和参与了扬州的大型诗文活动，对扬州文学的繁荣作出了重要贡献。

《湖海集》是孔尚任在扬州任上创作的诗文的总集，其中记载的由孔尚任主持或参加的扬州及附近地区的大型诗歌活动就有 30 多次，与孔尚任诗文唱和的诗人有 200 人之多，远远超过了王渔洋在扬州时所领导的诗文活动规模（王渔洋的诗文活动主要有两次红桥修禊，一次水绘园联唱，结交人数约有数十人），从而掀起了扬州诗文创作的热潮。

孔尚任于康熙二十五年八月至扬州，十一月就在扬州寓所邀集南北名流 16 人宴饮赋诗，他们是如皋冒辟疆（冒襄）、青若父子，泰州黄仙裳（即黄云）、交三父子，邓孝威，合肥何蜀山，吴江吴闻玮、徐丙文，诸城丘柯村，松江倪永清，新安方宝臣，祁门李若谷，吴县钱锦树等，众人诗作结集为《广陵听雨诗》。他的《广陵听雨诗序》记载了这次诗会的盛况：“乃于仲冬晦前，修五簋于行署，如约集者十有六人。于是考世籍，序年齿，长者安父兄之尊，少者执子弟之礼。洗爵献斝，礼仪卒度。维时暮雨忽来，早梅渐放，剪烛对之。座上客信手分韵，以志不忘。时夜

① （清）孔尚任：《淮上有感》，载徐振贵校注《孔尚任全集辑校注评》第 2 册，第 698 页。

已半，有去者、有留者，或斗酒一挥，或捻须苦构，自夕达曙，潇潇之雨声不歇，琅琅之吟声若为和之。”①诗会上，孔尚任“考世籍，序年齿，长者安父兄之尊，少者执子弟之礼。洗爵献斝，礼仪卒度”，所谓尊者，当然指冒辟疆、黄仙裳以及邓孝威等在江南声望颇大的老遗民。对儒家礼仪的尊崇和长幼有别的区分，赢得了江南士人对这位孔门圣裔的尊敬和好感，正如黄仙裳所说：“此先生在广陵第一会也，余亲与其胜，一时江南北传播，风气顿开。”②一些没能与会的诗人，如李鸿霔、戴舆等，纷纷在会后和诗投递，戴舆诗中说的“满坐春风生逸兴，空庭暮雨咨清谈”③，当是人们对这次诗会的盛传。

广陵第一次诗会之后，孔尚任的诗名迅速传播开来，骚人墨客、隐逸耆旧相继来会，孔尚任因此结交了更多的诗人。次年他在泰州举办的宫氏北园诗会，则使宫氏北园由废园变为名园。康熙二十六年(1687)三月，孔尚任因治河公务至泰州，宫氏北园即为其寓所。宫氏北园曾为名园，是诗人登楼览胜之佳处。但由于连年水患，人迹疏至，几为荒废，已变成“狐宅蛇窟”的废楼。孔尚任剪草除荒，在此园大会故交新知 22 人。所谓“故交”，指的是孔尚任初到扬州就结识的著名遗民诗人黄云、邓汉仪、冒襄等，他们在广陵听雨之会后，和孔尚任已成为莫逆之交，频频以诗文唱和。他们也追随着孔尚任来到泰州城。新近结识的遗民，如闵一行、查秋山、柳长在、名士徐浴咸等，都参加了这次北园诗会。值得注意的是，闵一行这位隐居避世的遗民，在孔尚任初访时还有意回避，这次却欣然前来，并承担了举办诗会所需的治具。这次诗会上，主宾登楼观海，诗兴豪迈。孔尚任对自己在诗人中的号召力尤为自豪，他在记录此次诗会之盛的《海陵登楼记》文中写道：“乃知主人至而宾客即至，宾客至而文酒雅歌。”“骚墨声伎，各极其长。一日之间，凡

① (清)孔尚任：《广陵听雨诗序》，载徐振贵校注《孔尚任全集辑校注评》第 2 册，第 1124 页。

② (清)孔尚任：《仲冬，如皋冒辟疆、青若，泰州黄仙裳、交三，邓孝威，合肥何蜀山，吴江吴闻玮、徐丙文、诸城丘柯村，松江倪永清，新安方宝臣、张山来、谐石、姚纶如、祁门李若谷，吴县钱锦树集广陵邸斋听雨分韵》诗后黄仙裳评，载徐振贵校注《孔尚任全集辑校注评》第 2 册，第 724 页。

③ 转引自袁世硕：《孔尚任年谱》，第 51 页。

吟诗二十二篇，画二帧，琴二操，琵琶三曲，吴歌七奏。”①黄云则认为孔尚任独领风骚：“登楼之会，以公吟诗擅场，气韵高老自能，然笼罩一切。”②

这年四月，由于党争激烈，河务几成狱案。孔尚任也从泰州返回扬州，候召返京。但由于他非贪财之人，当那些治河官员纷纷因“唯利是图”罪名撤职返京时，孔尚任却留了下来。在等待新的治河官员上任期间，孔尚任应著名遗民诗人卓子任之邀，参加了名士吴绮所创办的诗社——春江花月社在扬州北郭的秘园诗会。此会“多至三十余人，萃八省之彦”③。作为社外之人，孔尚任以自己的诗情人品赢得了社友们的尊敬，感受到了真挚的友情：“北郭名园水次开，酒筹茶具乱苍苔。客催白舫争先到，花近红桥赌胜栽。海上犹留多病体，樽前又添几诗才。蒲帆满挂行还住，似为维扬结社来。”④

孔尚任足迹所至之处，皆以诗文交友。五月督工移住兴化，六月他就在兴化拱极台召集宋既庭、蒋年龙、李沂、李国宋、朱爽饮宴纳凉，即兴赋有《拱极台纳凉，即席分赋》：“孤亭渔浦外，雨过偶拾携。无限新烟水，曾经旧品题。酒瓶荷气重，客棹柳风低。爱此吟坛好，初来试鼓鼙。”末一句含蓄地透露出孔尚任意欲扶风振雅的自信。在该诗后注里，黄云说他的这首诗：“公至昭阳第一会诗，步止安闲，信足扶风振雅。”

广陵听雨和海陵登楼，使孔尚任赢得了扬州和流寓在扬州一带的遗民诗人的信任。秘园结社和拱极台赋诗，又使孔尚任受到了当地诗人名流的欢迎和尊崇。特别是与春江花月社的诗人，既是诗友，又俨然

① （清）孔尚任：《海陵登楼记》，载徐振贵校注《孔尚任全集辑校注评》第2册，第1126页。

② （清）孔尚任：《暮春，张宴署园北楼，大会诗人……时闵义行代为治具，各即席分赋》诗后黄云评，载徐振贵校注《孔尚任全集辑校注评》第2册，第754页。

③ （清）孔尚任：《停帆邗上，春江社友卓子任召集秘园，即席分赋》诗后宗定九注，载徐振贵校注《孔尚任全集辑校注评》第2册，第778页。

④ （清）孔尚任：《停帆邗上，春江社友卓子任召集秘园，即席分赋》诗后宗定九注，载徐振贵校注《孔尚任全集辑校注评》第2册，第778页。

同社社友，他在离扬出海时写给春江社友们的赠别诗中就亲切地以“同社”相称并表达了留恋不舍之意：“夜缆城南晓泊东，劳臣发白去留中。常愁海气吹梅雨，似爱莺声住柳风。结缔莫如三子厚，应酬却愧七言同。连宵苦恋樽前客，无那船头似转蓬。”邓孝威评此诗说：“清新之气扑人。”宗定九则注曰：“维扬诸子当什袭此诗。”①

从康熙二十五年八月初至扬州，到康熙二十六年五六月移住兴化，约一年的时间里，孔尚任忙于河务，湖海漂泊，风雨劳瘁，尽职尽责。但难得的是，他常常座上客满，杯中不空。除了黄云、冒辟疆、邓汉仪这些老友不离不弃地追随着他至泰州、至昭阳、至兴化相会外，还不断地有诗人名士慕名而来。孔尚任总是倾囊相待，设宴赋诗，商略风雅。虽然已渐渐陷于“食指日多，俸不敷用”的尴尬境地，但哪怕向人借贷，他也不改以诗会友的雅兴。对扬州士人来说，作为天子使臣的孔尚任，已成了扬州及其附近地区文学活动的中心人物，他的诗会也具有了“此古之𬨎轩采风，以献朝廷之意”②。

他也当仁不让地担当起诗坛盟主的重任。十一月，从兴化重返扬州后，他和扬州诗人各尽宾主之情，共同发起的琼花观看月、红桥修禊、扬州观涛、梅花岭登高、平山堂大会等大型文学集会，终于将扬州文学创作的热情推向了三藩之乱后的高峰。

康熙二十六年十一月望日，孔尚任大集诗人名士七十余人于琼花观看月，联吟达旦，这是入清以来扬州文坛上规模最大的一次诗人盛会。孔尚任自是兴奋不已。他在《琼花观看月序》文中记道：“丁卯冬，余偶一及之，叹其处闹境而不喧，近市尘而常洁，乃召集名士七十余人，探琼花之遗址。流连久立，明月浮空，恍见淡妆素影，绰约冰壶之内。于是列作广庭，饮酒赋诗，间以笙歌，夜深景阒，感叹及之。”

康熙二十七年三月三日的红桥修禊乃为扬州诗人对孔尚任召集的琼花观看月的唱和，这次诗会由春江花月社主吴绮和遗民诗人冒辟疆、

① （清）孔尚任：《久缆维扬复之海上留别诸子》，载徐振贵校注《孔尚任全集辑校注评》第2册，第780页。

② 转引自袁世硕：《孔尚任年谱》，第67页。

邓汉仪作为东道主共同发起，孔尚任应邀前往。这在孔尚任《红桥修禊序》一文中有明确的交代：“予时赴诸君之召，往来逐队”，“大会群贤，追踪遗事，吟诗见志，畅遂自得”。这次诗会与王渔洋的红桥修禊作为红桥盛事都记在阮元的《广陵诗事》中。但有趣的是，阮元的《广陵诗事》却将宾主颠倒，认为红桥修禊为孔尚任所发起：“红桥为诗人聚集之地，王阮亭、宋荔裳皆尝觞咏于此。后孔东塘在广陵时，上巳日，召同吴园茨、邓孝威、费此度、李艾山、黄仙裳、宗定九、宗子发、查二瞻、蒋前民、闵宾连、王武征、乔东湖、朱其泰、朱西柯、王孚嘉、王楚士、王允文、闵义行，共二十四人，红桥修禊，赋诗纪事。”[①]宾主倒置，误则误也，然由此可以看出，孔尚任在扬州，乃至离扬之后，他在当地诗人中的盟主地位，已是不争的事实。

在之后的扬州观涛、梅花岭登高、平山堂大会中，孔尚任总能以独特的诗歌创作，稳执诗坛牛耳。八月十八日，孔尚任召集邓汉仪、吴绮等三十二人于扬州舟中观涛。广陵观涛因为枚乘的《七发》而成为千古文人所向往的盛事。然而这次诗会却不是单纯的模仿，更有长江后浪推前浪之势。“月轮虽照当年水，几见临流诗句新”[②]的诗句，表明了孔尚任对于创新诗风的追求。无怪乎该诗后注中宗定九评云：“观涛之会，予与其胜，座中三十二人，分较旗鼓，独先生有龙跳虎掷之气，不能不推为麾主也。”

九月九日，孔尚任应邓汉仪、吴绮之邀与其他观涛之人共赴梅花岭登高赋诗。梅花岭是明忠臣史可法的衣冠冢所在之地，不能不引起孔尚任和同人们的故国之思、兴亡之慨，但作为孔门后裔、康熙臣属的孔尚任则很好地兼顾了故国和新朝，不失大家风范：“隋苑登临久订期，天涯兄弟果相携。收藏老泪听新曲，指顾秋原说旧基。误节从他开菊晚，望乡不在立台时。年年客里茱萸会，有甚穷愁未上诗。”宗定九说此诗

① （清）阮元编：《广陵诗事》卷七，嘉庆浙江节署刊本。

② （清）孔尚任：《八月十八日，大会同人于广陵观涛舟中分韵》，载徐振贵校注《孔尚任全集辑校注评》第2册，第919页。

"思路最深,而以浅出之"[①]。这大概是孔尚任在扬州颇有号召力的原因所在吧。

康熙二十八年,孔尚任应邀参加了平山堂大会。诗友们甚至将他与欧苏并称:"平山堂大集,列者三十人,所为诗,各感所感,而先生之感直续欧苏,并传不朽矣。"[②]

孔尚任在扬州扶风振雅的活动,赢得了扬州诗人对他的信任和支持。康熙二十六年正月十四日,初孔尚任刚移驻泰州,就和同人一起祭祀泰州学派的创始人王艮,并作《告王心斋先生文》。文中孔尚任对王艮"维先生继阳明之后,崛起东海,力倡圣学,能使顽廉懦立,教化大行"的推崇,必然深得这些以传承儒道为本职的士人之心。康熙二十七年,他"从诸人之请",致书江苏巡抚田雯,请求修复北海(孔融)祖祠为北海书院,"为朔望会讲之所,俾四方游学者栖迟有地"。他热心为杨香山的《圣贤事迹歌》作序,宣传圣贤事迹。特别是他对遗民以"吾党"相称的做法,最终赢得了他们的信任。在明亡清兴的事实面前,孔尚任以自己的努力,为彷徨苦闷的江南士人特别是遗民们重建精神家园,并帮助他们寻求到继续担当传承道统、文统的重任的出路。

虽然,孔尚任治河"即日告成平"的期许未能实现,但他的文学活动极大地促进了扬州文学的繁荣却是不争的事实。他雅爱酬唱,勉力风雅,发起和参与的广陵听雨、海陵登楼、扬州观涛、红桥修禊、梅花岭登高、平山堂大会等诗酒文会,在王渔洋之后,"式靡起衰",再次酿成了扬州浓厚的文学风气。在战乱和水患中一度荒芜的宫氏北园、琼花观、海光楼等和扬州名胜红桥一起大放异彩。以吴绮的春江花月社为代表的扬州本地诗人,以冒辟疆、黄云、邓汉仪为代表的遗民诗人,还有流寓扬州的外省诗人和遗民,多股力量都在孔尚任的带动下进入了较为亢奋的创作状态。

---

① (清)孔尚任:《登高席上酬诸同人》,载徐振贵校注《孔尚任全集辑校注评》第 2 册,第 936 页。

② (清)孔尚任:《杨尔珙召同人宴平山堂,读欧苏壁间词有感,即席分赋二律》诗后黄云注,载徐振贵校注《孔尚任全集辑校注评》第 2 册,1018 页。

孔尚任在扬州的诗文活动，遗民诗人是主要参与人，但也包括很多当地名流和流寓扬州的骚人墨客。他们一方面对孔尚任的文学活动积极参与，另一方面，对孔尚任的努力给予了高度的评价。正如张潮于康熙二十八年写给孔尚任的信中所说："闻驾到扬，俗冗未遑趋谒。……此地长官主持风雅者，自阮亭、长真两先生后，几成绝响，幸得老世台再为式靡起衰，真斯道之幸。然为王、金两先生易，而为老世台难。盖彼居得为之地，自足以奔走贤豪；今世台独以闲曹冷署，又且来往靡常，而行署所在，坐客常满，何快如之？"①

第二节　尊贤敬老是使臣——孔尚任与扬州遗民的交往

200余名诗友中，与孔尚任交往最深、受其文学活动影响最大的，则是那些经历了明清鼎革的诗人，他们多为誓不出仕清朝的遗民，孔尚任离开扬州时所说的"生平知己，半在扬州"的知己，如冒辟疆、黄云、卓尔堪等人，正像袁世硕先生考述的那样，他们对孔尚任创作《桃花扇》影响甚巨。但受孔尚任文学活动影响最大的，也是这些人。孔尚任的文学活动对这些遗民生活和生存方式的影响和改变，以及他们对待清王朝的态度的改变，是颇值得玩味的。

遗民，是朝代更替中一个特殊的政治群体。中国遗民的历史在商周更替、伯夷与叔齐逃于首阳山避世隐居时就已开始了。当朝代更替以民族统治的激烈方式进行的时候，遗民现象就更为显著，因为他们不但要忠于旧朝，更要忠于本民族。宋元之际、明清之际，即是遗民历史上最为突出的两个时期。然而清初的明遗民在规模上又远远超过元初的宋遗民。清初的扬州即为明遗民的一大渊薮。

扬州，像江南其他几座历史名城一样，在明清易代之际，是文采风流与慷慨节烈并耀齐芳之地。顺治二年（1645），清军南下进攻扬州，进行了连续十天的大屠杀：史可法及其部下被俘不屈，慷慨就义；原兵部

① 转引自袁世硕：《孔尚任年谱》，第83页。

尚书张伯鲸等退职士绅和众多诸生，以及画工、小贩甚至乞丐等庶民和他们的眷属纷纷自刎、自缢、投河；在清军大屠杀的暴行中，仅寺院的焚尸簿所载的就有80余万。在如此残酷屠戮的大劫难中死里逃生的南明士人，即使在清政权稳固之后，也不愿意把自己的人生前途和它联系在一起，而宁愿选择一种艰危困苦、无所依归的遗民生活。这就形成了扬州及其附属州县遗民群体的集中出现。这个遗民群体，除了扬州及其附属州县的遗民如冒辟疆、黄云、宗元豫、蒋易、李沂、邵潜等诗人外，还包括流寓本地甚至定居扬州的外地遗民，如龚贤、黄周星、梁以楠、费密、杜睿、杜芥、黄逵、吕潜、许承钦、查士标、孙默、程邃等。他们或慷慨节烈，志在恢复；或土室自封，自绝于世；或逃于禅，寄于道，托于狂，佯狂避世。

然而，遗民的生存方式也随着时间的流逝悄悄发生着变化。孔尚任到扬州的康熙二十五年，“是时当康熙二十五年，距甲申已二十四祀，距缅甸之难已二十五纪，郑祚复斩，三藩削平……”[①]随着南明小朝廷政权的覆亡、台湾的归附、三藩的平定，清王朝通过一系列措施发展生产、拉拢汉人、稳定民心，清王朝的统治正由平乱到治世过渡。而这样的现实显然是有违遗民的期望的。社会的日趋稳定，意味着他们的恢复期待落空，意味着他们的生存依据日益脆弱。他们忠于故国，然而恢复却已成空；他们不仕新朝，然而他们赖以生存的却是大清的国土。更重要的是，他们根本不可能完全隔绝于清朝的统治之外。如果说之前王渔洋作为清朝新贵和遗民的交往，还是以羚羊挂角的诗文切磋进行的话，那么，孔尚任的到来，则使遗民们的生存方式发生了显著的改变：从土室自封者破例与孔尚任相见，到扬州遗民群体对孔尚任诗文活动的主动追随和热情参与，以至以肝膈之言珍重相托付。描述这种变化和探究背后的原因，对于我们了解孔尚任扬州诗文活动的意义是大有裨益的。

遗民们对于孔尚任这位康熙使臣的到来，最初还是怀疑甚至拒绝

① 转引自赵园：《明清之际士大夫研究》，北京大学出版社2006年版，第377页。

相见的。但在那位颇有声望的遗民黄云的帮助下，他们逐渐消除了对孔尚任的顾虑，“骚人墨客，皆通名刺焉”。而孔尚任对这些遗民的尊敬和帮助，则使他们发自肺腑地将孔尚任视为“吾道之主盟”，与孔尚任成为莫逆之交。著名遗民孙豹人去世后，孔尚任为他写了情真意挚的《挽孙豹人》一诗。诗后的评注代表了遗民们对孔尚任的尊重和拥护：“豹人之变，同仁惊恸。先生光赐挽言，倡导海内，真吾道之主盟，顶感宁止泉下人耶？”①

其中尤为突出的，是那些态度坚决、足不入城甚至土室自封的遗民态度的变化。孔尚任刚到扬州，就前往拜访著名遗民闵义行，但吃了闭门羹，闵义行有意避开了。而康熙二十五年的暮冬，闵义行却从江都赶至泰州，主动拜访孔尚任，并以书画、宣炉相赠。孔尚任有《屡访闵义行，不遇。冬暮寻余泰州，以书画宣炉见遗》一诗相纪：“闻君孤孑善避世，频访柴桑午门闭。……破懒公然到海陵，野鹤幽姿谷兰味。”闵义行不但主动拜访孔尚任，还留在孔尚任署中观剧宴饮。康熙二十六年三月初九，孔尚任在宫氏北园招宴同人登楼赋诗，“闵义行代为治具”，费用全由闵义行代出，两人的关系已非常亲密了。

宗元鼎是扬州东原的一位遗民，他在康熙十八年的吏部考试中高居第一，但却拒绝了清廷的任职。之后即回扬州，隐居地僻的东原，经年不入城市，于著书外，唯垂钓柴门，聊以消遣。康熙甲子(即康熙二十三年)，康熙南巡时曾下旨召见他，但因“垂竿江上，未获进见”②。对于这样一位遗民和隐士，孔尚任是慕名不已，并托黄云转达自己结交的诚意。康熙二十六年正月上旬，宗元鼎主动自扬州东原拜访孔尚任于泰州，并说：“予初访先生于海陵，一见莫逆，盖神交久也。”③虽然孔尚任在扬州、泰州、兴化诸城所举行的一些文酒之会，除观涛外，宗元鼎都没参加，但两人私相会面的次数却并不甚少，并且宗元鼎将“家藏近百年”

① 转引自袁世硕：《孔尚任年谱》，第55页。

② 转引自袁世硕：《孔尚任年谱》，第236页。

③ (清)孔尚任：《宗定九自广陵来访，同黄仙裳、交三、秦孟岷即席分赋》诗后宗元鼎注，载徐振贵校注《孔尚任全集辑校注评》第2册，第740页。

的古琴相赠，参与了孔尚任《湖海集》诗文的编订，并对大部分诗篇作了评注，还为之写了一篇序文。足见两人交情之深。

同时，孔尚任的到来更打破了扬州另一著名遗民李沂的生活常规。李沂，兴化人，明末诸生，明亡后弃诸生，隐居故乡兴化，伏处蓬室，生活拮据，却能以诗歌自娱，以名节自许："凡水旱、饥馑、险阻、患难、忧悲、迴穷，尝靡不备。"而他始终不改初志，"历久而弥坚，垂老而愈确"[①]。与他交往的，也只是几个像他一样的遗老，如宗元豫、陆挺抡、龚贤等人。以前，王渔洋曾登门拜访，他固辞不见。但其时孔尚任来访，他却破例相见，并且以诗相赠。孔尚任《和答李艾山》诗后黄云注："壶庵（李沂号）病目辍读，弃笔砚久矣。先生（指孔尚任——作者注）至昭阳，始勉尔破戒，盖为悦己者容也。"[②]

孔尚任决计北归之时，还专程去南京瞻拜明孝陵，并特意到栖霞山白云庵拜访了遗民张瑶星——故明锦衣卫千户。李自成攻陷北京时，他坚决不降，并冒险为崇祯帝收尸守灵，之后潜归南京，任职弘光小朝廷期间，他尽力维护复社中人。清兵南下，南明覆亡后，他便到南京东郊的栖霞山白云庵做了道士，隐居不出，数十年不入城市，士大夫罕能见其面，人称"白云先生"。但他却接见了孔尚任，孔尚任有诗《白云庵访张瑶星道士》相纪。诗中写张瑶星倒屣相迎，态度和善，所谈明亡遗事，意味深长，令孔尚任感伤不已。

闵义行、宗元鼎、李沂这些故明遗老，是遗民群体中态度坚决的代表者。他们以避世隐居的态度拒绝着清王朝的统治：闵义行"孤孑善避世"；宗元鼎经年不入城市，康熙召请，他"垂竿江上"，以隐居为由不去拜见；李沂"病目辍读，弃笔砚久矣"，王渔洋来访他都固辞不见，可是他们都因孔尚任的到来而某种程度上改变了自己的坚持。这自然是因为孔尚任有着王渔洋甚至康熙所没有的身份——圣裔，作为圣裔的孔尚任是这些坚持气节的遗民们信仰的代表。

---

① 转引自袁世硕：《孔尚任年谱》，第243页。

② （清）孔尚任：《和答李艾山》诗后黄云注，载徐振贵校注《孔尚任全集辑校注评》第2册，第821页。

如果说闵义行、宗元鼎、李沂等人以私交的方式有限度地打破了作为遗民的封闭的生存状态的话，那么热情如黄云、冒辟疆、邓汉仪的这些遗民，则以追随者的身份广泛地参与到孔尚任所发起的诗文活动中来。孔尚任足迹所至之处，皆有他们的身影。他们推重孔尚任为“吾道盟主”，频频参与孔尚任的诗会，并热情设宴，相互酬答。可以说，这些遗民耆英终于在复国无望、闭门不甘的焦虑、彷徨中，找到了另外一种切实可行的生存意义——以群体诗人的写作振兴诗教。虽然他们的诗作成就参差不一，但他们的创作实践却促成了清初扬州诗风由凄清愁怨的亡国哀音向清新平正的盛世雅乐的转变。正如孔尚任的《红桥修禊序》中所指出的：“予今者大会群贤，追踪遗事，其吟诗见志也，亦莫不有畅遂自得之意。盖欣赏夫时和者犹浅，而兴感于盛世者则深。因叙述诸篇，为之流传，俾读者知吾党舞蹈所生，有非寻常迹象之可拘耳！”[①]参与红桥修禊的吴园茨、邓孝威、费此度、李艾山、黄仙裳、宗定九、宗子发、查二瞻、蒋前民、闵宾连、王武征、乔东湖、朱其泰、朱西柯、王孚嘉、王楚士、王允文、闵义行等24人中，邓孝威、费此度、李艾山、黄仙裳、宗定九、查二瞻、蒋前民、闵义行等都是著名遗民。孔尚任称他们为“吾党”，借用了《论语》中孔子对围绕在以他为中心的儒家学派之人的称呼，而有意回避了遗老或遗民的称谓，其实就是巧妙地打通明清易代所导致的隔阂和戒备，唯其如此，诗会上他们才能“吟诗见志”、“畅遂自得”，他们对于时代的感受，“盖欣赏夫时和者犹浅，而兴感于盛世者则深”。以故明遗民的身份而对生活的清朝发出“兴感于盛世者则深”的感叹，这是多么艰难的转变。

然而，我们必须看到，诗歌创作风气的转变只是表示着遗民对清朝统治的某种认同，并不意味着遗民身份和立场的改变。事实上，他们内心深处对故国的感情是根本不可能割舍掉的。84岁的老遗民许漱雪同孔尚任酒后畅谈，讲述了孔尚任没有听说过的许多前朝遗事，孔尚任诗《又至海陵许漱雪农部间壁见招小饮》后有邓孝威的批注：“漱翁以八

---

① (清)孔尚任：《红桥修禊序》，载徐振贵校注《孔尚任全集辑校注评》第2册，第1150页。

十四老人，诗酒之兴不减，一夕快谈，差消旅寂。然不堪为外人道。”被孔尚任称为“睥睨公卿，气势峥嵘”的黄冈老遗民杜濬，不屑于与名公贵人交往，但他却专程来到扬州，停舟和孔尚任“一夕饮酒快谈”，“实有一段欲吐不了之衷”。据袁世硕先生考述，这“一段欲吐不了之衷”，应该是杜濬目睹过的弘光小朝廷的许多轶事，以及他本人的看法与感想。明末四公子之一的冒辟疆不但与孔尚任频频诗酒唱和，而且在孔尚任移住兴化期间，他还以 77 岁的高龄，从如皋到兴化为孔尚任祝寿，在孔尚任处一住就是一月之久。“冒襄对孔尚任创作《桃花扇》，无疑是给予了不少帮助，使孔尚任获得了丰富的素材，也增强了他写作的信心。”①

许漱雪、杜濬、冒襄、张瑶星等这些年事甚高的故明遗民，一改对清朝官员的回避态度，与孔尚任深交长谈，所谈内容多为不能向人道的弘光遗事和明清鼎革的鲜为人知的史实。这些确实值得深究。但作为能诗善文的老者，他们其实早在自己的诗文里记下了他们对历史的伤痛和感慨。所以，他们急于向孔尚任诉说的态度，他们对《桃花扇》写作的关注，更在于他们保存明史的强烈愿望。对于他们来说，生存的意义更在于存史继志，他们在，明史就不会消失。可是他们已年过七十，余生无多，令他们担忧的是他们身后历史的被遗忘或被改写。即使张瑶星著书充栋但坚决不留副本，不让自己的著作流传后世，对孔尚任也是“数语发精微”，应是出于同样的担忧吧。在清初修明史蔚然成风的时候，他们都选择了孔尚任，那种种“不堪为外人道”的肺腑之言便找到了可以相托之人。无论是对《桃花扇》还是对这些老遗民来说，这都应该是一种难得的遇合。

扬州遗民对孔尚任态度的转变，从表面上来说是对孔尚任圣裔身份的认同。孔尚任尊贤敬老的态度、振兴诗教的努力，准备创作《桃花扇》而秉承的“春秋之义，太史之笔”的史心，赢得了他们的尊重，使他们愿为悦己者倾诉心曲。但从深层原因来看，则是清王朝大倡儒教的政策，暗合了遗民们作为士大夫内心中固有的传承道统的神圣责任感。从这个意义上来说，

---

① 袁世硕：《孔尚任年谱》，第 275 页。

作为康熙皇帝钦命的湖海使臣，孔尚任是不辱使命的。

第三节　孔尚任的“性情诗论”和创作

孔尚任在扬州文学活动的成功，离不开他的“性情诗论”。在南下淮扬之前，他已有诗集《鳣堂集》流布，但并没有提出自己的诗论。孔尚任之所以在扬州提出“性情论”，和康熙的诗论有着因果关系。此后，孔尚任一生的诗歌创作都以“性情论”为标准，作为对康熙诗文观的明确呼应。

一、孔尚任的“性情诗论”及发展

孔尚任诗主性情，是在扬州期间明确提出来的，孔尚任在《湖海集》中第一次明确提出了自己的诗歌创作主张——“性情说”，并以此作为评论诗歌优劣的标准。而他为其他诗人的诗集所写的序言中不断强化这一诗论，比如《山涛诗集序》、《平山堂雅集序》、《酣渔诗序》、《城东草堂诗序》、《倚青轩集序》。从扬州返回京城后，他更以“性情说”作为批判当时诗坛分门立户的时弊的依据，并和刘廷玑、吴之振一道，共同倡导性情诗，并将其作为清诗发展的新方向。可以说，“性情说”是孔尚任一生坚持的诗歌创作方向。

孔尚任在扬州的三年，以尊贤敬老的儒者风范、扶风振雅的热忱、雅爱酬唱的个性、大倡文教的努力，“很快就成为当地各阶层士人和南北遗民乐于奔趋的人望，成了清初扬州在经历三藩之乱后恢复诗歌创作和精神文化活力的新的推动力量，直接带动形成了清初扬州在王士祯之后的又一个诗歌活动的高潮”[①]。对推动扬州文学的再度振兴作出了不可磨灭的贡献。

（一）《湖海集》中的“性情说”

对于清初诗坛的创作风向，清代论诗者往往纠缠于宗唐还是宗宋

① 潘承玉：《清初诗坛——卓尔堪与遗民诗研究》，中华书局2004年版，第82页。

的家数，与宗唐、宗宋的诗论不同，孔尚任于其《湖海集》中第一次明确提出了自己的诗歌创作主张——性情说。他认为诗写性情，真诗乃是写真性情，并将真诗分为风、雅两类。风诗为劳人、思妇、遗老孤臣等不得志之人的诗；雅诗则为得意者快吟，雅诗能发庙朝太平之音。风、雅各有所长，风诗在于“(穷而后)工”，雅诗在于“佳”，也就是“风流文采，翩翩豪迈”。不过，风诗易工，佳者则难成罢了。因为雅诗很容易流于阿谀吹嘘，失了真性情。

他的“性情说”不但抓住了论诗主性情的根本，而风、雅之分又同时兼顾了清初诗坛遗民诗和大雅元音并存的现实。这就使他的诗不但和康熙的诗论保持了一致，赢得了清朝主流诗人的尊重，同时更得到了遗民诗人的拥护。

他在《酣渔诗序》中说：“求友之道多端，惟诗为最近。诗也者，性情之音，倡予和汝，而性情各见。”诗抒写人的性情，而能见诗人性情的诗方为真诗。

> 今人所为诗，不歌于朝庙燕飨，虽体有古近之别，皆风也。谓之风，则是抒怀写志，而非称功颂德之文。凡劳人思妇，遗老孤臣，适意为之，取足以达情而止，后世之传不传且不问，况时人之读不读乎？①
>
> 雅诗则“能发庙朝太平之音”，为盛世的歌吟。诗有风、雅之别，而论诗的标准也有工、佳之别，予尝论诗有二道：曰工曰佳。工者，多出苦吟；佳者，多由快咏，古人谓诗穷而后工，特为工者言耳；而佳诗，则必风流文采，翩翩豪迈，能发庙朝太平之音，较之穷而后者，有风、雅，正、变之殊焉。盖诗言性情也，变者之情易见，正者之情难知。②

当然，孔尚任所主性情，还是秉承《诗三百》以来的温柔敦厚的“风

① (清)孔尚任:《環翠轩诗选序》，载徐振贵校注《孔尚任全集辑校注评》第2册，第1178页。
② (清)孔尚任:《山涛诗采序》，载徐振贵校注《孔尚任全集辑校注评》第2册，第1167页。

雅诗教”，因此，他多次强调真诗必得性情之正。在孔尚任看来，雅诗一旦流于谀富诵贵，风诗一旦流于穷愁枯寂，就性情尽失。

因此，他对燕台、维扬诗坛的批评是非常严厉的：“天下之言诗者，莫盛于燕台与维扬。而予在燕台、维扬，实未尝见一诗。”[①]维扬无诗，是因为地多富人，诗多谀富；而燕台无诗，则是因为地多贵人，诗多诵贵。诗歌一旦沾染上谀富诵贵之气，就会性情尽失：“有一委曲狥俗之意，其大旨已失。”不谀富、不近贵，方为性情之正，无名利之杂念方为真诗。因为“诗为适然为之，非为名利而作”。

他称道山涛的诗，是因为山涛诗“丰腴典丽”：“吾读储君之诗，丰腴典丽，而更有真气流注其中……使学诗者既不沦于穷愁枯寂，又不习为靡缛无生气之言。”

他对贫士张谐石的诗赞扬有加，认为张谐石虽然贫困，但并不以其才华结交富贵之人，所以他的诗无世俗之气，皆是他性情之正的自然流露。“其为诗，皆自鸣其母老家贫灌园负米之苦”，“以故天下有心人，读其诗，知其人，必得性情之正者”。

吴云逸事亲孝，结交耆旧心诚，诗因此“深稳坚老，无法不备”。“予既因其诗而爱其人，又因人而爱重其诗，是予与云逸忽然而合，久而不渝者，终始于诗也。”

虽然风、雅各有不同，但论诗的标准还是“性情”，风诗不得“沦于穷愁枯寂”，雅诗不得“习为靡缛无生气之言”。在宗唐、宗宋各立家数、互相指责的清初诗坛，孔尚任的“性情论”又回到了《三百篇》的“诗无邪”，同时较宗唐、宗宋诗派具有更为包容的胸怀。他既肯定风诗作者不谀富、不近贵的人格操守，同时又称赞雅诗的“风流文采，翩翩豪迈”为真性情流露。这样，孔尚任的“性情论”和他的诗文活动一起，不但给趋于消沉的遗民诗足够的关注和肯定，而且有着突入现实、重振诗教的意义。

更重要的是，孔尚任“性情说”的提出及其创作，呼应和支持了在清

---

① （清）孔尚任：《城东草堂诗序》，载徐振贵校注《孔尚任全集辑校注评》第2册，第1182页。

初极为活跃但康熙时期渐已消退的诗歌主张和创作。这显然不同于王渔洋对于遗民诗人及其作品的回避。而遗民诗的保存得力于卓尔堪所编纂的《明四百家遗民诗》。该书刊刻于康熙四十年,但此书的收集却花费了卓尔堪多年的精力。孔尚任到扬州时,卓尔堪正在扬州寻访当地诗人,搜集遗民诗。而孔尚任对卓尔堪搜集遗民诗一事,也是颇为关心和支持。康熙二十八年,卓尔堪欲去南京选诗,孔尚任专门致书南京诗人王安节兄弟,请他们引荐当地名流与卓尔堪相见。康熙四十年,《遗民诗》在扬州刊刻后,孔尚任还专门在写给张潮的信中询问此书。可以说,孔尚任对卓尔堪的推重,不仅是他们私交甚厚的结果,同时也包含着孔尚任对遗民诗群的支持和关心。卓尔堪的创作、诗论和《遗民诗》的编选,都有着孔尚任的热心帮助和支持。孔尚任强调性情诗中的风诗,其实就是对遗民诗的肯定。

为他称道的诗坛三大家,就是据此成论的。"今之为诗者,管击楮而成就者,三家耳:新城之秀雅,翁山之雄伟,野人之真率。其他云蒸霞蔚者,未尝不盛,而丹候似有未圆,犹不足主盟一代也。"新城指王渔洋,是康熙诗坛的主盟,他的诗清秀雅洁,论诗力倡神韵,是正始元音。屈大均(翁山)和吴嘉纪(野人)都为清初著名遗民诗人,"吴多做危苦之词,屈则富于浪漫幻想"①。三家之中,雅音的诗人占其一,风诗的诗人居其二,这和孔尚任的"变者之情易见,正者之情难知"的论述正好相符。

孔尚任"性情说"的提出是在扬州,他强调诗人的性情之正是诗歌真性情的根本。虽然他在扬州结交的诗人渊源各有不同,比如邓孝威论诗接李、王及前后七子,而遗民诗人孙枝蔚则宗宋②,宗元鼎则主神韵。但作为经历了明清易代之痛的诗人,他们的诗歌都超越了门户之见,重在写心,自抒性情,并未互相攻讦。

---

① 袁行霈主编:《中国文学史》,高等教育出版社 1999 年版,第 251 页。

② 参见刘世南:《清诗流派史》,人民文学出版社 2004 年版,第 217 页。

（二）《焚余稿序》对分门立户的反拨

康熙三十年，孔尚任返京后，“性情说”便成为他批判诗坛分门立户现象的鲜明旗帜。因为作为影响全国诗坛风向的中心，北京的诗坛正处于宗唐和宗宋激烈论争的旋涡之中。康熙提出《三百篇》为诗之源的诗论后，论诗者纷纷回头寻找诗歌创作的标准，于是有人宗唐，有人宗宋，但对于孔尚任来说，无论是宗唐还是宗宋，只要领会康熙“温柔敦厚”的诗教即可。

这一时期，孔尚任的诗论集中表现在《焚余稿序》一文中。

返京后，孔尚任为李苍存的诗集写了《焚余稿序》。在这篇序文中，他重申“性情说”，并以之针砭诗坛分门立户的时弊：

> 诗以写性情，适然为之，非为诗计也。而能写其性情者，即能传其诗。迨其传也，遂成一家格，人人效之。盖自有其性情，则自有其家格。朝庙里巷，各任遭逢；劳臣思妇，不相袭取。自三百篇以降，历汉魏唐宋以迄今日，其传者无一同者也，虽不欲传也，得乎？其不传之诗，必不能写自己之性情，又何以感后贤之性情，故不传今日而已泯泯矣。今人不善效古人之诗，凡见一家格，必极摹其辞采声调，愈摹愈肖，逾肖逾失。不知古人之传者，非以其辞采声调也，以其性情也。今人效古人之诗，非效其辞采声调也，亦非效其性情也，效其各写性情、不肯假人之性情以为性情也。吾得李子苍存《焚余稿》，逢人说之，为其不让古人，必传无疑。闻者诘曰：汉乎？魏乎？唐与宋乎？余曰：古人皆无此家格，但能使读者如见作者之性情，如获自己之性情，是即自成一家格。后之视今，亦犹今之视昔。古人之传者，大抵皆此类耳。余与海内商风论雅已数年，于兹投篇赠什，盈箧溢簏。求如苍存之《焚余稿》者，目中见不多人，人不可多句，无怪乎三百篇已降，传人之寥寥也。

在这篇序文里，孔尚任再次重申他的“性情论”：“诗以写性情。”有性情的诗才能自成一家，传之弥远。并批评了时人学古人之诗却南辕北辙，迷途不返："今人不善效古人之诗，凡见一家格，必极摹其辞采声调，愈摹愈肖，逾肖逾失。"指出今之学诗者，应学习古人自写性情的精神，而非舍本求末，效其辞采声调："今人效古人之诗，非效其辞采声调也，亦非效其性情也，效其各写性情、不肯假人之性情以为性情也。"同时，他对诗坛模拟汉、魏、唐、宋并分立家数的时弊进行了批评，认为论诗的标准是性情而非唐、宋家数。

孔尚任学诗曾苦追唐律，《湖海集》中的许多诗被他的友人赞为"有唐调"，但他并没有如当时诗坛中许多人那样追唐黜宋，或是以宋反唐，必以某家为宗。如他的友人评论的那样，他的诗既有大雅元音，又有汉魏之力，有唐人才调，又有陆游之笔力，但都为孔尚任性情的表达。因为他摆脱了宗派的桎梏，善学古人抒写性情之道。可以说，"性情说"的提出既是他诗歌创作成熟的标志，对清代诗学又具有重要意义。

可以说，"神韵诗"、"醇雅词"、"性情论"比起宗唐、宗宋来，更得康熙真谛。不过三者相比，孔尚任的"性情论"更具包容性。"性情说"其实是对清初诗坛各立宗派的反拨。

（三）《长留集》

"性情说"是孔尚任一生坚持的论诗原则，他力图以此诗论打破清代诗风宗唐、宗宋的门户之见，康熙五十三年（1714）至五十四年（1715），他和刘廷玑合选的《长留集》即为证明。

康熙五十三年，孔尚任应刘廷玑邀请南下淮阳选诗，两人虽从未睹面，但因为诗论一致，神交已久。所以孔尚任这次在刘廷玑任所居留三月之久，与刘廷玑商榷风雅。两人诗论同持性情："予生平颇耽吟咏，而学无专家，缘景生情，聊自写其性情而已。"又不立家数、门派，所以决定合选两人诗作为《长留集》，以彰其诗论。康熙五十四年，《长留集》成，刘廷玑、吴之振分别作序。刘廷玑的序中记录了孔尚任的诗论：

> 甲午冬，扁舟来淮南，留馆数月，晨夕过谈，又觉睹面之请胜于削牍之质疑也。尝记其论诗曰：世运递迁，而声诗乘之不能不变者，诗之体裁；未尝或变者，诗之旨趣也。兴、观、群、怨，古之皆同。

> 而词之厚薄，意之深浅，则有古今之分，此固仿之不能肖，避之不能免者。学者仿之，避之，徒多一依违之遮耳。吾每劝诗人多读书，自发其所欲言。至于汉魏、唐、宋，当置之度外，盖诗以道性情，更无他义。苟能以己之性情，发人之性情，人即爱而读之。读之，斯传之矣。传者，传其旨也，传其趣也。有旨有趣，厚亦传，薄亦传，深亦传，浅亦传。若夫体裁之古今，任之可耳，无关于性情事，甚勿仍有汉魏唐宋之见，以自挠其天真也。

《长留集》的意义还在于，这本诗集还邀请了吴之振为诗集作序，宣传他们的性情论主张。吴之振曾是宗宋诗的主将，后来又变为宗唐，但他为《长留集》所写的序文却是他转变为“性情说”的标志。

吴之振的《长留集序》批评了“神韵说”，是清代第一个明确批评王渔洋“神韵说”的文章，同时力倡“性情论”，在清诗批评史上具有重要意义：

> 近世主领骚坛之人，每对学者讲“三昧”、谈“神龙”。问其所以，则曰：“可以意会，不可言传。作诗久，自能了悟。”学者闻其语，虽不甚解，亦不复问。比与禅宗，则棒喝之微旨也。其真与伪，学者且不能知之，又岂能学之？吾谓大抵袭沧浪之绪语耳。
>
> 夫诗者，无论学士、大夫，野老、士女，即景即事，称心成语，有情有理，矢口叶韵。闻者莫不感发，和者无不畅遂。非为别有门庭，自号曰“诗人”招致生徒，传授衣钵，俟其面壁久参，一言印证，微笑相视，不许门外汉窥其半字，然后曰“此大家也，此正派也”。吾每持此论诗，世无信者。
>
> 后读孔东塘员外、刘在园观察两公传稿，无非以当书眼前景实在事、委婉之心情、活泼之物理，浩歌微吟，随体裁制。清不涉空，真不涉俗，气动而发，意动而止。参之汉、魏、唐、宋、近代作者，既不剿袭，亦不背戾。盖自作其诗：我既不肯学人，各成其诗；人亦不须学我。谓之“大家”，可谓之“自成一家”，可谓之“正派”，可谓之

“独创一派”亦可。闻孔、刘两公素未谋面，仅以诗调略同，订交水乳。甲午冬，始晤于淮上，署斋促膝三月，商榷风雅，欲尽搜近贤诗稿，选为《长留集》，用存真诗。而先以所自著者易手选定，以观旨趣之同异。且不远千里，邮寄惠教。予下帷三覆，见两公之诗，无一同意，无一同句，而皆能自作其诗，各成其诗，两公之则无不同也。志同则道合，道合则声应其求，孔、刘两姓于是乎千古莫解矣。

考古今诗家，两姓并著者，代不乏人。大要以名实相副、格品不殊者，后学衡其轻重，连类而称之耳。谓唐之《长庆集》，则元、白所自定者。若明之王、李、钟、谭，则又党同伐异，以排挤标榜为事，不必其集之合而存也。今孔、刘两公，既同调矣，而又各选其诗，合存其诗，不与古人竞美，不与今人争长，倡予和汝，自足无憾。他日者《长留集》成，人人入其选，在在存其诗，合天下而一道同风，所谓“大家”、“正派”者，不两公归而又谁归哉！

吴之振的这篇序文，是对清初诗坛的反思和总结。他批评了主盟诗坛四十年之久的王渔洋的“神韵说”，认为此说堕入了禅宗不可言说的参悟之境，让学诗者只能唯唯，实则不可捉摸。同时，他更严厉批评了王渔洋在诗坛党同伐异的宗派作风。这其实正中“神韵说”的流弊。

从吴序中我们可以看出，孔、刘合作有着明确的目的，即通过合选二人之诗为《长留集》以存真诗，同时借助吴之振，宣传他们的诗论主张。他们三人同持“性情”，并打算以此论尽搜天下诗稿：“欲尽搜近贤诗稿，选为《长留集》，用存真诗。”这是清诗在经历了宗唐、宗宋的激烈论争后的新方向。

当然，孔尚任的“性情说”并未像他所期许的那样，成为清诗转变的标志。孔尚任的“性情论”不立门派，态度温和，不为清诗史家所注意，固然是未能引起诗坛广泛关注的原因，但在强调诗歌不立家格、独写性情的同时，不能为他的“性情论”注入新的时代精神，也是孔尚任诗论的重要缺陷。在强调达到真性情的途径上，虽然他并没有以某家为宗，但仍然以学古为主。“吾每劝人多读书，自发其所欲言。”多读经书“以掌

握文辞变化”，多读《诗经》、汉魏、唐、宋诗以“效其抒写性情之道”。总起来看，孔尚任所论“性情”，仍然没有超越“兴、观、群、怨”的风雅诗教。更重要的是，与孔尚任论诗偏爱风诗相一致，他的诗歌创作也以抒怀写志的风诗居多，特别是在扬州的三年，虽然他每年的除夕都要写上几首诸如《元旦朝贺》的诗向康熙表示忠心，但写得最好的其实还是那些描写劳苦奔波的作品。虽与康熙的“性情诗论”相呼应，但却不是康熙盛世所需要的典型的大雅元音，当然也不能成为康熙诗坛的主力军。

清诗后来转变的方向，并不是孔尚任的“性情说”，而是袁枚及其“性灵派”的崛起。

二、《湖海集》中的性情诗

扬州三年是孔尚任诗歌创作数量最多、成就最高的时期。兹以《湖海集》中的作品为主，考察孔尚任性情诗的创作及特点。

《湖海集》中的作品，即为他性情的表达：因为交情深厚，他的赠人诗中不但流动着对朋友的真情，他的朋友也因此须眉毕现、勃勃欲生，这也是孔尚任赢得扬州诗人敬重的重要原因；他的山水咏物诗，在描摹扬州、南京特殊的山水风物时，往往倾注了他对历史的反思、对重建文化传统的担承。

在扬州诗坛，孔尚任的“交情认真”、“交情诚笃”，是朋友们公认的。因此他的诗也一如其为人，“独见性情”，“真朴为厚，先生诗句即先生交情”[①]。他认为：“求友之道多端，唯诗为最近。诗也者，性情之音，唱予和汝，而性情各见。”诗写性情，既能写己之性情，又能见对方之性情。孔尚任写给友人的诗，总是流动着友人之间的真挚、诚笃之情。如《哭颜学山》，全诗不加修饰，而失友之恸，情见乎辞。

孔尚任本是性情中人，生平爱结交磊落不平之士，他的诗中不但记录了和这些人士的交往，而且能够以传神之笔，写其精神面目。所以，很多写给友人的诗就如一篇篇小传，传主面目、性情，无不气韵生动。

---

① （清）孔尚任：《蒋前民、乔东湖过署馆》诗后黄云评，载徐振贵校注《孔尚任全集辑校注评》第2册，第849页。

诚如宗元鼎所说:“每见先生赠人诗,必尽肖其生平,是开一代风气作者。”

《江都董子祠,访邓孝威,时选〈诗观三集〉》,即是如此:

选楼笔砚久凄凉,董子帷前草更荒。
药里经冬同客住,茶烟到晚为诗忙。
采诗一卷添齐鲁,主社十年接李王。
垂老能吟梁父句,不妨雪雨扑匡床。

诗中所写邓孝威,江苏泰州人,由明入清,虽被迫任清廷官职,但很快以年老辞归,是一个有着强烈故国情思的诗人。孔尚任来访时,这位70岁的老诗人正寓居在董仲舒祠中,以选《天下名家诗观》为业。在这之前,他曾在文选楼住过一段时间。凄凉的文选楼、荒草湮没的董子祠,暗示着恢复和保存文化传统事业的任重道远,以及邓孝威编选《天下名家诗观》继往开来的难能可贵。“药里经冬同客住,茶烟到晚为诗忙”,这样的劳碌是值得的,因为为齐鲁文化增添了诗篇和光彩,作者的工作也上接李、王,见出唐诗的风神。他想象着,在风雪扑打着门窗的日子里,年迈的老诗人独自吟哦着《梁父吟》的诗句,不求人知。孔尚任对邓孝威选诗工作的认可和尊敬,使得邓孝威读后非常感动,他动情地在诗后批曰:“令我寂寞。”

孔尚任在游南京时还曾专程拜访了著名遗民张瑶星,并为其写下《白云庵访张瑶星道士》一诗:

淙淙历冷泉,云中吠黄犬。
藜门呼始开,此时主人膳。
我入拜其床,倒屣意颇善。
著书充屋梁,欲读从何展?
数语发精微,所得实不浅。
先生忧世肠,意不在经典。

埋名深山巅，穷饿极淹蹇。
每夜哭风雷，神出鬼为显。
说向有心人，涕泪胡能免。

张瑶星隐居的清苦，出世的坚决，对故国的深情，读之使人动容。所以黄云于该诗后评此诗说："白云心事，一一写出，是一篇遗民传。"

他的《蓬门行为张谐石》刻画了张谐石的傲骨：

三年看熟扬州肆，富家宅第密鳞次。
垣高于城楼碍天，人在楼下如蚁类。
车来马往何纷纭，贫士旁观但怀刺。
主人阍人吝且骄，吾友张子誓不至。
城东破屋住数间，有酒起饮无酒睡。
经秋积雨苔满岩，岩上蓬蒿垂垂穗。
邻家刺眼屡劝芟，张子乃云："吾之瑞。"
古来隐者入深山，吾独城市岂不愧。
几枝蓬蒿青比松，萧疏尚有岩壑意。
安得更垂五尺长，省却柴门开闭累。
交寡不怕碍轩车，好友来寻作认记。

孔尚任深为张谐石磊落的傲骨所倾倒，他在为张谐石的诗集所写的序文《城东草堂诗序》中说道："吾友张谐石，居维扬东城下，草庐数间，青蓬垂户，竟日偃卧其中，不老而颓唐，不病而呻吟。"并极力称赞张诗最得性情之正，这首诗即为张谐石不谀富、不趋贵，青蓬垂户、自得其乐的写照。诗后黄云评曰："谐石贫士，高卧城东草堂，注书自娱，门上生蓬蒿，不肯除去，先生为之赋诗，足以传谐石也。"

再看《虎踞关访龚野遗草堂》：

虎踞古雄关，狰狞如猛兽。
天子气已消，关门亦非旧。
簇簇余村墟，竹秀林更茂。
时有高蹈人，卜居灌园囿。
晚看烟满城，早看云满岫。
往来领略深，得与精神辏。
一写复一吟，造物相师授。
久之风俗移，淳朴还宇宙。
我来访衡门，其年已老寿。
坐我古树阴，饱我羹一豆。
娓娓闻前言，所嗟生最后。
落日下西林，秋冷桔与柚。
驾彼巾柴车，欲别仍把袖。
艰难吾道稀，弹琴成独奏。

虎踞关前帝王气象虽失，可是狰狞的面貌未改。遗世独立的老画家龚贤就在关前稀疏的村落中灌园而居，朝看云霞、暮看炊烟的隐居生涯，使得这位画家的诗画浑然天成，如得自然传授。这样的隐居岁月，使得老画家的精神更显淳朴，仿佛与宇宙之道化而为一。画家在苍苍古树阴下与来访的孔尚任相对而坐，可是娓娓道来的却是波诡云谲的人世变迁，在落日的余晖中，那橙橘与红柚让人感到冷冷的秋意。这位画家驾着柴车送别友人，却拉着对方的衣袖不肯分手：知音难得，以后我的琴声有谁欣赏呢？这雄关，这暮岚，这老橘与红柚，与这位“弹琴成独奏”的野遗画家的精神面貌是如此的和谐。难怪黄云说此诗“位置半千处，使人不敢以画师目之，诚巨手也”。

以上所录孔尚任写给友人的诗，读后让人身临其境、如见其人。之所以如此，就在于诗中充满了真情，邓孝威评论孔尚任的《又依韵答徐

浴咸》时说："只自写怀抱，不沾沾于赠人，风情最为迢邈。"之所以如此，就在于他的诗不为应酬赠人而写，而是能够写出"自己的怀抱"，特别是诗中所写友人的形象，处处都有作者在。既是为朋友立传，又是他自己怀抱的抒写。正是由于对邓孝威、张谐石、张瑶星、龚贤等这些身历明清易代而幽怀独抱的前朔遗老的敬重和同情，孔尚任在为他们立传的同时，对明朝的追思也情不自禁地表露出来。

而孔尚任毕竟还是湖海使臣，是康熙皇帝亲自选拔的圣裔。当他的一只手紧紧地与这些令人敬重的遗老的手相握的时候，他的另一只手又在努力地指引着前行的方向。这个方向，就是在清朝的统治既成事实的情况下，承认并参与建设康熙朝的文化事业。所以，孔尚任以自己特殊的身份，成为连接过去与现实、遗民与新朝的最合适的人选，而他也以自己的能力不辱使命。

孔尚任写于扬州的山水咏物诗，最能见出他的这种身份和地位。孔尚任曾说："读书，交友，看山水，不可偏废。"[①]"仆生平诸事，不占便宜，独看山水，则便宜须占尽。"[②]登山临水，是孔尚任生平一大乐事，登高必赋，游则有诗，何况扬州这座历史名城！孔尚任在扬州，因治河需要曾数次涉水考察，公务余暇，他又常常与诗友结社出游，饱览了江南的旖旎风光。因此，山水风景诗在《湖海集》中占了很大比重。如上文所述，孔尚任在扬州的文学活动，一方面沿着唐宋以来的诗人风流足迹，在扬州名胜之地举办大型诗会，如红桥修禊、广陵观涛、平山堂看月、琼花观听雨等，另一方面又刻意翻新，寻幽探胜，如在荒废的海陵宫氏北园登楼观海、在与琼花观相邻而一直不为人知的荒村——傍花村寻梅，独出机杼地举办送春诗会等，这些别出心裁的诗文雅会，恰恰表现出孔尚任对重建扬州文化的努力。总的说来，孔尚任的山水咏物诗单纯描摹景物者少，除了摇曳着江南山水的风情之外，更多地流动着孔尚任反思历史的惆怅，以及他对重建扬州文化的热忱和信心。所以，孔尚任的山水诗，并不只是摹山范水、吟风弄月，而是敢于突入现实，正如

① （清）孔尚任：《与蔡铉升》，载徐振贵校注《孔尚任全集辑校注评》第2册，第1259页。

② （清）孔尚任：《与蒲安和尚》，载徐振贵校注《孔尚任全集辑校注评》第2册，第1265页。

黄云评注他的歌行《曹郎弦索行》时所说："白傅《琵琶行》仅寄托迁谪，此则关系世运，而归之于正雅，方是孔门言语。"所以他在扬州任上所写的山水诗，既不同于当地遗民的或慷慨或低沉的山水吟咏，也有别于他的前任王渔洋摇曳着神韵的冶春诗作，正如邓孝威所说，是"大雅静好之音，真堪起衰扶弊"[①]。

孔尚任来扬州后不久，就通过追步先贤风流、以清新的诗句吟咏扬州，求得扬州士人对自己和杜牧、欧阳修、苏轼、王渔洋等人的身份认同，以便融入扬州文坛。比如：

扬　州

阮亭合是扬州守，杜牧风流数后生。
廿四桥边添酒社，十三楼下说诗名。
曾经画舫无闲柳，再到纱窗总旧莺。
亦有芜城能赋手，烟花好句让多情。

鲍照的《芜城赋》，李白、杜牧的"烟花三月下扬州"、"十年一觉扬州梦，赢得青楼薄幸名"的诗句，王渔洋的"昼了公事，夜接词人"的风雅生活，都使他们在扬州青史留名。追步他们的足迹来到扬州的孔尚任，所至之处总能感受到他们的存在，那画舫所经过的依依垂柳和纱窗里依稀可见的女子，应该是那时候的他们都熟悉的吧？抚今追昔，孔尚任更希望自己能和他们一样得到扬州诗人的认同，当然，这首诗在当时的反响并没有使孔尚任失望。黄云评此诗说："无限风流，扬州绝唱，牧之后又得阮亭、东塘。"宗元鼎说："三、四竟是红桥画图，阮亭记，东塘诗，同为不朽。"

① (清)孔尚任:《曹郎弦索行》，载徐振贵校注《孔尚任全集辑校注评》第2册，第900页。

红 桥

红桥一曲绿溪村，新旧垂柳六代存。
酒旆时摇看竹路，画船多系种花门。
曾逢粉黛当宴醉，未许笙歌避吏尊。
可惜同游无小杜，扑襟丝雨乍销魂。

扬州，在初来乍到的孔尚任眼里，竟是如此风情万种。但很快，孔尚任便投入到重建扬州文化的行动中去。扬州，这个在明亡清兴的鼎革中有着深重灾难记忆的城市，入清以后，在经历了遗民诗的慷慨悲歌、王渔洋神韵诗的文采风流之后，在孔尚任到来之前，因为“三藩之乱”的发生，扬州诗坛将有谁来主持风雅，还是个未知数。正如前文所引张潮于康熙二十八年写给孔尚任的信中所说：“此地长官主持风雅者，自阮亭、长真两先生后，几成绝响，幸得老世台再为式靡起衰，真斯道之幸。”

与王渔洋在扬州所追求的“羚羊挂角，无迹可求”的冶春诗不同，孔尚任的扬州风物诗具有强烈的历史意识，既联系着扬州的过去，又担承着扬州文化的重建，同时努力谋求过去和现在在重建中的统一。如《雨后借园送春分赋》：

垂杨城郭雨初收，同换轻衫载酒游。
黄鸟筵边撩久客，玉箫花下响新愁。
几村浓绿高低树，一片飘红去住舟。
怅望春归何处路，淮南芳草接江流。

一场春雨将杨柳和城郭清洗一新，天气越来越暖和，诗人和游伴换上轻便的夏装去郊外设宴送春。宴席边黄鸟的叫声蓦地撩起了诗人的情思，箫管吹起的音乐唤起了久客在外的游子的乡愁。可是那无尽的绿杨垂柳和落红一样或停或行的小舟，又分明是生机无限的初夏的景致！虽然不能够知道春天归去的道路，可是看到的却是青青芳草伴着江水向远方奔流。诗写春夏之交的景致，同时又引起读者人事的兴替、历史的变迁等诗情远思，言有尽而意无穷。这虽是孔尚任在自己别出心裁设下的送春宴上所作的送春诗，但邓孝威却道出了此诗的深意："大雅静好之音，真堪起衰扶弊。"春逝的轻愁，初夏的生机，既让人怅惘，更催人奋发。"起衰扶弊"，正是孔尚任在扬州的自我期许。

梅花岭登高，这在当时也是一个非常敏感的话题。梅花岭可以说是遗民们故国情结的见证，他们登上梅花岭，往往感时伤怀，比如吴嘉纪的《梅花岭吊史相国墓》，就是抒发对史可法忠节的无限仰慕之情。而作为为当地诗人所敬重的湖海使臣的孔尚任，对忠臣史可法和新君、新朝都要照顾到，却是非常为难的。但孔尚任总能独出机杼，邓孝威评《梅花岭登高》："登高之会，人如观涛，诗则较胜。先生独以感慨出之，又觉不同。"

再如《登高席上酬诸同人》：

隋苑登临久订期，天涯兄弟果相携。
收藏老泪听新曲，指顾秋原说旧基。
误节从他开菊晚，望乡不再立台时。
年年客里茱萸会，有甚穷愁未上诗！

诗人结伴登上梅花岭，因为听到了新的乐曲而擦去了老泪，感叹脚下这片茫茫的秋野，原是故国江山的旧基。山上的菊花应是错过了花期才晚开的吧？可是诗人的乡关之思却不是因为登高才有的！只是每年的重阳节都是在他乡度过，哪里还有未写的穷愁入诗呢？老泪与新曲，秋原与旧基，误节的秋菊，立台时的望乡之情，在作者是百感交集，可是在诗中却只是轻轻点出，澎湃的感情隐而不发。诗中没有点明梅花岭，可是全诗又都是因为登上史可法的衣冠冢所在的梅花岭而兴起的感慨；那擦去的老泪为谁而流？那入耳的新曲为谁而写？而误节的

又仅仅是眼前的菊花吗？乡愁早已写尽，今天的愁思又是为的什么呢？宗元鼎说这首诗“思路最深，特以浅出之”。全诗既有历史的惆怅，又有着淡淡的喜悦，历史与现实、惆怅与喜悦的交织，正是孔尚任山水咏物诗的特点。

在最能激起亡国遗恨的南京，孔尚任情不自禁地写了感情激越的《泊石城水西门作》四首和悲凉的《鸡鸣寺》亡国之景：

鸡鸣寺

鸡笼高寺古规模，先造香台后建都。
此处钟声惊帝枕，当年盏饯出宫厨。
一从殿阁秋生草，渐许梧桐夜睡乌。
院院僧雏头尽白，钟山气冷守浮屠。

《过明太祖故宫》亦云：

匆忙又散一盘棋，骑马来看旧殿基。
夕照偏逢鸦点点，秋风只少黍离离。
门通大内红墙短，桥对中街玉柱倚。
最是居民无感慨，蜗庐僭用瓦琉璃。

而这种激越的感慨在《拜明孝陵》中又受到了节制，作者的情绪也从沉痛的缅怀中转向了对现实的认可，对故国的追思和对新君的感恩交融在一起：

拜明孝陵

其一

夕阳红树间青苔，点染钟山土一堆。
厚道群瞻今主拜，酸心梢有旧臣来。
石麟碍路埋榛草，玉殿存炉化纸灰。

赖有白头中使在，秋晴不放墓门开。

其二

宋寝齐陵尽野莎，英雄有恨泪如何！
宝城石坏狐巢大，龙座金消蝠粪多。
瞻像犹惊神猛气，禁樵浑仗帝恩波。
萧条异代微臣泪，无故秋风洒玉河。

孔尚任在南京的山水诗多为借山水风物抒发思古之幽情，他所感慨的历史其实就是亡而未远的有明王朝。明清鼎革是明亡清兴以来诗家最为关注的一大题材。在清初文坛上，慷慨激昂的遗民诗成为诗歌发展的主流。但在孔尚任治河期间，这一题材已渐趋消沉。在缅怀过去和拒绝现实之后，诗歌正担当着重建当代传统的重任。当然，当时的康熙王朝在平定三藩、收复台湾之后已经确立了在全国的统治，在文化上正致力于建设以儒家的"温柔敦厚"为标准的雅文化，孔尚任在扬州的努力，他当时以及之后对性情诗的提倡及实践，都是对这种雅文化的呼应。在治河期间，孔尚任依然保持着对康熙的感恩之心，比如康熙二十八年，南巡途中的康熙皇帝令孔尚任登舟赐宴，又赐果饼四盘。孔尚任感而泣下："三年粗粝中肠贯，饱饫珍馐翻泪流。"(《三月三日迎驾至江口，蒙召登舟，赐御宴一合，恭谢用前韵》)这次哭泣既是对三年辛苦的回忆，更是对康熙念旧之情的感激。而他的《湖海集》中也保存着每年春节他写给康熙的颂圣诗。

孔尚任诗歌成就最高的时期当然是扬州治河的三年，因为在坚持性情之正的前提下，在坚持康熙的儒家诗教的前提下，他的诗既有对历史的反思，也有对现实的强烈关注，更包含着他对遗民的尊重。

第四章
“一阴一阳之为道”
——《桃花扇》中的《易经》文化

孔尚任以“性情说”诗论和他的文学活动成功地实践了康熙提倡的“温柔敦厚”的儒家诗教，同时他也一直致力于创作《桃花扇》来表达他对南明亡国的深层反思。虽然孔尚任最终是因为《桃花扇》而被罢官，但是不能否认，《桃花扇》的主题倾向还是在最大限度上和康熙的态度保持了一致。尤其是孔尚任对南明灭亡的揭示简直就是康熙《过金陵论》的形象化注解。

如果说孔尚任以他的“性情论”和诗文活动力图弥合由易代之痛所造成的故明和有清两代文化的冲突的话，那么《桃花扇》则成功地以传奇的形式，通过深刻地反思明朝灭亡的历史教训，希望为现实统治提供借鉴和参考，他依然致力于康熙朝盛世文化的建设。孔尚任对南明亡国教训的总结虽然未能超出康熙的既定结论，但是《桃花扇》在情节结构、人物设置等的方面所取得的成就，可以说达到了历史剧的高峰。这当然离不开他对易学思想和文化的成功运用。

《易经》为群经之首，作为孔子第六十四代传人的孔尚任，幼习儒家经典，对于《易经》也有很深的了解。如前文所说，当康熙曲阜祭孔命他讲经时，他写的《大学》、《易经》讲义，便深得康熙赞扬。孔尚任非常注重通过学习《易经》来提高作文之道，对于向他请教作诗的诗人，他也一再鼓励他们多读《易经》，且尤其赞赏诗文深得《易经》之变化的那些诗人。但孔尚任学习《易经》等儒家典籍，有着明显的用世之心。他给卓子任的信中就说自己“不愿做一雕章琢句之腐儒”，而是希望他的治学“有益于经济，有益于人心”。孔尚任虽然没有专论儒家经典的哲学论著，但在他的传世名剧《桃花扇》里却处处体现了他的用世苦心。正如他在《桃花扇纲领》中所表明的，《桃花扇》“名曰传奇，实一阴一阳之为道也”。他是借助《易经》的阴阳盛衰之道探讨南明兴亡之理。而“阴阳之道”更是作者构思《桃花扇》的指导原则。

第一节　《易经》之“假象见义”与《桃花扇》的人物设置

对《桃花扇》的结尾曾称道不已的清代学者梁子章却对《桃花扇纲领》中角色的分类不以为然：“《桃花扇》又以左右部分正间合润四色，以奇偶部分中戾余煞四气，以总部分经纬二星，毋论有曲以来，万无此例，即谓自我作古，亦殊觉淡然无味，不知何所见而然也。”[①]他将《桃花扇》与描写才子佳人的传奇相比，虽然肯定了其结尾的不落俗套，但对《桃花扇》将人人都懂的“生旦净末丑”的角色分成“淡然无味”的部类非常不以为然。实际上，这正是孔尚任良苦用心之所在：因为《桃花扇》“名为传奇，实一阴一阳之为道也”。剧中的人物其实正符合“一阴一阳之为道”的设计思想。借传奇的形式来探索阴阳消长的历史变迁之理，就使得《桃花扇》突破了“十部传奇九相思”的风情剧传统，而具有深厚的历史感和悠长的哲学意味。

孔尚任在《桃花扇纲领》中说：

> 色者，离合之象也。男有其俦，女有其伍，以左右别之，而两部之锱铢不爽。气者，兴亡之数也。君子为朋，小人为党，以奇偶计之，而两部之毫发无差。张道士，方外人也，总结兴亡之案；老赞礼，无名士也，细参离合之场。明如鉴，平如衡，名曰传奇，实一阴

---

① 转引自吴志达等主编：《中华大典·文学典·明清文学分典·孔尚仟》，凤凰出版社2005年版，第984页。

一阳之为道也。

这就明确点明了《桃花扇》是按照《易经》的象数之理来组织安排人物角色，按照“一阴一阳之为道”的原则来使它的结构达到“明如鉴，平如衡”的，虽是“自我作古”，但实际上却是由来有据，处处体现了《易经》精神。具体说来，《桃花扇》的人物设置体现了《易经》“假象见义”的思维和“方以类聚”的分类原则；《桃花扇》的结构则遵循了《易经》的阴阳变化之理，使它在对称中寓含着宇宙变化之思。

“色者，离合之象也。气者，兴亡之数也。”象、数都是《易经》的重要概念，需要指出的是，数虽然是数字之义，但在《易经》中，它和象的含义大致是一样的。这里，孔尚任按照传奇中的生、旦、净、末、丑等的角色给《桃花扇》中的人物作出分别之后，又直接借用《易经》中的象、数来称呼《桃花扇》中的人物形象，显然是违背传奇的通例的，却是孔尚任对《易经》“假象见义”思维方式的巧妙借用。这也是孔尚任的用意所在，他是通过传奇易于感化人心的特点来传达他对历史兴衰的哲理之思。唯恐读者不知，他才写了《桃花扇纲领》提醒阅者注意。

象、数是《易经》的基本概念，“假象见义”则是《易经》推演世界的基本思维方式。《易经》中有大量文字论述到象，虽然不是指艺术形象，而主要指卦象，但其所说卦象的特性、作用和意义，又常常与艺术形象相似。首先，《易经》所说的“象”是诉诸直观的，是可供观照的。正如《系辞上传》曰：“见乃谓之象”，“圣人设卦观象”[1]。其次，“象”是对客观事物的模拟、再现：“圣人有以见天下之意，而拟诸其形象，象其物宜，是故谓之象。”[2]“古者包牺氏之王天下也，仰则观象于天，俯则观法于地，观鸟兽之文与天地之宜，近取诸身，远取诸物，于是始作八卦，以通神明之德，以类万物之情。”[3]可见，象之模拟、再现的对象包括自然、社会、人生，内容极其丰富。再次，“象”的这种模拟、再现具有一定的概括性，是

---

① 唐明邦：《周易评注》，中华书局 1995 年版，第 197 页。

② 唐明邦：《周易评注》，第 223 页。

③ 唐明邦：《周易评注》，第 226 页。

对现实世界的概括反映，表现出象征、寓意的特点："八卦成列，象在其中矣。"[①]《易经》中的太极、两仪、四象、八卦、六十四卦和三百八十四爻都是象征性、寓意性很强的符号，它们以高度概括的形式表征客观事物的具体形象。例如"八卦"，便是通过乾、坤、震、巽、坎、离、艮、兑八种基本的符号形式，表征天、地、雷、风、水、火、山、泽八种自然现象。最后，象还是传达人们深层次思想意旨的重要手段。《系辞上传》曰："子曰：'书不尽言，言不尽意。'然则圣人之意，其不可见乎？子曰：'圣人立象以尽意，设卦以尽情伪，系辞焉以尽其言，变而通之以进利，鼓之舞之以尽神。'"[②]由于"言"与"意"之间存在着天然的矛盾，所以"意"往往不能借助"言"而得到充分的彰显。为了解决这一矛盾，《周易》提出了许多方案，其中一个有效的办法就是"假道于象而微显阐幽"，即通过感性直观的形象来阐明幽深精微的思想意蕴。《系辞上传》说："夫《易》，圣人之所以极深而研几也。唯深也，故能通天下之志；唯几也，故能成天下之务；唯神也，故不疾而速，不行而至。"[③]《说卦》也说："观变于阴阳而立卦，发挥于刚柔而生爻，和顺于道德，而理于义，穷理尽兴以至于命。"[④]由此可知，《易经》所说"圣人之意"与个人的心性、情感、意志、道德、人格有关，扩而言之，则与治理国家、平定天下的重大目标相连。由于《易经》所论之象具有以上内涵，所以与艺术形象颇多一致之处。章学诚曾指出这一点："意象通于比兴"，"易象虽包六艺，与诗之比兴，尤为表里"。

正是由于《易经》之象既是具体可感的自然万象，又有着比兴之象征功能，所以孔尚任就直接借鉴了这一"假象见义"的思维方式，借传奇中传达相思之情的男女角色传达亡国之感的哀痛和反思之意。剧中一把桃花扇既展示了侯、李二人之相聚、相离、相别的悲欢离合，同时又串联起晚明复社清流与奸佞阮大铖、马士英的斗争。作者的笔锋从秦淮

① 唐明邦：《周易评注》，第 224 页。

② 唐明邦：《周易评注》，第 222 页。

③ 唐明邦：《周易评注》，第 214 页。

④ 唐明邦：《周易评注》，第 348 页。

河畔的风月触向最高层统治者即南明君臣的亡国之政，揭示了南明亡于党争内乱的主题，从而完成了“借离合之情，写兴亡之感”的任务。

晚明是复社与阉党余孽斗争极为激烈的时期，不同于一般的才子佳人的风流遇合，侯、李爱情具有鲜明的政治内涵和时代色彩。作为风尘女子的李香君厌弃阉党马、阮而敬重东林复社诸君子。她之所以钟情于侯方域，不仅是欣赏他的风流倜傥、才华横溢，更重要的是敬重他作为“四公子”之一的政治身份。她毅然决然地辞掉阮大铖为拉拢侯方域而送给自己的妆奁，使阮大铖恼羞成怒，为以后阮大铖诽谤侯方域、置香君于死地埋下了祸根。因此，她就主动地卷进了阉党与复社之间的政治斗争之中。而两者的斗争又非同一般，直接关系到南明王朝的盛衰兴亡，这样，她与侯方域的悲欢离合就必然地同南明兴亡扭结在一起。可以说，侯、李二人的政治身份和政治立场是孔尚任假象表意的媒介，也是孔尚任选择二人而放弃了秦淮河畔众多风流遇合题材的原因。

《桃花扇》剧中既有秦淮河畔参与儿女之情的下层人物和清流人士，又有加速南明覆亡的上层统治者，同时还要照顾到北京的明王朝。剧中人物众多，头绪纷繁，但作者写来却次序井然，读者阅读也能一目了然。这要归功于孔尚任对剧中人物的整体把握。《桃花扇》剧中的人物都不是孤立的，他们往往与前后和周围的人物形成对应关系，这当然要归功于孔尚任对《周易》阴阳对举原则的巧妙使用，同时，《易经》中“方以类聚”的分类法也有助于他在安排人物时做到合理分类，“男有其俦，女有其伍”，“君子为朋，小人为党”。作者按照阴阳对举的原则将剧中三十多个人物分为两类：围绕着侯、李离合之情的人物为一类，关乎南明兴亡的马、阮和史可法为一类。两大部类下又分左右、奇偶两部，两部中又以其在故事中的不同功能在左右部中分为正、间、润、合四色，在奇偶部中分为中气、戾气、余气、煞气四色。总部中又分为侧重细参离合之场的老赞礼和总结兴亡之案的张道士。总部下分两类，两类下分两部，两部中分四色，四色中有主有从，这样每一部类中都是阴阳对举、尊卑有序、男女有别，达到了明白、对称、平衡、有起有结的效果。

孔尚任将传奇中的角色阴阳相对，显然是借鉴《易经》阴阳对应思维的结果。“阴阳”一词最早见于《易经》,《易经》卦象就是建立在阴、阳二爻两个符号的基础上。这两个符号按照阴阳消长的规律,经过排列组合而成为八卦(乾、坤、震、巽、坎、离、艮、兑)。八卦的构成与排列,体现了阴阳互动、对立统一的思想。八卦经过重叠、排列、组合变为六十四卦,阴阳思想是其核心。“昔者圣人之作《易》也,将以顺性命之理。是以立天之道曰阴与阳,立地之道曰柔与刚,立人之道曰仁与义。”①是古人对宇宙万物两种相反相成的性质的一种抽象,也是宇宙对立统一及思维法则的哲学范畴。

《桃花扇》的人物纲领中,分类的总标准显然是作者指出的阴阳对立原则,因儿女之情服从于兴亡之感,所以两类中儿女之情为阴,兴亡之感为阳;总部中细参离合之情的老赞礼为阴,总结兴亡之案的张道士为阳;儿女情类中左部为男色、为阳,女色为右部、为阴;兴亡感类中奇部为尊、为阳,偶部为卑、为阴。显然,这些部类是按照阴阳原则进行的,阴为地、为女、为卑,阳为天、为男、为尊。古人在乘坐马车时有虚左、以左为尊之习,所以左部为阳。“由于阴爻(— —)是由两段组成的,故又代表偶数;阳爻(—)是由一段构成的,故又代表奇数;所以奇部为阳。”②

而“男有其俦,女有其伍”,“君子为朋,小人为党”以类相从的人物安排显然是受到《易经》分类思维的启发。《易经》中处处体现了“类”的思想,“君子以类族辨物”,“天尊地卑,乾坤定矣。卑高以陈,贵贱位矣。动静有常,刚柔断矣。方以类聚,物以群分,吉凶生矣”。③

《易经》中最根本的类就是阴阳两仪,由此演化出的四象、八卦、六十四卦实际上都是类属概念,这在《说卦》中阐释得最为清晰。所以,《桃花扇》中最基本的人物对应的原则就是阴阳原则,在以阴阳原则把握剧中角色时,又将两部分为四类,每一类又都有自己的更细的类属。

这样,《桃花扇》中的人物关系虽然错综复杂,但却“明如鉴,平如

---

① 唐明邦:《周易评注》,第248页。

② 唐明邦:《周易评注》,第280页。

③ 唐明邦:《周易评注》,第194页。

衡”，在对称、平衡中让人一目了然。这种人物安排上的苦心体现了孔尚任在结构上的美学原则——对称、平衡原则。

第二节 《易经》的中正思想与《桃花扇》人物的道德评价

值得注意的是，在提供把握剧中人物的角色特征和功能特点及依据时，孔尚任又采用了《易经》的标准。一方面，孔尚任在为他喜爱或敬重的角色分类时，体现出与《易经》一致的尚中正特别是尚中观念。他将侯、李定位为正色，这首先是指二人在传奇中承担的正旦、正生的功能，暗含着“正面的、主要的角色”等基本含义。但如果将它所代表的正气与史、左、黄代表的中气，马、阮和弘光所代表的戾气的分类标准相联系，不难发现，它们在意义上密切相关。另一方面，他又将剧中具有否定色彩的人物称为“戾气”，“中(正)气”、“戾气”这一对反义词既是《易》学中的重要术语，也是儒家研究《周易》者考察社会和历史、评判人物时最常用的道德标准。孔尚任正是继承了前人利用《易经》考察社会的基本思路，并创造性地运用到《桃花扇》传奇的创作中。

如上文所述，“阴阳”二字是《易经》考察社会的基本概念，在《易经》演述的卦象中，阴阳观念具体表现为气的运行。阳气上升，阴气下降，阴阳互动，是《易经》对阴阳二气运行规律的整体把握，也是对自然和人生进行的概括和描绘。在卦象构造方面，阴阳互动模式可对自然万象不依直观所得，而创造出合乎“气”化规律的假象。如天在上、地在下本来是眼中所见、足下所立的事实，可是下地(坤)上天(乾)构成的卦却是《否》卦，卦象之意为不通；相反，下天(乾)上地(坤)的卦却名《泰》卦，卦象之意是大利通泰。如果不按阴阳互动的规律予以解释，便很难理解这种安排。《否》卦是阳上阴下，阳气上升，阴气下降，二气相背而行；可以交会，则是“天地不交而万物不通也，上下不交而天下无邦也”[1]。《泰》卦是阴上阳下，阴气下降，阳气上升，二气相向而行实行交会，这就

① 黄寿祺、张善文：《周易译注》，上海古籍出版社1989年版，第115页。

是“天地交而万物通也,上下交而其志同也”①。《咸》卦正是“二气感应以相与”而使“万物化生”。阴阳互动,才使自然与人类社会都在变化中存在和发展。可见,《周易》卦象不是静止的,而是阴阳二气运行不止、生生不息的表征,显示出宇宙造化的勃勃生机与充沛活力。

这种认为整个世界只能在阴阳互动中存在和发展的世界观,成为后世人们在天人感应、天人合一的世界观中考察社会的基本方法,进而成为评判社会、人性的指导性原则。魏晋中期,人物品评成风,刘邵的《人物志》②就是当时一部非常重要的品评人物的著作,有趣的是,《易经》的“阴阳气论正”是其评论人物的主要标准:“是以圣人著爻象,则立君子小人之辞。”意即《易经》通过爻象来分别君子、小人。这是因为,“凡有血气者,莫不含元一以为质,禀阴阳以立性,体五行而着形”。君子、小人都乘阴阳二气而生,他们形体之中便含有阴阳之气。“聪明者,阴阳之精,阴阳清和,则中睿外明。”阴阳互动产生清和之气,禀受清和之气而生的人就是聪明之人,也就是君子。相反,不能够禀受阴阳精华而生的人则为小人。君子、小人的不同是因为他们禀赋的阴阳之气不同。

刘邵的《人物志》是最早以《易经》的阴阳之气为理论基础来臧否人物的一部书,他将人物分为君子和小人两种。君子是儒家的圣人,是中庸之人,也是《人物志》中最可贵之人。他们具备中和之德,禀阴阳精华清和之气而生。小人因为不能完全禀受阴阳精华,而具有种种“无恒、依似”的可能性。如果说刘邵的《人物志》还是从理论上将人分为君子、小人,客观地评论人品得失、优劣,旨在崇尚中和之德的话,那么,宋代的理学家则直接援引《易经》气论重新构筑儒家思想体系,并以之考察历史兴废,反思人之修身。《易经》之气论开始进入到指导人生的实践层次。他们既崇尚得中、当位的理想境界,同时更多地将批判的目光转向社会发展过程中因为阴阳不交而产生的种种不和状态,并将这种状态命名为“戾气”。

---

① 黄寿祺、张善文:《周易译注》,第 105 页。

② 刘邵:《人物志》,时代文艺出版社 2004 年版。本段中所引均出自此书。

宋代以《易经》为理论依据重新建构儒家的哲学体系，创始者便是北宋著名的思想家张载[①]。张载是北宋诸儒中建立儒学理论体系最为完备的一位哲学家，他论说宇宙论、本体论，也论说功夫论及境界论。他继承并深入研究孔孟思想，在理论上大有创新，建立了具有个性的哲学体系。他以《易经》为根据来建立自己的哲学体系：“其学以《易》为宗，以《中庸》为的，以《礼》为体，以孔孟为极。”[②]《横渠易说》和《正蒙》是他最具代表性的著作。他的《正蒙》便是以《易经》为理论基础构建而成的，对孔尚任创作《桃花扇》有着非常明显的影响。

《正蒙·太和篇第一》是张载最重要的哲学文论之一，也是他的宇宙论及本体论的代表作。该篇借《周易》“太和”及“太虚”概念讨论宇宙本体论，旨在指出存在界的整体是太虚意义的气，也是太和意义的道。他在《正蒙·参两篇第二》中提出了“戾气说”：“和而散，则为霜雪雨露；不和而散，则为戾气阴霾。阴常散缓，受交于阳，则风雨调寒暑正。天象者阳中之阴，风霆者阴中之阳。”[③]阴阳相和则为霜雪雨露；不和而散则为戾气。

后来的理学大家如“二程”和朱熹都继承了张载的哲学体系，并将他提出的“戾气说”引向深入，“戾气”更成为儒学的常用语。朱熹将“戾气”作为评判人性善恶的依据，《朱子语类·性理一》说道：“人之性皆善。然而有生下来善底，有生下来便恶底。此是气禀不同。且如天地之运，万端而无穷，其可见者，日月清明气候和正之时，人生而禀此气，则为清明浑厚之气，须做个好人。若是日月昏暗，寒暑反常，皆是天地之戾气，人若禀此气，则为不好底人。”

《二程遗书》中也认为好斗之民生于“戾气”：“古者乡田同井而民之

---

① 张载，字子厚，北宋唯物主义哲学家，凤翔郿县横渠镇人，生于宋仁宗天禧四年(1020年)，死于宋神宗熙宁十年(1077)。仁宗嘉祐二年(1057)进士，曾任丹州云岩县令；英宗末，任签书渭州判官公事，协助当时渭州军帅蔡挺筹划边防事务。神宗初年，任崇文院校书，不久辞职，回家乡讲学。后又任同知太常礼院，不到一年即告退，在回家途中，病死于临潼。因他在横渠镇讲学，当时学者称他为“横渠先生”。

② (清)黄宗羲：《宋元学案·横渠学案上》。

③ (清)王夫之注：《张载正蒙》，上海古籍出版社2000年版，第105～106页。

出入相友，故无争斗之狱。今之郡邑之讼，往往出于愚民以戾气相构。善为政者勿听焉可也。”

因为他们的理学思想在当时产生了极大影响，所以“戾气”一词便成为儒家批判社会人生的常用词语。中国哲学从来都是讲究天人感应的，在考察自然戾气的产生时，理学家们又将它归之于人事，戾气影响到社会，便会使整个社会关系失衡。吕本中将张载的“戾气说”和君臣关系失衡相联系：“正蒙曰：‘凡阴气凝聚，阳在内者不得出，则奋击而为雷霆；阳在外者不得入，则周旋不舍而为风。和而散，则为霜雪雨露；不和而散，则为戾气曀霾。阴常散，缓受交于阳，则风雨调寒暑正。雹者，戾气也。阴胁阳臣侵君之象。当是时，僖公即位日久，季氏世卿公子遂专权，政在大夫，萌于此矣。”鲁国所出现的雹灾是季氏专权要挟国君、“政在大夫”的君臣关系不谐的结果。这就使得人们把《易经》关于阴阳运行的考察和社会关系的变化紧密联系起来。

“戾气”一词虽在唐代已出现，但还只是偶尔提及。直到宋代的思想家们将它完全纳入到新儒学的思想体系后，“戾气”一词才广泛地为人们所使用。

明清之交，经历了劫难和亡国之痛的思想家们如王夫之、黄宗羲，诗人如钱谦益、吴梅村等，在痛定思痛之后，开始深刻地反省有明朝政的得失，并将张载的思想特别是“戾气说”直接用于对明朝政治的考察。他们在坚决不与清朝统治者合作之后发现，自己所忠于的南明王朝实则是一个戾气充盈的时代。“戾气”是他们对有明朝政现实最深切的感受。通过顾炎武、黄宗羲、王夫之等大儒的史论政论的解说，钱谦益、吴梅村等文人的艺术敏感，“性善”、“性恶”说在明清之际开始具体化为戾气论。同时，“守正”、“坦夷”、“雅量冲怀”、“中和”、“太和之气”、“温柔敦厚”等词，不再是历代重复的泛泛之词，而成为那个时代极为渴求的精神家园。

王夫之著述中谈到的“戾气”[①]，主要是指有明王朝相争、相激的时

① 本段观点参考了赵园《明清之际士大夫研究》第一章第一节。

代风气。他在著述中多处使用"竞"、"争"等字样，来概括他所以为的明代的政治文化性格与他所感受到的时代氛围。诸如君臣"相摧相激"[①]，主上刻而臣下苛察，浮躁激切，少雍容，少坦荡，少宏远规模、恢阔气度。明即亡于此种君臣之"争"。对此，那些一味与小人"竞气"的君子，"使气而料名"的正人，是不得辞其咎的。而钱谦益以其文人的敏感，也一再提到了弥漫着的戾气。他在《摹刻大藏方册圆满疏》中描述他对于世态人心的体察："劫末之后，怨怼相寻，拈草树为刀兵，指骨肉为仇敌，虫以二口自啮，鸟以两首相残……"[②]他也由当时的诗文，读出了那个残酷时代的痼疾："兵兴以来，海内之诗弥盛，要皆角声多，宫声寡；阴律多，阳律寡；噍杀恚怒之音多，顺成和缓之音寡。繁声多破，君子有余忧焉。"[③]

吴伟业也说戾气、杀气，甚至也用"噍杀"的字眼。以布衣参与明政局的万斯同，所见也正是这样的戾气充溢的时代。[④] 而黄宗羲所编选的《明文海》中更不乏戾气的表述。在那个时代，儒家知识分子多有此种政治敏感。

从清初思想家们对明朝政治的批评来看，戾气充斥是他们对这个时代政治氛围的共同感受。戾气源于党争，源于君臣交恶，源于明朝国君对臣子的不臣而臣所施与的种种暴政。进而使他们对历史产生了更深刻的思考：戾气充斥必然是亡国之相。那么，怎样来解释明朝的亡国和清朝的兴替乃至整个历史的发展呢？于是他们又转向《易经》，所以王夫之的史学带有鲜明的易学特色，"企图通过易学的研究，总结明王朝倾覆的教训，并为其所向往的社会寻找出路，如其所说'惟易之为道，则未尝旦夕敢忘于心'，从而使其易学哲学更具有时代的特征"[⑤]。黄宗羲的《明夷待访录》则使用《易经》中的"明夷卦"来期待明朝的日出

---

① (清)王夫之：《读通鉴论》卷八。

② (清)钱谦益：《牧斋有学集》卷四一。

③ (清)钱谦益：《牧斋有学集》卷十七。

④ 参见(清)吴伟业：《书杨文忠传后》，载《石园文集》卷五。

⑤ 朱伯昆：《易学哲学史》第4册，华夏出版社1995年版，第6页。

而明和重新兴盛。所以孔尚任用“戾气”一词称呼弘光和马、阮这些亡国罪人，就是基于和王夫之、黄宗羲等大儒们的共同感受。

《桃花扇》演出的就是一部戾气得势、光明受损的“明夷卦”，第三十三出《会狱》中侯方域悲愤地唱道：“演着明夷卦，事尽翻，正人惨害天倾陷。片纸飞来无人见，三更缚去加刑典，叫俺心惊胆战。黑地昏天，这样收场难免。”而弘光帝和阉党马、阮之流正是使光明受损的“戾气”。孔尚任认为：阮大铖和马士英本来就是打击复社清流的阉党余孽，在经过短暂的沉寂之后，他们又抓住崇祯自缢、急立新主的机会，抢先迎立福王朱由崧，抢得迎立头功。“戾气足以致戾”，“和气足以召和”[①]，当以弘光和马、阮这些昏君奸党为首的戾气执政后，当然大行亡国之政：迫害搜捕复社清流，将四公子先后下狱，杀害周镳、雷寅祚，排挤史可法出朝，拉拢分裂朝臣。作为戾气之首的弘光，在国难当头之际最关心的是选优听戏，李香君因此被迫入宫演戏。权奸当政，南明焉能不亡？左良玉为解救侯方域等清流，起兵东下，直取南京；马、阮急调黄得功等截杀左良玉，致使江北千里空营，给清兵以可乘之机。镇守扬州的史可法遂处于孤军无援的境地。他的最终失败已不可避免。当然，《桃花扇》对有明政治的考察，不仅将批判的矛头直指弘光和马、阮这些罪人，而且他也注意到了党争所导致的江山无主的恶果。

天地不交通会有戾气产生，但世界不会永远为戾气所主宰，即使是产生于商周之际的《易经》，也在强调着阴阳之气的运动所达成的和谐，并表现出对中正之境的极力推崇。在侯、李和复社清流以及“有明三忠”身上，孔尚任更是寄托了无限期望。

“中正”一词是《易经》描述卦德时提倡的重要观念，“守中则”是《易经》描述的世界发展变化中最理想的状态，尤具善、美的发展前途。《易经》六十四卦，每卦均有上体和下体之分，下体之中爻为全卦之第二爻（九二或六二），上体之中爻为全卦之第五爻（九五或六五）。爻位如果处于“二”或“五”，即为“中”或“得中”。“中”，指行为适中、不偏不倚。

---

① （清）孔尚任：《与王安节》，载徐振贵校注《孔尚任全集辑校注评》第2册，第1260页。

"中"又有"刚中"与"柔中"之分，凡阳爻居中位，象征刚中之德；阴爻居中位，则象征柔中之德。若阳爻处五位，则为刚中而正；阴爻处二位，则为柔中而正。《象传》认为，"中则无不正"，故"中"又称为"中正"、"正中"、"正道"，其意为无过、无不及、无偏无斜。中与正相较，中德又优于正德。《御纂周易折中》指出："正未必中，中则无不正也。六爻当位者未必皆吉，二、五之中，则吉者独多，以此故尔。"这种崇尚中正的思想，与后来先秦儒家所提倡的中庸之道，意旨一致。到了北宋，这种思想更为理学家们所借用，张载的《正蒙》就以《中正》和《得当》作为其中两篇的题目。

孔尚任以侯、李为正色，以"有明三忠"为中气，其实就是继承了《易经》之尚中意识，他们都是《桃花扇》所赞扬的人物。但"中"又逊于"正"，所以《桃花扇》并没有掩饰侯方域的书生意气和国难当头耽于游乐的软弱；对于李香君，在极力展现她的刚烈和坚定的政治态度的同时，在评语中对她的青楼身份则表示了遗憾："全本《桃花扇》不用良家妇女出场，亦忠厚之旨。"[①]这虽然是论者的迂腐之见，但也是孔尚任的深心所在。既表达了作者对下层人士的偏爱，同时这种无所顾忌的抛头露面，也因为李之风尘身份而抛开不论，不失"温柔敦厚"之教。

史可法和"有明三忠"则是作者倾尽全力描写的人物，他们各有自己的缺点：史可法之才拙力短，左良玉养子为患，黄得功家贼难防，特别是"有明三忠"各有所忠，以致无法协力对付乱贼和北兵，最后断送了大明江山。但孔尚任又通过描写他们以身殉国的壮烈行为极力为他们开脱，突出他们虽不是死于战场，但同样轰轰烈烈的气概。

由此看来，关于《桃花扇》的主旨虽然众说纷纭，但大都不免以偏概全之颇。因为《桃花扇》的思想主旨并不像论者所争执的"儒道同构"或"以道代儒"甚至"虚无论"，也不是反清之作或单纯抒发历史兴亡的感慨。其实，孔尚任是一个积极的人世者，是儒家思想的实践者。他的儒家思想，既吸收了北宋以张载为代表的理学家以《易经》为基础的理学

① (清)孔尚任著，迟崇起校：《桃花扇》，花山文艺出版社 1997 年版，第 211 页。

思想和体系，同时也有着明清之际儒家民本思想的内核。他力图揭示南明覆亡的真相，并引起后人的警醒。虽然他对南明灭亡的“党争”原因的考察并没有超出同时代人的见解，但他以传奇的形式“援儒”，来表达他的思考，既以鲜明的形象感发观众，同时又充满了哲理意味。这不是同时代的大儒王夫之、黄宗羲能够做到的。

虽然《桃花扇》全剧的基本思想是以《易经》为主的儒家思想，但无需隐晦，《桃花扇》也借助了道家入道的形式。《桃花扇》的评注中多次论道，如老赞礼、张道士、侯方域、李香君等人的入道实在是“无可奈何语”，而非真的见道语。“老赞礼者，赞天地之化育也。”[①]“赞天地之化育”，实际是《中庸》中的原话：“能尽物之性，则可以赞天地之化育。可以赞天地之化育，则可以与天地参也。”使万物能够各尽其性，就可以掌握天地之消长变化，进而与天地同生共存。这其实就是《易经》之阴阳之道。老赞礼是作者虚构的人物，在剧中他的身份是南京祭坛祭祀孔子的掌礼人，但他身上既有孔尚任的影子，又有孔尚任的夫子自道，《入道》中把老赞礼的生日安排在九月十八，这个日子其实就是孔尚任的生日。张道士在全剧中除了明朝锦衣卫千户的打扮，就是布衣装束。只不过在超度亡魂的祭坛上，他才道装出场，所以老赞礼是深谙《易经》阴阳天地变化之道的儒者，张道士的道家身份是为了完成剧中善恶有报的道德观念。剧中诸人的栖真、入道又都是“无可奈何语”和亡国之恨，从剧中所推演的《易经》内容来看，栖真和入道这一结局也是符合“明夷卦”的卦意的：光明受损，转入地下。

第三节　《易经》之名小旨大与《桃花扇》的不奇而奇

《易传》在解释卦爻辞时提出了“名小旨大”的思想。《系辞下传》中说：“夫《易》，彰往而察来，而微显阐幽。开而当明辨物，正言断辞则备矣。其称名也小，其取类也大，其旨远，其辞文，其言曲而中，其事肆而

① （清）孔尚任著，迟崇起校：《桃花扇》，第171页。

隐。因贰以济民行，以明得失之报。”[1]孔颖达《周易正义》解释说：“‘其称名也小’者，言《易》辞所称物名多细小，‘其取类也大’者，言虽是小物，而比喻大事，是所取义类而广大也。‘其旨远’者，近道此事，远明彼事，是其旨意深远。……‘其辞文’者，不直言所论之事，乃以义理明之，是其辞文饰也。……‘其言曲而中’者，变化无恒，不可为体例，其言虽无屈曲，而各中其理也。其《易》所载之事，其辞放肆显露，而所论义理深而幽隐也。”[2]

《易经》这一名小旨大的思想对中国文学创作影响深远，比如《史记·屈原列传》中对屈原诗歌的评价，司马迁就引用了《系辞》中的原话。孔尚任以儿女之情写兴亡之慨，也是受到了名小旨大这一思想的启发，细读《桃花扇小识》，我们不难发现作者的苦心：

> 传奇者，传奇事之奇者也，事不奇则不传。桃花扇何奇乎？妓女之扇也，荡子之题也，游客之画也，皆事之鄙焉者也；为悦己容，甘簝面而染花，亦事之细焉者也；伊其相谑，借血点而染花，亦事之轻焉者也；私物表情，秘笺寄信，又事之猥亵而不足道者也。桃花扇何奇乎？其不奇而奇者，扇面之桃花也；桃花者，美人之血痕也；血痕者，守贞待字，碎首淋漓不肯辱于权奸者也；权奸者，魏阉之余孽也；余孽者，进声色，罗货利，结党复仇，隳三百年之帝基者也。帝基不存，权奸安在？唯美人之血痕，扇面之桃花，啧啧在口，历历在目，此则事之不奇而奇，不必传而可传者也。人面耶？桃花耶？虽历千百春，艳红向映，问种桃之道士，且不知归何处也。

在作者看来，侯方域和李香君二人的遇合不过是妓女与荡子间的风流“鄙焉”之事，其间虽有面血溅扇、私物表情、秘笺寄信，但都不过是“事之细焉”、“事之轻焉”、“事之猥亵而不足道者”，男女之情，秦淮河畔盛演不衰，不足称奇。但桃花扇又是不奇而奇的，因为扇面上的桃花虽

---

① 唐明邦：《周易评注》，第 243 页。

② （唐）孔颖达：《周易正义》，中华书局 1988 年版，第 778～779 页。

为情人而流，但却是李香君甘愿“碎首淋漓不肯辱于权奸”、对权奸以死相抗的刚烈表现，而权奸之流，正是大兴党狱“隳三百年之帝基”的魏阉余孽。虽以李香君的鲜血染成桃花，却与史可法以胸中之血殉于南明，具有同样重大的意义，第二十二出《守楼》尾评曰：“《桃花扇》正题本于此折。若无血心，何以有血痕；若无血痕，何以淋漓痛快成四十四折之奇文耶？”这样，在李香君的面血溅扇中又展现了“有名三忠”之气血，达到了以“细焉”之事传忠臣儿女的大旨。

对于侯、李和“有明三忠”，孔尚任虽然极力展现了他们的政治气节，但同时也写出了他们的不足：侯、李二人与权奸进行了不遗余力的斗争，可是在国破家亡、山河易主的关头，他们却还留恋着花月之情，絮絮叨叨，盘算着自己的归处。尽管侯、李二人的结局摆脱了大团圆的收煞，但他们的入道是在张瑶星的棒喝之下作出的选择，而不是如“南朝六作者”那样自愿的选择。在这一点上，对于史可法的才拙力短、左良玉的养子为患、黄得功的家贼难防，作者都深以为憾。除着力赞扬了这些亡国关头都激烈地斗争了的“正色”、“中气”之外，《桃花扇》还写了“南朝七作者”，来反思亡国之后前朝人士的出处、选择。明朝灭亡后，士人或继续斗争，或埋名山巅、隐居水崖，或出家逃于清世的统治，或应清廷之邀、之逼身仕清朝，过着或得意或痛苦的生活。在孔尚任写作《桃花扇》的时代，清朝的统治已渐趋稳定，孔尚任本人虽然有着强烈的民族情绪，可是他对康熙的感激涕零和知遇之恩使他不可能有否定大清王朝的思想，继续斗争者的相继失败也和“有明三忠”之死有相似之处，选择继续斗争作为全局的结束显然既不符合剧情也不符合现实，被清朝编纂的《明史》列为“贰臣”的士人显然不值得肯定，所以孔尚任选择并认可了出家隐居的方式作为全剧的结束。

而“南朝七作者”的安排，更是体现了孔尚任“名小旨大”的比兴意识。续四十四出《余韵》夹评曰：“南朝作者七人，一武弁，一书贾，一画士，一妓女，一串客，一说书人，一唱曲人，全不见一士大夫。表此七人者，愧天下之士大夫也。”锦衣卫千户张瑶星、书商蔡益所、画士蓝田英、妓女卞玉京、串客丁继之、说书人柳敬亭、唱曲者苏昆生，他们地位卑

微，即使是张瑶星，也不过是一个锦衣卫千户，并没有直接参加对阉党的激烈斗争，可是他们都以自己磊落的风姿自愿地选择了入道殉国，成为南明这出无可挽救的亡国悲剧中最亮的一道光彩。对于“南朝作者七人”的安排和意义，论者显然重视不够。“作者七人”最早出自《论语·宪问》：“贤者避世，其次避地，其次避色，其次避言。”“作者七人矣。”就是说，已经有七个人“避”去了。这七个人虽然此处没有明说，但在《微子》中却有记载：“逸民：伯夷、叔齐、虞仲、夷逸、朱张、柳下惠、少连。子曰：‘不降其志，不辱其身，伯夷，叔齐欤？’谓：‘柳下惠、少连，降志辱身矣，言中伦，行中虑，其斯而已矣。’谓：‘虞仲、夷逸，隐居放言，身中清，废中权。我则异于是，无可无不可。’”孔子在这里举了七个“逸民”的名字。而在张载的《正蒙》中也出现了“作者七人”的提法，不过意思恰恰相反，指的是中国历史上的七位圣君。《正蒙·作者篇第十》中说：“作者七人，伏羲神农黄帝尧舜禹汤，制法兴王之道非有述于人者也。以知人为难，故不轻去未彰之罪；以安民为难，故不轻变未厌之君。及舜而去之，尧君德，故得以厚吾终；舜臣德，故不敢不虔其始。稽众舍己，尧也；与人为善，舜也；闻善言则拜，禹也；用人惟己，改过不吝，汤也；不闻亦式，不谏亦入，文王也。”此处“作者七人”也是借用了《论语》中孔子的话，不过意义恰恰相反，与孔子所说的七位隐者不同，张载指的是伏羲、神农、黄帝、尧、舜、禹、汤七位圣君，“作者”之意指的是他们最早制定、创设了兴王之道而非转述他人已有之论：“制法兴王之道非有述于人者”，“作者”也就是独创者之意。笔者认为孔尚任所说的“作者七人”应该是《论语》中避世的贤者之意。由此看来，《桃花扇》中的“作者七人”的安排是大有深意的：他将七位入道者称为“作者七人”，既符合《论语》中的原意，也不违背清代对贰臣的批判，同时与全剧推演的明夷卦相一致。

七人中有两位隐士，即渔夫柳敬亭和樵夫苏昆生，其余五位入道者即锦衣卫千户张瑶星、书商蔡益所、画士蓝田瑛、妓女卞玉京、串客丁继之。在入道的五人中，张瑶星无疑是他们的代表。作为一个锦衣卫堂官，他虽然是百姓眼里的一位老爷，但毕竟只是一位武弁。北京失陷时,他的行为却让无数的文官武将失色:当流贼攻破北京,崇祯帝缢死煤山,周皇后也殉难自尽时,那旧日的文武百官,何曾看见一人。是他冒着生命危险,领着手下校尉,寻着他们的尸骸,抬到东华门外,买棺收敛,独自一个戴孝守灵。“别个官儿走的走,藏的藏,或被杀,或下狱,或一身殉难,或阖门死节。”“还有进朝称贺,做闯贼伪官。”但却无人去为崇祯、周皇后料理后事:“可怜皇帝、皇后两位梓宫,丢在路旁,竟没人瞅睬。”当礼部奉了“伪旨”,将梓宫抬送皇陵时,又是他执幡送殡,看守陵旁,早晚上香。当清朝特旨修建皇陵时,又是他亲手题写神牌和墓碑,连夜赶往南京传送消息,报与南京臣民知道。在忠君爱国的意义上说,他是独立支撑败局之人,是他亲手收拾了明朝灭亡的残局。难怪蓝田瑛说:“难得!难得!若非老先生在京,崇祯先帝竟无守灵之人。”同时,他又成为南明亡国之政中勉力回护清流的依靠。

对于以张瑶星为代表的五人的入道,作者是理想化的。历史上除了卞玉京做了道士之外,其他四人并没有明确的记载。即使是历史上的张瑶星,虽然隐居在南京的白云庵中,但他并没有真正地做道士。《清诗纪事·明遗民卷》中说:“张怡……入清隐居,字号白云道者。”①亲自拜见过张怡的遗民诗人卓尔堪《明遗民诗》中记载得则更为详细:“白云先生,锦衣卫百户,隐摄山白云庵。纸屏书‘忠孝’二大字。麻衣葛巾终其身,五十余年不入城市。”②以张瑶星为代表的五人的入道并不像某些论者所说的那样,是对儒家的失望和对道家的皈依。相反,孔尚任从来没有彻底否定过儒家思想,他是让他们以入道的形式完成了对儒家责任的担当。张瑶星隐居白云庵中时,纸屏上书写的不是道家的出世和弃世,而是儒家思想的核心“忠孝”两个大字,孔尚任对此是了然于心的。其他四人的入道是有弃有取的,但他们共同丢弃的是与马、阮同流合污或助纣为虐的肮脏,保留的是个人对家国的责任。

孔尚任在褒贬人物时,巧妙地援道入儒,一方面借助入道的形式,表达了对于明亡后坚持士大夫节操的遗民们的由衷的赞叹;一方面借

① 钱仲联等主编:《清诗纪事·明遗民卷》,江苏古籍出版社1987年版,第1057页。

② 钱仲联等主编:《清诗纪事·明遗民卷》,第1057页。

助梦境的形式，利用了道家的善恶有报观念，对清流进行褒扬，对阉党进行道德审判。这才是作者于关键情节之外，又不遗余力地展现"七作者"的深意：正是他们这些微不足道的小人物，身体力行了儒家思想的要义——尽国以忠孝，修身以节操。

孔尚任这种"其称名也小，其旨也大"的选材和笔法当时也为有心人所洞察，比如桃园遗叟黄元治在《桃花扇跋》中说：

> 有明三百年结局，君臣将相、奸佞忠良，其间可褒可诛、可歌可泣者，虽百千万亦不能尽。兹独借管弦拍板，写其悲感缠绵之致，又从最不要紧几辈老名士、老白相、老青楼，饮啸诙谐、祸患离合终始之迹，而寄国家兴亡、君子小人成败生死之大。……作史传观，可作比兴观，亦可宁徒慷慨悲歌，听者坠泪而已乎。①

海陵沈默也说：

> 《桃花扇》一书，全由国家兴亡大处感慨结想而成，非正为儿女细事作也。大凡传奇皆主意于风月，而起波于军兵离乱。唯《桃花扇》乃先痛恨于山河迁变，而借波折于侯、李，读者不可错会，以致目迷于宾中之宾，主中之主。山人胸中有一段极大感慨，适然而遇侯、李之士，又适然而逢苏、柳之辈，是以奇奇幻幻撰出全册，当在野史之列，不应作戏曲观。②

第四节 《易经》之审微思想与《桃花扇》的忧患意识

孔尚任写《桃花扇》目的是通过"场上歌舞，局外指点"，来探究明朝亡国的原因，也就是他所说的："知三百年之基业，隳于何人？败于何

① 吴毓华编：《中国古代戏曲序跋集》，中国戏剧出版社1990年版，第439页。

② 吴毓华编：《中国古代戏曲序跋集》，第446页。

事？消于何年？歇于何地？”并力图“惩创人心，为末世之一救”。因此剧中充满了强烈的忧患意识和“著往思归之义”。在揭示权奸亡国的同时，给后人以警醒是作者的苦心：“身处其境，极力装扮而不自知。所谓秦人不暇自哀，而后人哀之；后人哀之而不知鉴之，亦使后后人而复哀后人也。”①

这种述往思来的忧患意识与《易经》之“彰往察来”、“原始要终”、“居安思危”的精义是相通的。《易》之作者身处危世，因此在卦爻辞中时时以忧患警示：“君子终日乾乾，夕惕若。厉无咎。”②“其亡其亡，系于苞桑。”③“不恒其德，或承之羞，贞吝。”④“不节若，则嗟若。”⑤“弗过，防之，从或戕之。凶。”⑥……《易传》更是通过阐释卦象和卦爻辞反复强调《易》之忧患意识：“《易》之为书也，原始要终以为质也。”⑦“彰往察来，而微显阐幽。”“《易》之兴也，其于中古乎？作《易》者其有忧患乎。”“《易》之兴也，其当殷之末世，周之盛德邪？当文王与纣之事邪？是故其辞危。危者使平，易者使倾。其道甚大，百物不废，惧以终始，其要无咎。此之谓《易》之道也。”“是故君子安而不忘危，存而不忘亡，治而不忘乱，是以身安而国家可保也。”⑧

《坤・文言》说：“积善之家，必有余庆，积不善之家，必有余殃。臣弑其君，子弑其父，非一朝一夕之故，其所由来渐矣，由辩之不早辩也。”《坤》卦初六为阴爻，如阴寒之气初起，积久乃成坚冰，因此《易传》借阐释爻象来说明慎始防变之理。《系辞・下传》在解释《噬嗑》卦上九爻辞时说：“善不积不足以成名，恶不积不足以灭身。小人以小善为无益而弗为也，以小恶为无伤而弗去也，故恶积而不可掩，罪大而不可解。”

---

① (清)孔尚任著，迟崇起校：《桃花扇》第二十四出《骂筵》夹评，第125页。
② 《周易・乾・九三爻辞》。
③ 《周易・否・九五爻辞》。
④ 《周易・恒・九三爻辞》。
⑤ 《周易・节・六三爻辞》。
⑥ 《周易・小过・九三爻辞》。
⑦ 唐明邦：《周易评注》，第232、242页。
⑧ 《系辞・下传》。

《噬嗑》是断狱之卦，上九爻处断狱之终，是罪大恶极无可救药之象。而之所以发展到为恶之极的地步，乃是因为由小恶累积而成。所以《易传》特别强调要从细微处杜绝大恶，要防微杜渐，《系辞》说：“知几其神乎！……几者，动之微，吉凶之先见者也。君子见几而作。……君子知微知彰。”《系辞》又说：“夫《易》，圣人之所以极深而研几也。”“几”是细微的征兆，它“离无入有，在有无之际”，处于刚刚萌芽的状态。《易传》要求君子在事物处于“几”的状态时就要有所觉察，做到见微知著。

《易传》还提出居安思危的思想，《系辞》说：“危者，安其位者也。亡者，保其存者也。乱者，有其治者也。是故君子安而不忘危，存而不忘乱，是以身安而国家可保也。”今日的危险源于从前的耽于安乐，今日的亡国是由于往日长有天下的美梦，今天的祸乱是出于以前自以为国家已经治理得很好的错误认识。只有居安思危，提前预防，才能真正保证自己的人身安全和国家的长治久安。《既济》卦本是成功的卦象，但《易传》却提醒人们要居安思危，从中可见《易传》的防患意识是何等强烈。

《桃花扇》在揭示权奸亡国的主旨时运用了“原始察终”的方法，力图揭示南明这个一度为大江南北众望所归的新朝在短短一年的时间里就倾覆亡国的原因，指出正是立朝时昏君奸党的亡国之政最终导致了南明的倾覆。对于党争的考察，也同样采用了“原始察终”的方法，复社清流处急而不知变化和忠臣史可法、左良玉等人的做事疏懒，远远不如马、阮善于钻营的奸识、奸才，所以他们的失败也是从开始就注定了的。

戏剧开始，马、阮和复社清流以及史可法的出场虽是未判阴阳，但却暗示着阴胜于阳的转化。《传歌》、《眠香》及《却奁》在写清流对阮大铖的打骂和嘲笑时虽然大大地扬眉吐气、振奋人心，但阳极而不知变化，必然会向相反的方向转化。过分辨别清浊，为以后的祸患埋下了伏笔。而《阻奸》一出也写出了关键时刻因为行事的不同——君子疏懒、小人殷勤而终于使阴胜于阳：北京失陷，崇祯自缢而死。迎立新君是南朝的当务之急，也是立国之本，决定着朝政发展的方向。可是恰恰在这个问题上，暴露了君子清流的不足。马、阮是极有奸识的，他们打算通过迎立福王来捞取政治资本，因此写信拉拢史可法。作为兵部尚书的史可法不但没有远见卓识，反而轻易地听信马、阮的一面之词，差点上了马、阮二人的贼船："看他书中意思，属意福王。又说圣上确确缢死煤山，太子奔逃无踪。如若果如此，俺纵不依，他也竟自举行了。况且昭穆伦次，立福王亦无大差。"并吩咐侯方域："答他会书，明日会稿，一同列名便了。"但幸好被侯方域以"三大罪"、"五不可立"劝阻而幡然悔悟，命令侯方域灯下写书相拒，这虽然保全了史可法之政治清白，但他的犹豫不决却依然于事无补："二祖列宗，经营垂创，吾皇辛苦力竭。一旦倾移，谁能重续灭绝。详列：福藩罪案三桩大，五不可，势局当歇。再寻求贤宗雅望，去留先决。"在此治乱关头，史、侯虽然否决了福王的拥立，但是却未能当机立断决定朝政的方向，而是徘徊观望、迟疑不决，他们并没有能力确定新君的合适人选。这就给无孔不入的马、阮留下了政治空隙。此折夹评不无惋惜地说："君子做事如此疏懒，焉得不败！"

与此同时，又极力刻画马、阮小人做事的殷勤之态。崇祯自缢后，他们深知立新君是当务之急，对于深谙争权夺利之道的他们来说，一定要抓住这个千载难逢的机会来谋取政治利益。他们一面写信拉拢兵部尚书史可法——因为他掌握着兵权，"一面派人前往江浦，寻着福王，连夜回来……倡以迎立"。被史可法发书拒绝后，阮大铖还不死心，又挑灯深夜来访，以利益相诱，面对看门人那番嘲弄羞辱，他并没有恼羞成怒，而是忍辱含垢而退："罢了！俺老阮十年之前，这样气儿也不知受过多少，且自耐他。"后转求捷径：没有史可法的赞同也无关大局，因为新君未立，史可法空有军印有何惧怕？有恃无恐自立福王："老史，老史，一盘好肉包馁上门来，你不会吃，凡去让了别人，日后不要见怪。"对于马、阮的小人之态，夹评中有此议论："小人做事如此殷勤，焉得不济？"[①]"此一想，小人而无忌惮矣，天下事从此不可问。"[②]君子处悔而不知变化，时势必会向着相反的方向转化。《逮社》一出复社清流被网罗下狱的悲剧也就不可避免了。

马、阮奸识奸，在迎立福王上领先一步，昏君与佞臣的一拍即合才

① （清）孔尚任著，迟崇起校：《桃花扇》，第71页。

② （清）孔尚任著，迟崇起校：《桃花扇》，第73页。

真正是亡国之始，南明立国之始行的就是亡国之政。"日中则昃，月盈则食，天地盈虚，与时消息，而况于人乎？况于鬼神乎？"①阴盛而阳，阳盛而阴，这是《易》之阴阳转化之道。当阴胜于阳之时，无论是复社清流还是忠臣史可法都只能是无能为力地看着朝政之不可为。"暗红尘霎时雪亮，热春光一阵冰凉，清白人会算糊涂账。"《听稗》中柳敬亭的唱词，也是孔尚任通过《桃花扇》警示之所在。而"热闹局便是冷淡的根芽，爽快事便是牵缠的枝叶"，在迎立福王上，侯、史的置而不闻，便自然而然地使得福王即位后形势急转直下又在争权夺利中不可收拾。"热闹局便是冷淡的根芽"，正是南明必然的亡国之路。

如《设朝》一出前半部分展现的是新君即位、忠臣拥戴的堂堂皇皇。弘光登基，他以一曲庄重的《念奴娇》出场，在朝臣高呼"臣俯愿登庸御宇，早继高皇"的拥戴中他又竭力相拒："寡人外藩衰宗，才德凉薄，俯顺臣民之情，来守高帝之宫。君父含冤，大仇未报，有何面颜，忝然正位。今暂以藩王监国，仍称崇祯十七年，一切政务，照常办理。诸卿勿谆请，以重寡人之罪。"并立志"不共天仇，从此后尝胆眠薪休忘"。但在接下来的设立将相的下半场中，新君登基的冠冕堂皇却已变为群臣争权夺利的鼠狐游戏：阮大铖凭着"迎立福王"的钻营自封首功，以史可法不为所用怀恨在心，对他明升实贬。散朝之后，马、阮更是四处拉拢朝臣，先是以共谋富贵拉手"四镇"表示笼络之意："圣上录咱首功，拜相封侯。我等皆系勋旧大臣，比不得别个。此后内外消息，需要两相照应，千秋富贵，可以常得也。""不料今日作了堂堂首相，好不快活也。"志得意满而仍不忘维护到手的权力，生怕被姜曰广、高弘图二相夺了自己的权力，因此众人离朝之后，马丝毫不肯放松："立国之初，诸事未定，不要叫高、姜二相夺了俺的大权。且慢回家，竟自入阁办事便了。"隐藏在幕后的阮大铖趁机走上前来，谋求高位。"小人钻营，真是无地不到，一刻不松，有缝即钻！""前半冠冕端严，后半鼠狐游戏，南朝规模定于此折矣。一篇正面文章，却用侧笔收煞，何等深心！"②

---

① 《周易·丰·彖辞》。

② （清）孔尚任著，迟崇起校：《桃花扇》，第81页。

《争位》一出也是这样。史可法以大局为重对明升实贬的外任并不在意,反而以为这是为国效力的机会。他与“四镇”约定,于五月初十日,齐集扬州,共商复仇之事。一曲《混江龙》唱出了史可法欲雪君父之仇的昂扬斗志:“同心共把乾坤造,看古来功臣阁丹青图画,似今日列侯会剑佩弓刀。”但会师大会上,“四镇”为争夺富庶的扬州打得不可开交,却无人把国事放在心上,史可法顿时心灰意冷:“老夫一天高兴,却早灰冷一半。”此折尾评说:“元帅登坛,极高兴之举;而为极败意之事。”而冷热转换之际,却将“朝中军中,无处不难;佞臣忠臣,无人可用”的兴亡大机揭示了出来。

第五节 《易经》之“阴阳对举”与《桃花扇》之“天然对待法”

对称,是自然界生态平衡的一种形式美,也是人类的心理和文化特征之一。

美籍华人学者张光直指出,中国商周青铜器上的动物纹样,其结构特点是“成双成对,左右对称”。偶数思维的心理机制,是客观世界对称法则在人的主观上的反映。黑格尔论述外在美时也指出,平衡对称是抽象形式美的一种。这种美的法则体现在自然界的大量事物上。例如:人有两只眼睛、两只胳膊、两条腿;矿物、植物、动物等的构造也基本上符合对称法则,如花瓣的形状和排列。

《易经》卦象的基本符号是阴爻和阳爻,并且其中的卦象总是两两相对。六十四卦每两卦为一组,可以分为三十二对,而对举的两卦之间意义上互相关联,就体现着自然世界的对称法则。而在阴阳对称的卦象排列中,又分为以同相类和以异相明两种方式,其中又以“以异相明”者占大多数。例如,《杂卦》中说:“乾刚坤柔,《比》乐《师》忧。”“《震》,起也;《艮》,止也。《损》、《益》,盛衰之始也。”“《睽》,外也;《家人》,内也。《否》、《泰》,反其类也。”乾道刚健,坤道柔顺。《比》卦旨在结群,故乐;《师》卦言军旅之事,故忧。《震》卦讲的是雷动之象,在古人观念中,雷

动又为万物起始初动之象:“万物出乎震”,故曰“起”;艮象为山,山为静止不动之象,故曰止。损卦为盛之始,益卦为衰之始。《睽》卦所言都是离家在外之事,《家人》卦讲的是治家之事。《否》为天地闭塞之象,《泰》为天地交通之象,两卦卦象与性质恰恰相反。

《杂卦》中属于“以同相类”的卦有:《革》卦与《鼎》卦。革,去故也;鼎,取新也。《需》卦与《讼》卦。需,不进也;讼,不亲也。《革》卦卦意是革去已有的事物,《鼎》卦卦意是煮熟生食后取得新食,意在取得新物。两卦卦意相连。“不进”与“不亲”都是否定性的行为和情感,故为同类。再如《临》卦与《观》卦,卦意是具有连续性的两个动作,先邻近,后观察。《萃》卦与《升》卦也具有动作的连续性,先聚集,后上升。这两卦也属于“以同相类”型。

《易经》以阴阳概念来把握世界,并按照“以同相类”和“以异相明”的两两相对的原则来编排卦象,这启发了孔尚任对《桃花扇》人物情节的构思和安排。孔尚任对《易经》的为文之道,是非常推崇的。如前所述,《桃花扇》的人物角色就是按照“阴阳对照”的原则进行分类的。而在情节构思上,孔尚任所创造的“天然对待法”和“文章变换法”则明显受到周易卦象排列的影响:与《易经》卦象的“以同相类”相似,孔尚任在《桃花扇》中创造了文章对待法;与《易经》的“以异相明”相似,孔尚任创造了文章变化法。研究《桃花扇》者常常称道《桃花扇》的结构是“戛戛独造”,这当然也是孔尚任的得意之处,但却是他学习《易》之变化的结果。在《桃花扇》的评语中,他保留了非常多的关于这两种方法的论述。

《桃花扇》中的天然对待法主要表现为前后人物和情节在形式上的两两相对。《桃花扇》的批语中有多处都是关于天然对待法的说明。

因为生、旦是传奇中的男女主角,李香君和侯方域的离合始终牵动着南明政治的变化,两人的出场中多处使用了对待法。比如第一出《听稗》和第二出《传歌》分别是侯方域和李香君的出场,这两出戏中出场人物的数目、身份、出场顺序,彼此一致,互相照应。《听稗》为正生家门,正生侯方域先出,陈定生、吴次尾是其陪宾,柳敬亭是其伴友,先后出场。《传歌》为正旦家门,李香君率先出场,杨龙友、李贞丽是其陪宾,苏昆生是其业师，也相继早早出场。这样的出场，既符合传奇的排场需要，同时剧中主要人物因为和男、女主角的亲密关系，随同出场也非常自然，这样既交代了主要人物及其关系，又埋下伏笔，预示着以后情节的发展。而在故事的发生上，也同样两两相应。第一出柳敬亭出场说唱贾凫西鼓词，是奇文；第二出苏昆生登场教唱汤显祖《牡丹亭》，是妙曲。第二出的尾评也对此作了说明："传奇第二折，谓之正旦家门。正旦，李香君也。杨龙友、李贞丽，是香君陪宾。苏昆生是香君业师，故先令出场。前折柳说贾凫西鼓词，奇文也。此折苏教汤若士南曲，妙文也。皆文章对待法。"

在以后情节的发展中，关于两人的描写也是两两相映，比如《闹榭》与《访翠》："《访翠》一折，却与《闹榭》正对。《访翠》在卞玉京家，玉京后为香君所皈依，《闹榭》在丁继之家，继之后为朝宗所皈依。皆天然整齐之文。""未定情之先，在卞家翠楼；既合欢之后，在丁家水榭。俱有柳苏。一有龙友、贞娘；一有定生、次尾，而卞、丁两主人俱不出场，此天然对待法也。"《修札》与《投辕》："此一折，敬亭欲为朝宗说平话，龙友来报宁南之变。后一折，昆生欲为香君演新腔，龙友来报阮胡之诬，皆天然整齐之文也。"上本之末与下本之首："上本之末，皆写草创争斗之状，下本之首，皆写偷安宴游之情。争斗则朝宗分其忧，宴游则香君罹其苦。"

而在同一个人物的先后出场中，孔尚任也使用了对待法反复刻画，使得人物的性格更为鲜明，侯、李二人的性格就是在前后的对待中得到了完整的展现。如《却奁》与《守楼》："《却奁》一折写香君之有为，《守楼》一折写香君之有守。"《媚座》与《骂筵》："赏梅一会，逼香君改嫁；看雪一会，选香君串戏。……谱此二折者，非为马阮宴游之数，为香君之有守也。"《逢舟》与《会狱》："前昆生之落水，今敬亭之系狱，皆为侯生也。而皆与侯生遇，所谓奇缘奇事。"不独生、旦主要人物的出场常常使用对待法，在次要人物的出场上也是如此，比如老赞礼虽非主角，却代表了作者"赞天地之化育"的深心，所以全剧中有三出专门写老赞礼之忠诚，三出之间也是彼此照应，紧密相连，比如《哄丁》与《拜坛》："前之

祭丁，今之祭坛，执事者皆老赞礼也。诸生未打，老赞礼先打；百官不哭，老赞礼大哭。赞礼者，赞天地之化育也。作者深心须为拈出。"《拜坛》与《沉江》："传阁部之死，笔墨如此灵活，恰好赞礼相值。前在坛前哭死难之君，今在江边哭死节之臣，皆值得一哭也。"

天然对待法还表现在全剧首尾、起结的安排上，比如《闲话》与《余韵》的下场诗："下场诗亦是绝调。上本末出五言八句，下本末出七言八句。总是对待法。"《闲话》的下场诗是五言律诗："雨洗鸡笼翠，江行趁晓凉。乌啼荒冢树，槐落废宫墙。帝子魂何弱，将军气不扬。中原垂老别，痛哭过沙场。"《余韵》的下场诗则为七言律诗："渔樵同话旧繁华，短梦参差记不差。曾恨红笺衔燕子，偏怜素扇染桃花。笙歌西第留何客，烟雨南朝换几家？传得伤心临去语，年年寒食哭天涯。"两首律诗都写亡国之恨。"老赞礼乃开场之人，仍用以收场。柳在第一出登场，苏在第二出登场，今皆收于续出。徐皂隶即首出徐公子也。先著其名未露其面，一起一结，万层深心。索解人不易得也。"①

当然，《桃花扇》中的天然对待法主要是指形式上的一致性，而非前后完全一致、重复雷同。《桃花扇》中的天然对待法形似而实异，往往是美、丑、善、恶的强烈对照或主题的不断深入。《听稗》、《传歌》虽然在形式上保持了一致，但分别展现的是生、旦两方的人物和关系；《却奁》与《守楼》同是写香君的坚贞，但"《却奁》一折写香君之有为，《守楼》一折写香君之有守"。中国古代的和谐美除强调表现形式一致之外，还强调美是不同的或对立的声色因素的和谐统一。音乐之美需要不同的或矛盾的诸因素的相成和相济才能产生动听的旋律。对称也是如此。没有变换的重复往往产生单调的结果。体现在《周易》中，就是"以异相明"的卦象排列原则。这种原则，同样体现在《桃花扇》的"文章变化法"中。所谓"文章变换法"，也如天然对待法一样，是孔尚任在创作《桃花扇》时独创的术语。不同的是，天然对待法强调对称的两方之间形式上的一致，而文章变换法则突出对称的两方内容上的差异。这恰恰像《周易》

① (清)孔尚任著，迟崇起校：《桃花扇》，第219页。

中卦象排列的两种原则——以同相类和以异相明，这才是阴阳对举的整体特征。

文章变化法首先表现在对称的两折之间内容的不一致。如第三出《哄丁》与第四出《侦戏》都是展现吴次尾为代表的三公子与老赞礼对待阮大铖的共同痛恨的态度，但具体写法却有不同："秀才之打阮也，于场上做出；公子之骂阮也，于口中说出。"看到阉党余孽阮大铖也来参加祭孔、辱没圣人斯文，吴次尾书生意气，马上对阮大铖的卑劣行径痛加斥责："唐突先师，玷辱斯文。"当阮大铖不但不承认错误，反而强加狡辩时，连老赞礼也忍无可忍，首先挥起了拳头："打这个奸党。"而《侦戏》因为是通过阮大铖的仆从转达复社清流的言谈，复社清流与阮大铖不在同一场合，不可能拳脚相加，所以重点写了《侦戏》之骂，他们对阮大铖揭老底、刨祖坟，直如祢衡渔阳三过，非常痛快淋漓！前打后骂，展现了复社清流和忠义之士老赞礼对阮大铖的痛恨。但也是他们的这种不顾大局的意气做法，则导致了阮大铖对他们后来的赶尽杀绝。

第十一出《投辕》与第三十一出《草檄》，分别写柳敬亭和苏昆生投见宁南，但形式不同。柳敬亭投见左良玉是靠机智舌辩，假戏真演，慷慨陈词中更多的是谈笑风生、诙谐之趣；苏昆生投奔左良玉则是以其善讴绝技有意冒犯军纪，犀利的问答中更多的是义正辞严。写法不同，但两人的须眉精神，尽皆勃勃活现："此《投辕》一折，与后《草檄》一折对看者，《投辕》是柳见宁南，《草檄》是苏见宁南，俱被捉获而谒见不同，是对峙法，又是变换法。"①"昆生之投宁南，与敬亭之投宁南，花样不同，各有妙用。敬亭说书之技显于武昌，昆生之技亦显于武昌。梅村作《楚两生行》，有以也。写昆生突如而来，写敬亭倏然而去，俱如战国先秦时人须眉精神，忽忽惊人，奇笔也！"②同是为救侯生，同是与侯生不期而遇，但《逢舟》与《会狱》有别。前者是因为侯生思念香君，夜不能寐，故而先发现了苏昆生；后者因为柳老乃系重囚，枷锁在身，起居不便，故而要人帮助，自然先发现侯生。同而有辨，方谓之奇。

---

① (清)孔尚任著，迟崇起校：《桃花扇》，第 58 页。

② (清)孔尚任著，迟崇起校：《桃花扇》，第 166 页。

第三十九出《栖真》的尾评则对侯、李二人的两次会面赞不绝口："香君投玉京，不必做出。侯郎投继之，细细做出。皆笔墨变化法。此折侯郎与香君睹面，用险笔也。后折侯郎与香君转头万里，用幻笔也。险则攀跻无从，幻则捉摸难定。所谓智譬则巧也。"

"有明三忠"之死，皆非临敌不屈就义，但全都写得铮铮烈烈，不减国殇阵殁之悲壮。但三者之死又彼此不同："左宁南死于气，自气也；黄将军死于刃，自刃也；史阁部死于溺，自溺也。三忠之死，皆非临阵不屈之义，而写其烈烈铮铮，如国觞阵殁者，岂非班、马之笔乎！"①

一出之内为了增强戏剧的冲突性，孔尚任也常常用到文章变化法。如第二十七出《逢舟》："此问彼答，左呼右应，各有寒温，各有心情。一折之中，千补百衲，合而成之，乃天衣无缝。岂非妙文。此折全用惊、喜、哭、笑，错落成文。"第三十折《归山》："此折稍长，缘审狱、归山是一日事，早为刑官，晚为高隐，朝野之隔，不能以寸，提醒热客最切也。此折最难结构，而能脱脱洒洒、游刃有余。"第三十四出《截矶》："摹写左、黄二帅各人心事，各人身份，各人见解，丝毫不同，而皆无伤人情，不碍天理，是何等笔墨！真可谓造化在手矣！敬亭仗义而去，昆生笃义而守，皆为宁南也，所谓楚两生。"第三十五出《誓师》，因为全部以文章变换的思路写出，所以最为激荡人心："三私听，三怨恨，三传令，三不应，三哭恸，三悔骂，三欢呼，三大笑，俱以三次照应成文。笔墨愈整齐，情事愈错落。"

在全剧的构思上，孔尚任也是贯穿了文章变换法的原则，在形式的一致上追求内容的差异，这在第八出《闹榭》尾评有着总的说明："以上八折，皆离合之情。左部八人未出蔡益所，而其名先标于第一折；右部八人，未出蓝田叔，而其名先标于第二折。总部二人未出张瑶星，而其名先标于开场，直至闰折始令出场，为后来关纽。后本二十八、二十九、三十折，三人乃挨次冲场，自述脚色，匠心精细，神工鬼斧矣。"②

李渔在《一家言·器玩部》有论"忌排偶"一则，指出"胪列古玩，切

① (清)孔尚任著，迟崇起校：《桃花扇》，第199页。

② (清)孔尚任著，迟崇起校：《桃花扇》，第43、44页。

忌排偶”，即不可“左置一物”，右必置“一色相俱同者”。这就是反对严格的对称。他说：“天生一日，复生一月，似乎排矣。然二曜出不同时，且有极微之别，是同中有异，不得竟以排比目之矣。”笠翁的这种视觉艺术对称观，也表现在他的戏剧艺术结构观中。不过李渔戏剧的对称因为追求喜剧性，而往往违背了生活的真实。《桃花扇》的对称则既坚持了《易经》中阴阳对举的原则，做到了“明如鉴，平如衡”，但同时更尊重历史和艺术的真实，达到了同类历史剧的高峰。

第五章
《桃花扇》的曲体艺术研究

孔尚任援引宋元以来以《易经》为理论基础的儒家思想，构思《桃花扇》的结构，探求南明亡于党争内乱的教训。这在中国古代戏曲发展史上是一个崭新的尝试。而在传奇的体例上，即宫调曲牌的使用与创制上，在曲文的写作上，孔尚任也是在继承中不断创新，这也是《桃花扇》能够打动阅者、观者的重要原因。

中国古代戏曲是"唱之戏"，音乐是其重要组成部分。中国古代戏曲作家积累了很多填词谱曲的经验，而且在戏曲的发展过程中也不断地有所创新。《桃花扇》同样体现了孔尚任对待传统文化的态度：在继承中不断创新。具体说来，《桃花扇》在宫调曲牌上以袭用熟套、曲名不取新奇为主；在曲文上则追求词必新警，有旨有趣：或在熟套中重铸新词，或坚持曲白并重、曲白相生，或声韵响亮、情韵相谐，使《桃花扇》在文词和音乐上两美兼擅。

第一节　《桃花扇》曲体的继承——曲名不取新奇

中国古代戏曲在音乐上分为南曲和北曲两大体系："南曲声调以宛

转为主，北曲声调以遒劲为主。”[1]明清传奇主要使用南曲，但受北曲影响，有时也南、北兼用，或者使用北曲支曲，或者使用全套北曲，或者是南北合套。南北合套是在同一宫调里，选取若干音律和谐的南曲曲调和北曲曲调，交错排列而成。但不论使用何曲，都应遵守“牌调谐情”的传统。《桃花扇》全剧曲律的使用上，也是如此。由于全剧是以儿女之情，写兴亡之感，所以全本是以南曲为主，但也使用北曲，特别是在描写南明兴亡的关头，展示李香君、柳敬亭、苏昆生刚强、磊落的性格和“有明三忠”的壮怀激烈时，多用北曲，或南北合套。比如《寄扇》一出，虽然事件仍然是香君对侯方域的儿女深情，但扇上桃花乃因香君拒嫁新贵田仰血溅而成，儿女私情中更凸显出香君在政治上的贞烈操守。前面所用的南吕宫调的套数则显得深婉有余而阳刚不足。所以孔尚任就使用了激昂慷慨的北曲双调。

总的来说，在宫调曲牌的使用上，孔尚任与明清间传奇作家喜欢“借宫犯调，割裂曲名，标奇立异”不同，他在《桃花扇凡例》中说：“曲名不取新奇，其套数皆时流谙习者；无烦探讨，入口成歌。”[2]坚持“曲名不取新奇”的原则，多袭用熟套，是《桃花扇》曲律上的鲜明特色。许子汉在《明传奇排场三要素发展历程之研究》一书中，对明传奇常用套数进行了细致的分类，本书中所说的熟套，多依此书。为使《桃花扇》各出使用宫调曲牌情况一目了然，特列举说明如下：

试一出《先声》，用一词牌、一曲牌说明家门大意。曲牌为“蝶恋花”、中吕“满庭芳”二曲。关于第一出的模式，李渔曾专门作了论述：“未说‘家门’，先有一上场小曲，如‘西江月’、‘蝶恋花’之类，总无成格，听人拈取。此曲向来不切本题，只是劝人对酒忘忧，逢场作戏诸套语。”但他认为好的开场一曲，“务使开门见山，不当借帽复顶。即将本传中立言大意，包括成文，与后所说‘家门’一词，相为表里。前是暗说，后是明说；暗说似破题，明说似承题。如此立格，始为有始有据之文”。《桃花扇·先声》正是如此立格的，老赞礼着毡巾、道袍上场后，先唱一支

---

[1] 刘致中：《读曲常识》，上海古籍出版社1985年版，第19页。

[2] （清）孔尚任著，迟崇起校：《桃花扇》，第1页。

“蝶恋花”。自我嘲讽中又有随遇而安之意:“古董先生谁似我?非玉非铜,满面包浆裹。剩魄残魂无伴伙,时人指笑何须躲。旧恨填胸一笔抹,遇酒逢歌,随处留皆可。子孝臣忠万事妥,休思更吃人参果。”接着用一支“中吕·满庭芳”演唱家门大意,概括剧情。

第一出《听稗》为南吕宫套曲,全出曲牌为:恋芳春—懒画眉—前腔—前腔—解三醒。使用的是南吕懒画眉—前腔—前腔—解三醒套式,前加恋芳春一引。

第二出《传歌》为南吕宫套曲,全出曲牌为:秋夜月—前腔—梧桐树—前腔—琐窗寒—尾声。这是作者自组套数。因为小旦李贞丽先上场,正旦李香君接着出场,所以在李贞丽唱完引子“秋夜月”后,李香君接着再唱一支引子“秋夜月”,符合南曲体例。此出为旦脚正唱戏,选用南吕宫曲牌,符合香君身份。

第三出《哄丁》使用的是一套完整的中吕宫套式,全出曲牌为:粉蝶儿—四园春—泣颜回—前腔—千秋岁—前腔—越恁好—红绣鞋—尾声。“千秋岁”用一支时为文戏,叠用两支,多用于动作或热闹之戏,此出叠用两支,符合哄丁闹场。“越恁好”有两体,叠字格用在排场热闹时,另一格用在情节急遽处,此出因适应剧情急遽之会,所以没用叠字格。

第四出《侦戏》使用的是双调套数,全出曲牌为:双劝酒—步步娇—风入松—前腔—急三枪—风入松—急三枪—风入松。使用的是双调风入松—前腔—急三枪—风入松—急三枪—风入松的基干套式,前加“双劝酒引子”和“步步娇”曲调组合成套,“步步娇”有赠板,为慢曲,组套时照例必用于首支,所以此处紧接引子之后。“风入松”和“急三枪”的组合创始于《琵琶记》,其中“急三枪”必附“风入松”后,凡用“风入松”一曲或二曲,就要以“急三枪”相隔,最后仍以“风入松”一支或二支结尾。此出正是如此运用。

第五出《访翠》是作者自组正宫套数,全出曲牌为:锦山月—锦缠道—朱奴赐银灯—雁过声—小桃红。“正宫近于典雅庄重”①，符合侯生身份。“小桃红”有赠板，为慢曲，此处代替尾声。

第六出《眠香》各曲牌为：临江仙——枝花—梁州序—前腔—节节高—前腔—尾声，这是一个完整的南吕套式。南吕宫宜于男女言情之作，“所谓清新绵邈，婉转悠扬，均兼而有之”，用于此出，极为恰当。

第七出《却奁》使用的是双调套数，全出曲牌为：夜行船—步步娇—沉醉东风—园林好—江儿水—五供养—川拨棹—前腔—尾声。使用的是双调基干套数，但稍有改变。其基干套数为：夜行船—步步娇—忒忒令—沉醉东风—园林好—江儿水—五供养—玉抱肚—玉交枝—尾声。根据剧情，“沉醉东风”本必与“忒忒令”相连，此处省掉“忒忒令”，使“沉醉东风”连于“步步娇”之后，“五供养”后省掉了“玉抱肚”、“玉交枝”两支，“川拨棹”两支则为新增，叠腔连用，表达香君坚决的政治立场。

第八出《闹榭》是作者自组仙吕套数，全出曲牌为：金鸡叫—八声甘州—排歌—八声甘州—排歌—余文，由引子—过曲—尾声（余文）组成，过曲“八声甘州—排歌—八声甘州—排歌”为循环联套形式。

第九出《抚兵》是作者自组仙吕套数，全出曲牌为：点绛唇—粉蝶儿—北石榴花—上小楼—黄龙犯—尾声，虽是自组套数，但也按照引子—过曲—尾声（余文）的体例组套。

第十出《修札》为北曲越调套数：一封书—北斗鹌鹑—紫花儿序—尾声，“一封书”无赠板，为快曲，适于净、丑上场，与“越调陶写冷笑”②的风格相合，能写出柳敬亭不畏困难，自告奋勇下书左宁南，同时胜券在握的豪爽性格。

第十一出《投辕》，用的是仙吕入双调南北合套常用套式，全出曲牌为：北新水令—南步步娇—北折桂令—南江儿水—北雁儿落带得胜令—南侥侥令—北收江南—南园林好—北沽美酒带太平令—清江引。南北合套以北曲为主，“健栖激袅”的曲调恰好和柳敬亭旷达豪迈的胸怀相一致。“北新水令”和“北雁儿落带得胜令”两支嬉笑怒骂，极为洒

① 刘致中：《读曲常识》，第93页。
② 刘致中：《读曲常识》，第92页。

脱，备受论者称赏。这一套数与陈与郊的《昭君出塞》所用套数完全相同。

第十二出《辞院》用的是黄钟宫套数：西地锦—啄木儿—前腔—三段子—滴溜子—哭相思。阮大铖诬陷侯方域勾引左良玉领兵闹事，侯生远走避祸，侯、李被迫分离。因为儿女离别全由政治斗争发端，所以选用了黄钟宫，“正宫、黄钟、大石近于典雅庄重，间寓雄壮”[①]。

第十三出《哭主》用的是仙吕短套：声声慢—胜如花—前腔。“胜如花”疏朗沉抑，疏朗符合左良玉身份，沉抑则能够表达悲哀愤懑之情。两支“胜如花”沉郁悲凉，亦为《桃花扇》中妙曲。

第十四出《阻奸》是一套商调常用套数：绕池游—三台令—高阳台—前腔—前腔—前腔，其中过曲为“高阳台”的叠腔套式，侯方域和史可法先后上场，分别唱“绕池游”、“三台令”引子，突出庄重之意。“越调、商调，多寓悲伤怨慕，商调尤宛转。”[②]《阻奸》写侯方域和史可法以“三大罪、五不可立”欲阻止阮大铖迎立福王，充满忧国忧民之意，选用商调，声情相符。

第十五出《迎驾》使用的是大石催拍叠腔四支套式：番卜算—催拍—前腔—前腔—前腔，“催拍”为快板曲，此曲组套最适合过场用，而《迎驾》乃是大过场。

第十六出《设朝》为：大石念奴娇—念奴娇序—前腔—前腔—前腔—赛观音。使用的是大石“念奴娇序”四支叠腔套式，设朝是群戏大场，所以这里用一个完整的套数展现庄严的场面。

第十七出《拒媒》使用的是小石调常用套式表现香君的刚烈：燕归梁—渔灯儿—前腔—锦渔灯—锦上花—锦中拍—锦后拍—北骂玉郎带上小楼，小石调常用套式仅此一式。

第十八出《争位》是北曲仙吕套数：点绛唇—混江龙—油葫芦—天下乐—后庭花—煞尾，由引子“点绛唇”—过曲—尾声组成。

第十九出《和战》使用的是南吕“香柳娘”叠腔二支：香柳娘—前腔。

---

① 许之衡：《曲律易知·论过曲节奏》，1922 年刊本。

② 许之衡：《曲律易知·论过曲节奏》。

此出无引子，只用两支南吕香柳娘叠腔组套，“香柳娘”音调急促，是南吕宫中最不动听的曲调，多叠用二支、四支或六支，适合武场和过场，《和战》为大过场，故用。第三十九出《逃难》也是大过场，同样叠用七支“香柳娘”成套。

第二十出《移防》为群戏副场，使用的是双调套数：锦上花—捣练子—玉抱肚—前腔—前腔—朝元令。双调适用于过场和副场。

闰二十出《闲话》，此出全用宾白。

加二十一出《孤吟》使用的是仙吕常用套数：天下乐—甘州歌—前腔—前腔—前腔—余文。“甘州歌”由“八声甘州”和“排歌”相犯而成，叠腔成套，一般不用“尾声”。

第二十一出《媚座》是作者自组中吕套数：菊花新—好事近—泣颜回—前腔—太平令—前腔—风入松—前腔—尾声。“太平令”为过答小曲，在大套中多由次要角色演唱，以作点缀。此处由净角马士英演唱。两支“风入松”都是以小曲组场，以符合净角马士英恼羞成怒的口吻。

第二十二出《守楼》是中吕常用套式：渔家傲—剔银灯—摊破锦地花—麻婆子。此出为文静短场，故使用中吕宫。

第二十三出《寄扇》是旦角正场，使用了北曲双调套数：醉桃源—双调北新水令—驻马听—沉醉东风—得胜令—乔牌儿—甜水令—折桂令—锦上花—碧玉箫—鸳鸯煞。《寄扇》正面展示香君对阉党的痛恨和对侯生的深情，“双调健捷激袅”[1]，正合剧情。

第二十四出《骂筵》是作者自组双调套数：缕缕金—黄莺儿—皂罗袍—忒忒令—前腔—江儿水—五供养—玉交枝。

第二十五出《选优》，写南朝行亡国之政，作者自组商调套数，音律哀婉：绕池游—掉角儿—前腔—懒画眉—前腔—尾声。

第二十六出《赚将》使用的是作者自组正宫套数：破阵子—四边静—福马郎—划秋儿—普天乐。演武斗于外，故用正宫。

第二十七出《逢舟》是作者自组越调套数：水底鱼—前腔—锁窗

---

① （元）燕南芝菴：《唱论》，《中国戏曲论著集成》第1册，中国戏剧出版社1959年版，第161页。

寒—前腔—奈子花—前腔—金莲子。

第二十八出《题画》使用的是正宫套数:破齐阵—刷子序犯—朱奴儿犯—普天乐—雁过胜—倾杯序—玉芙蓉—山桃犯—尾犯序—鲍老催—尾声。这是正宫常用套数,与《牡丹亭·写真》完全相同。

第二十九出《逮社》是作者自组商调套数:凤凰阁—水上花—前腔—玉芙蓉—前腔—朱奴儿犯—前腔—剔银灯。

第三十出《归山》是作者自组中吕套数:粉蝶儿—尾犯序—前腔—红衲袄—前腔—解三酲—前腔。

第三十一出《草檄》是作者自组大石套数:念奴娇—前腔—隧地锦裆—锁南枝—前腔—前腔—前腔—前腔。

第三十二出《拜坛》是作者自组商调套数:吴小四—普天乐—朝天子—普天乐—朝天子—普天乐,过曲为"普天乐"、"朝天子"两支循环联套。

第三十三出《会狱》各曲调为:梅花引—忒忒令—尹令—豆叶黄—玉交枝—江儿水—川拨棹—意不尽。这是一套完整的双调常用套式。

第三十四出《截矶》使用的是作者自组商调套数:三台令—山坡羊—前腔—五更转—前腔—哭相思。

第三十五出《誓师》是副场,使用了双调"三犯江儿水"叠腔套式:双调贺圣朝—三犯江儿水—前腔。

第三十六出《逃难》是南吕"香柳娘"七支叠腔成套:香柳娘—前腔—前腔—前腔—前腔—前腔—前腔。

第三十七出《劫宝》是作者自组黄钟套数:西地锦—绛黄龙—前腔—兖遍—前腔—尾声。"绛黄龙"有赠板,照例用在过曲首支,音调极为婉媚。如果叠腔连用两支,后接"兖遍",就成一套。

第三十八出《沉江》各曲调为:锦缠道—普天乐—古论台—余文。使用的是正宫普天乐—古论台—余文套式,前加"锦缠道"引子。

第三十九出《栖真》各曲调为:醉扶归—皂罗袍—好姐姐—皂罗袍—好姐姐—皂罗袍—好姐姐。使用的是双调原套式,不过"醉扶归"后省略了慢曲"步步娇"一支。

第四十出《入道》使用的是黄钟宫南北合套常用套式：南点绛唇—北醉扶归—南画眉序—北喜迁莺—南画眉序—北出对子—南滴溜子—北刮地风—南滴滴金—北四门子—南鲍老催—北水仙令—南双声子—北煞尾。

续第四十出《余韵》是一套北曲双调套数：北新水令—驻马听—沉醉东风—折桂令—沽美酒—太平令—离亭宴带歇指煞—清江引。

由以上分析可以看出：《桃花扇》以南曲为主。全剧四十四出，试一出《先声》家门大意非正式演出不计，《闲话》全用宾白也不计入套数。全剧使用套数正式演出者为四十二出，除《修札》、《争位》和《寄扇》三出使用北曲套数（《修札》为北曲越调套数，《争位》是北曲仙吕套数，《寄扇》是北曲双调套数），《投辕》和《入道》两出使用的是南北合套中的熟套外，其他三十七出皆用南曲。其中有二十一出使用了传奇相沿成习的套数，即第一、三、四、六、七、十三、十四、十五、十六、十七、十八、十九、二十二、二十三、二十八、三十三、三十五、三十六、三十八、三十九，共二十出，其他十七出则多是他自组南曲曲调而成。也就是说，四十二出《桃花扇》套数中，使用熟套的有二十二出（二十出为南曲熟套，两出为南北合套），占全戏的篇幅为一半有余（52%）。这和《桃花扇凡例》中“曲名不取新奇”的原则是一致的。相比明传奇中使用熟套 46%[①]的比例，不可谓不高。

《桃花扇》在南曲套数的使用中，除了过曲多使用熟套外，在引子和尾声的使用上，也遵从传奇惯例。南曲是联唱体的音乐形式，每一出都是相对独立的音乐单元，由不同的曲牌组合而成套数，可以由同一宫调组成，也可以由声律相近的不相同的宫调组成，分为引子—过曲—尾声三个部分。过曲是每一出的主体，由不同的曲调组合而成，演出主要剧情，必须上板演唱。由以上分析可以看出，《桃花扇》中的南曲、北曲、南

① 许子汉《明传奇排场三要素发展历程之研究》（台湾大学出版社 1999 年版）第四章第四节《基本联套方式》中对明传奇使用熟套的比例进行了归纳：本文套式归纳共用剧本 209 本，若每本平均出数以 35 出计算，则共约有 7300 多出，一般联套与叠腔联套之熟套共占 46% 左右的比例，不可谓不高了。

北合套在组套上是坚持了“曲名不取新奇”的原则的，全剧各出套数中的过曲都使用了明传奇以来定型的、广泛使用的套式，大半做到了“其套数皆时流谙习者；无烦探讨，入口成歌”①。

南曲中，引子和尾声也各有一定的要求，《桃花扇》在引子和尾声的使用上，也是以继承为主。引子为角色上场时所唱的第一支曲子，通常用于全曲曲调之首，多为较长的细曲，用散板演唱，是整曲的引导。由于引子各有不同的调名，但其结音都相同，一般为3(工)或6(五、四)，所以引子与其后的过曲可以是不同的宫调，在宫调的选择上引子相对自由，有些昆曲中凡用引子的地方就直接标“引”字，不标曲牌名。但《桃花扇》还是遵从了南曲约定俗成的形式，每出引子都标曲牌名称，并且引子和其后的过曲基本上属同一宫调。这就使得《桃花扇》的曲调组合比较整齐，音乐形式也非常完整。

比如《听稗》一出，开头使用的是南吕“恋芳春”引子，“恋芳春”是慢曲，缠绵动人，非常符合侯方域多情公子的身份。其后是过曲“懒画眉”四支和“解三酲”一支，都属南曲南吕宫，整部套式俊逸优美。因为“南吕宫，慢曲较多，宜于男女言情之作，所谓清新缅邈，婉转悠扬，均兼而有之”②。其他如《传歌》使用的是和全出宫调一致的南吕宫“秋夜月”引子两支，因为此出是配角小旦李贞丽首先出场。她演唱完“秋夜月”引子一支后，接着出场的主角李香君再次演唱“秋夜月”，因为重要角色出场时，如果和其他角色先后出场，应各演唱引子一支。

在不适合用引子的地方，比如净、丑出场不能用引子，只能唱或干念“字字双”、“吴小四”、“光光乍”、“赵皮鞋”、“水底鱼”、“金钱花”等节奏较快的过曲代替引子冲场，孔尚任对此也是非常注意。比如《逢舟》，是净扮苏昆生、外扮舟子、小旦扮李贞丽上场，就使用了两支“水底鱼”冲场：

(净扮苏昆生背包裹骑驴急上)戎马纷纷，烟尘一望昏；魂惊心

① (清)孔尚任著，迟崇起校：《桃花扇》，第1页。
② 许之衡：《曲律易知·论过曲节奏》。

> 震，长亭连远村。（丑扮执鞭人赶呼介）客官慢走，你看黄河堤上，逃兵乱跑，不要被他夺了驴去。（净不听，急走介）（杂扮乱兵三人迎上）弃甲掠盾，抱头如鼠奔；无暇笑哂，大家皆败军，大家皆败军。（遇净，推下河，夺驴跑下）（丑赶下）（净立水中，头顶包裹高叫介）救人呀，救人呀！（外扮舟子撑船，小旦扮李贞丽贫妆上）
>
> 流水浑浑，风涛拍禹门；堤边浪稳，泊舟杨柳根。（欲泊船介）（小旦唤介）驾长，你看前面浅滩中，有人喊叫；我们撑过船去，救他一命，积个阴骘如何？（外）黄河水溜，不是当耍的。（小旦）人行好事，大王爷爷自然加护的。（外）是，是，待我撑过去。（撑介）风急水紧，舍生来救人；哀声迫窘，残生一半魂，残生一半魂。

兵荒马乱、人人奔命的混乱场面，适合以节奏急促的“水底鱼”来表现。

在引子的使用上，孔尚任也能结合剧情人物性情有所创造。比如剧中多场都是净、丑首先出场，孔尚任的处理就非常巧妙，他没有全部安排他们唱或干念“水底鱼”、“字字双”、“吴小四”等节奏较快的过曲，而是让他们以科诨的形式代替引子。比如第三出《哄丁》，首先出场的是副净、丑装扮的坛户，就是以插科打诨的形式表现了坛户的职业，幽默风趣，如果用过曲是很难达到这种效果的，而且和接下来外扮国子监祭酒演唱的节奏舒缓、庄重典雅的“粉蝶儿”不能相配。

再如第七出《却奁》，首先上场的是扮妓院中刷洗马桶的保儿的杂角，接下来是装点风雅的末角杨龙友，杨龙友唱了两支旖旎的“夜行船”和“步步娇”，之前眠香的风情万种与之后耽于儿女之情的生、旦的晚起中间不适合插入节奏较快的过曲，这里孔尚任也把它处理成了科诨的形式，表现青楼下层人的恶俗与尖刻。

第十九出《和战》，全出只用了两支过曲“香柳娘”，表现侯方域对四镇内战的愤懑和无奈，但首先出场的是末、净、丑扮的黄得功、刘良佐、刘泽清三人，此出无引子，作者为他们安排的不是过曲，也是一段带着嘲讽的科介对白和打斗动作。

再如第二十五出《选优》，首先上场的是清客沈公宪、张燕筑，歌妓

寇白门、郑妥娘，孔尚任给这四人安排了嬉笑怒骂的科诨，对只知选优听戏的弘光极尽揶揄，接下来是阮大铖唱着悠闲的"绕池游"上场。孔尚任对于剧中的科白非常得意，他说："若应作说白者，但入词曲，听者不解，而前后间断矣。"就是指这类以说白代替引子词曲的运用。

但孔尚任在引子的使用上，也有用得欠妥当的地方。比如第十三出《哭主》，副净扮旗牌官为左良玉宴请巡按御史黄澍和九江督抚袁继咸做准备，旗牌官为一次要角色，所以并没安排他的唱词。此出的引子就由正式出场的左良玉演唱，但左良玉演唱的这支"声声慢"引子虽然符合曲调的组合形式，但显然与将军好武的身份不符：

> 逐人春色，入眼晴光，连江芳草青青。百尺楼高，吹笛落梅风景。领着花间小乘，载行厨，带缓衣轻；便笑咱将军好武，也爱儒生。

再如第三十二出《拜坛》的过曲引子"吴小四"：

> （副末扮赞礼郎冠带白须上）眼看他，命运差，河北新房一半塌。承继个儿郎贪戏耍，不报冤仇不挣家。窝里财，奴乱抓。

"吴小四"是冲场曲，节奏明快，语带诙谐滑稽，多用于丑角幽默调笑。全曲用通俗滑稽的笔调讽刺弘光即位后选优听戏、群臣争权夺利的亡国之政。这样的曲调用于苏昆生、柳敬亭尚可，但由庄重、忧苦的老赞礼唱出则显然很不协调。

尾声为整个套式的收束，也是用散板演唱。通常为三句，每句七字，句句叶韵。由于各宫调的尾声格律不同，因此，在组和曲调、选用尾声时，要选择与其相组合的引子、过曲相适应的尾声，这一点在《桃花扇》中也运用得很好。比如《传歌》，使用的是南吕套数秋夜月—前腔—梧桐树—前腔—琐窗寒—尾声，这是一套演绎儿女风情的细曲音乐，其尾声与整套细曲也非常一致："（小旦）掌中女好珠难比，学得新莺恰恰

啼，春锁重门人未知。”如果过曲使用的是叠腔套式，那么尾声就可以省略。《桃花扇》中有些南曲套数没有使用尾声，就是这个缘故。比如第十五出《阻奸》使用的是商调套数绕池游—高阳台—前腔—前腔—前腔，因为过曲是“高阳台”的叠腔，就没有使用尾声。第十六出《迎奸》也是如此，全出是大石套数番卜算—催拍—前腔—前腔—前腔，以“催拍”四支作为过曲，尾声也就省略了。

总之，《桃花扇》在宫调曲牌的使用上以继承为主，多使用成套，这样做，既是孔尚任由于在曲律上不够精通而采取的慎重做法，同时又便于歌者演唱，易于为观众所接受。但其曲调使用并不是亦步亦趋，考察《桃花扇》曲律，我们也不能无视它的创新，用其旧律，配以新词，恰恰是《桃花扇》的特色。《桃花扇》在曲调上坚持“曲名不取新奇”的原则，以使优人和观众容易接受。但在填词上却力避陈套：“而词必新警，不袭人牙后一字。”①

第二节 《桃花扇》曲体的创新——制曲必有旨趣，文词必求新警

《桃花扇》的曲文之美为论者所公认。在这方面，孔尚任坚持“词必新警”的原则，在曲文、宾白、用韵等方面均有创新，亦即制曲必有旨趣、曲白并重、声韵明亮，这是《桃花扇》的突出特色。

“制曲必有旨趣”，这是孔尚任写作《桃花扇》曲词所遵守的基本原则。他在《桃花扇凡例》中说道：“制曲必有旨趣，一首成一首之文章，一句成一句之文章。列之案头，歌之场上，可感可兴，令人击节叹赏，所谓歌而善也。若勉强敷衍，全无意味，则唱者听者皆苦事矣。”所谓“旨趣”，其实就是真性情，是词组成句、句组成曲、曲构成文的中心。有旨趣，有真情，才能令人感发、引人兴叹。这和孔尚任的“性情”诗论是一致的。在诗歌创作上他坚持“性情说”，《桃花扇》中的曲文也是如此，因

① （清）孔尚任著，迟崇起校：《桃花扇》，第1页。

为中国古代的戏曲本来就有“剧诗”之称。孔尚任同样认为传奇和《诗经》的旨趣是一样的:“传奇虽小道……其旨趣实本于三百篇,而义则春秋,用笔行文,又左、国、太史公也。”[①]论者一致赞叹《桃花扇》曲文之美,就是因为剧中的每一出戏、每一首曲,都符合剧中人的身份和性情,“有旨有趣”,引人感发,令人深思。这就使得《桃花扇》在“曲名不取新奇”的同时,做到“词必新警”,不落窠臼。

比如第一出《听稗》,使用的是南吕懒画眉—前腔—前腔—解三醒熟套,前加“恋芳春”一引。《听稗》属冲场性质,戏中男主角侯方域首次上场,自报家门,与家门大意的直露相比,此出贵在含蓄,孔尚任以一套抒情“仙吕”展现了他的才华。侯方域出场演唱了一支悠长的“仙吕”引子“恋芳春”:

孙楚楼边,莫愁湖上,又添几树垂杨。偏是江山胜处,酒卖斜阳,勾引游人醉赏,学金粉南朝模样。暗思想,那些莺颠燕狂,关甚兴亡!

这支引子历来为论者所激赏。接下来便用“鹧鸪天”一词和一段四六骈文作了自我介绍,引子加上定场白,一个文采风流、愁怀满腹而又耽于游乐的多情公子便出现在观众面前。李渔曾专论冲场之难写及其重要性:“开场第二折,谓之‘冲场’。‘冲场’者,人未上而我先上也。必用一悠长引子。引子唱完,继以诗、词及四六排语,谓之定场白。言其未说之先,人不知演何剧,耳目摇摇;得此数语,方知下落,始未定而今方定也。”[②]此出的处理却能力避此弊。而接下来的曲文可以说是笔墨淋漓,特别是柳敬亭所唱“懒画眉”,侯方域、吴应萁、陈贞慧、柳敬亭和唱的“解三醒”堪称奇文:

【懒画眉】废苑枯松靠着颓墙,春雨如丝宫草香,六朝兴废怕思

① (清)孔尚任著,迟崇起校:《桃花扇》,第1页。

② (清)李渔:《李笠翁曲话》,湖南人民出版社1981年版,第100页。

量。鼓板轻轻放，沾泪说书儿女肠。

【解三酲】（生、末、小生）暗红尘霎时雪亮，热春光一阵冰凉，清白人会算糊涂账。（同笑介）这笑骂风流跌宕，一声拍板温而厉，三下渔阳慨以慷！（丑）重来访，但是桃花悟处，问俺渔郎。

这正是李渔所赞赏的境界："开手笔机飞舞，墨势淋漓，有由由自得之妙，则把握在手，破竹之势已成，不忧此后不成完璧。"①

倘若对比《桃花扇·题画》和《牡丹亭》的异同，也许能让我们对《桃花扇》"词必新警"的认识更进一步。

侯方域避祸南走投史可法军幕后，不久，南明新贵田仰逼娶李香君，香君撞头不从，血染扇面，杨龙友画笔点染成桃花。香君将这柄桃花扇交由苏昆生转送侯方域，期待侯之归来，二人团聚。这之后因为弘光选优听戏，香君又被选入宫，但侯方域并不知晓。《题画》一出就是写侯方域返回南京，匆匆来至媚香楼与李香君团聚，不料已是人去楼空，只好对扇思人。因此所用曲牌为：破齐阵—刷子序犯—朱奴儿犯—普天乐—雁过声—倾杯序—玉芙蓉—山桃犯—尾犯序—鲍老催—尾声。按说，这一套正宫与《牡丹亭·写真》所用套数完全相同。二戏都是抒情细曲，又都不离写真、题画的内容，同时《写真》也是《牡丹亭》中非常出色的一出戏，对于孔尚任来说，不要说超出《牡丹亭》，就是避开它的模式也非常困难。但《题画》曲文并不给人以雷同因袭之感，较之《牡丹亭·写真》，反而更为出色。这是因为，《题画》在旨趣上独出新意，完全不同于《牡丹亭》。与《牡丹亭·写真》相比，《桃花扇·题画》的创新主要表现在以下三个方面：

首先，《题画》和《写真》旨意相似，都是摹写儿女相思之情。但《桃花扇·题画》与《牡丹亭·写真》同而有辨。《牡丹亭·写真》是旦角主唱之戏，写杜丽娘深闺自怜，自知生命不长，所以自写真容以待知音。知音是她的生命所系，但知音为谁，她并不曾真正谋面，只不过是梦中

① 李渔：《李笠翁曲话》，第100页。

情郎、眼中画饼而已。杜丽娘的相思，与其说是思人，不如说是自怜。一片深情无可交付、无人怜惜，所以她的唱词中蕴含着无限幽冷凄苦之意；情深而意苦是此出戏的主要特点。而《桃花扇·题画》是生角主唱之戏，《眠香》和《寄扇》两出已经表明，侯方域与李香君是一对热恋的情人。所以侯方域前往媚香楼寻找情人、盼望与李香君团聚的感情是热烈的，又是含着无限期待的；情真而意热正是此出戏的情感特点。杜丽娘、侯方域，身份不同、处境有别、情感有差，理应由其所唱曲中抒发出来。故而杜丽娘出场先唱一支引子：

【破齐阵】(旦上)径曲梦回人杳，闺深珮冷魂销。似雾濛花，如云漏月，一点幽情动早。(贴上)怕待寻芳迷翠蝶，倦起临妆听伯劳，春归红袖招。

低回哀婉，“闺深珮冷魂销”写尽杜丽娘心事，也奠定了全出幽冷的情感基调。接下来的过曲写她独坐无聊，以泪度日：

【刷子序犯】(旦低)春归恁寒俏，都来几日，意懒心乔，竟妆成熏香独坐无聊。逍遥，怎刬尽助愁芳草？甚法儿点活心苗？真情强笑，为谁娇？泪花儿打迸着梦魂飘。

杜丽娘千思万虑，描画出自己的“娇模样”，内心却因“做真真无人唤叫”而倍感凄楚，末曲“尾犯序”唱道：

心喜转心焦，喜的明状俨雅，仙珮飘摇。则怕呵，把俺年深色浅，当了个金屋藏娇。虚劳，寄春容教谁泪落？做真真无人唤叫。(泪介)堪愁夭，精神出现留于后人标。

杜丽娘以泪出场，又以泪结束全出。

侯方域出场所唱的也是“破齐阵”引子：

> 地北天南蓬转，巫云楚雨丝牵。巷滚杨花，墙翻燕子，认得红楼旧院。触起闲情柔如草，搅动新愁乱似烟，伤春人正眠。

轻狂的杨花、翻墙的双燕，巫云楚雨、红楼旧院与闲情新愁，显示出侯方域风流公子的身份，以及春情难按的急切心情。主人公一出场，孔尚任便写出侯方域的身份，显示出与《牡丹亭·写真》迥异的风格来。《尾声》中，侯方域唱道：

> 热心肠早把冰雪咽，活冤业现摆着麒麟楦。（收扇介）俺且抱着扇上桃花闲过遣。

全出以极热始，以极冷收。两戏虽都是妙曲，但旨意不同，相比而言，《题画》更适于舞台演出，因为全出戏中的感情不是单一的，而是有起伏，有变化。

其次，由于全出杜丽娘的感情缺乏明显的悲喜变化，这就使得《牡丹亭·写真》全出静场有余，冲突不足。而《桃花扇·题画》不但曲词动听，而且全出冲突不断，极具戏剧性。戏曲结构与诗文结构不同，它的情节必须时时保持着矛盾或冲突，这样在舞台上表演起来才有戏看，才能吸引观众寻根问底。一剧如此，一出也如此。《牡丹亭·写真》虽然将深闺女子自艾自怜的心曲写得极为细腻、真实，但却忽略了戏曲的冲突性，全出既无杜丽娘与春香的冲突——事实上，此出春香对杜丽娘的同情和帮助恰恰表明二人的立场是一致的，也没有写出杜丽娘与外界的冲突，更没有写出杜丽娘内心自我的冲突。全出的情节发展是平铺直叙的，杜丽娘以写真出场又以写真下场，全出没有悬念、冲突和斗争，缺少戏剧性。

而《桃花扇·题画》就不同了，全出的冲突集中在侯方域内心的感情和媚香楼场景的变化中。随着场景的转化，侯生内心的感情也时而欣喜，时而失望。人物内心和外界环境的冲突通过蓄势制造悬念不断产生矛盾，悬念的揭开、矛盾的解决就是全出的高潮。孔尚任极善于通

过蓄势制造冲突，蓄势是突显高潮的重要方法。写好高潮的关键，往往并不在高潮本身，而在高潮之前如何蓄势。所谓“蓄势”，就是为高潮的涌起准备力量、积蓄气势。因为戏剧的冲突激化并不是凭空而来，它是由矛盾累积而成的。矛盾累积的过程，即是蓄势的过程，《题画》可以说是一个善于蓄势的典型。与《牡丹亭·写真》的正面刻画不同，《题画》通过反面渲染的办法，将全出推向高潮，使侯方域渴望见到李香君的期待越来越强烈，但终究落空。强烈的反差，正是全剧的高潮所在。高潮的形成，是精心地准备和充分地反衬蓄势的结果。从侯方域出场开始，孔尚任就为他准备好了一桶冷水，却不向他泼去。为写冷，先写热，引子之后，通过“刷子序犯”、“朱奴儿犯”、“普天乐”、“雁过声”的曲词集中展示了外界环境和侯生内心的冲突，一波三折地展现他期待见面的急切心情：侯方域早起匆匆来到媚香楼院门外，以为和香君的重逢就在眼前，所以他眼前的媚香楼看起来仿佛还是以前的旖旎风光，黄莺声声，芳草青青，桃花盛开，春色满园。他以为和香君的见面就如阮晨、刘肇入仙台遇仙女一样美妙。这是一热：

【刷子序犯】只见黄莺乱啭，人踪悄悄，芳草芊芊。粉坏楼墙，台痕绿上花砖。应有娇羞人面，映着他桃树红妍；重来浑似阮刘仙，借东风引入洞中天。

而这种期待并不是直线上升的，随着场景的转化，侯生内心也是一波三折。当他走进院中后一个“呀”字领起全曲，写他由喜转惊，这里一顿，是一冷：

【朱奴儿犯】呀，惊飞了满室雀喧，踏破了一墀苍藓。这泥落空堂帘半卷，受用煞双栖紫燕。闲庭院，没个人传，蹑踪儿回廊一遍，直步到小楼前。

不但没有见到香君人面桃花相映红的旖旎景象，甚至他蹑踪儿回

廊一遍,连个人影都没有见到。虽是一顿,但侯方域并没有想到是香君已离开媚香楼,反而认定是香君春睡未起,还盼望着“等他醒来,转睛一看,认得是小生,不知如何惊喜哩!”一冷之后又一热,一顿之后又一升。所以当他“拽”开门帘时,内心是充满了无限的憧憬的,“普天乐”曲中连用“翠生生”、“一层层”、“一桩桩”、“艳浓浓”四个叠字句,描写香君楼上的陈设,句句是景,景中含情。叠字的重复和侯方域内心对香君的怜惜之情融为一体,富有强烈的艺术感染力:

【普天乐】手拽起翠生生罗襟软,袖拨开绿杨线。一层层栏坏梯偏,一桩桩尘封网罥,艳浓浓楼外春不浅,帐里人儿腼腆。(看几介)从几时收拾起银拨冰弦;摆列着描春容脂香粉盏,待做个女山人画叉乞钱。

当他发现屋内琵琶不见,却多了挂画用的画叉时,还以为香君做了山人。但是进入卧室也没有见到香君时,他内心便充满了极度的忐忑不安:

【雁过声】萧然,美人去远,重门锁,云山万千,知情只有闲莺雁。尽着狂,尽着颠,问着他一双双不会传言。熬煎,才待转,嫩花枝靠着疏篱颤。

但山穷水复,接下来侯方域下楼听见“帘栊响,似有个人略喘”,以为来者必定是香君,侯方域真是期待到极点,感情的蓄势也热到极点,他内心应该是欣喜若狂了。直到这时,作者才把早为他准备的那桶冷水兜头泼了下来,侯方域没有想到遇到素昧平生的画士兰田瑛,便急切地问道:“我且问你,俺那香君哪里去了?”小生:“听说被选入宫了。”生惊介:“怎……怎的被选入宫了!几时去的?”这真是如雷轰顶,侯生满心欢喜,被泼得遍体冰凉!美的毁灭是最能激荡人心的,面对着侯生惊起以手掩泪的痛苦和失望之情,观众怎能无动于衷?高潮就是要有出

其不意、令人警醒之力。这一高潮之妙全在侯生与蓝田瑛相见之前，十一支曲牌用了五支的笔墨，把侯生内心的波澜起伏全都引向相见，其实全都是为了突出香君入宫的消息，用意外之喜反衬意外之悲。接下来才是本出的主题——题画，有了上文的层层铺垫，侯生的悲痛欲绝才十分真实。倾杯序—玉芙蓉—山桃红—尾犯序—鲍老催五支曲牌节奏一支快过一支，将侯生内心的相思之情如翻江倒海般倾泻而出：

【倾杯序】寻遍，立东风渐午天，那一去人难见。（瞧介）看纸破窗棂，山裂帘幔。裹残罗帕，戴过花钿，旧笙箫无一件。红鸳衾尽卷，翠菱花放扁，锁寒烟，好花枝不照丽人眼。

【玉芙蓉】春风上巳天，桃瓣轻如剪，正飞绵作雪，落红成霰。不免取开画扇，对着桃花赏玩一番。（取扇看介）溅血点作桃花扇，比着枝头分外鲜。这都是为着小生来。携上妆楼展，对遗迹宛然，为桃花结下了死生冤。

【山桃红】那香君呵！手捧着红丝砚，花烛下索诗篇。（指介）一行行写下鸳鸯券。不到一月，小生避祸远去，香君闭门守志，不肯见客，惹恼了几个权贵。放一群吠神仙朱门犬。那时硬强香君下楼，香君着急，把花容呵，似鹃血乱洒啼红怨。

“倾杯序”、“玉芙蓉”两支写眼前残破之景，由入眼桃花转入“山桃红”香君守节血溅诗扇的回忆，继而又通过“尾犯序”写两人分离音信不通的痛苦，“鲍老催”则以乐景写哀情，流水犹有落红千片依偎和留恋，媚香楼人去楼空只剩侯方域自己，人情反不如流水，侯方域不忍久留只好离开。全出以极热开场，以极冷结束，冷热转化，使得全剧在峰回路转中一波三折，极富戏剧性。

最后，《桃花扇·题画》曲词在注重抒情的同时，又极富动作性。全出写侯方域匆匆上场，来到旧院门外，先是上下、左右张望院中风景，又侧身潜入院内，轻手轻脚在回廊转了一遍，“惊飞了满室雀喧，踏破了一墀苍藓。……蹑踪儿回廊一遍，直步到小楼前”。然后又满怀柔情“手拽起翠生生罗襟软，袖拨开绿杨线”，因不见香君而背手彷徨，听说香君入宫的消息又惊起掩泪，又坐对桃花赏桃花扇，一连串动作不仅外现了侯方域内心的情感变化，同时又便于舞台表演。而《牡丹亭·写真》因为缺少冲突，一直是杜丽娘自诉心曲，在搬上舞台表演时明显地缺乏动作性。

由以上分析可以看出，孔尚任在袭用成套谱写曲词时，并不是为写词而写词，而是照顾到人物的身份、性格，结合着情节的发展，联系着舞台表演的实际要求而写，所以才能达到“词必新警”的效果。《投辕》一出也是如此，全出使用的双调南北合套与陈与郊的《昭君出塞》完全相同，但同样毫无雷同之弊。

不但《题画》能够达到旧瓶装新酒的效果，即使是借用成曲，《桃花扇》也能巧妙地为我所用。《桃花扇》有几处使用了他人的作品，诸如《听稗》中柳敬亭的说唱鼓词、《传歌》中李香君所唱《牡丹亭·游园》之曲，不但丝毫无损《桃花扇》的光彩，反而更能看出孔尚任驾驭曲词的能力。

第三节 《桃花扇》曲体的创新——曲白相生

李渔认为：“有最得意之曲文，即当有最得意之宾白。”[1]也就是说，妙曲必须配以佳白才能见其情韵，佳白必须接以妙曲才显精神。以此来概括《桃花扇》曲白的关系，可以说再恰当不过了。《桃花扇》的曲词之美，离不开宾白的成功。但重曲轻白是明清以来许多文人的戏剧偏见，受此风气影响，论者对《桃花扇》曲文的关注，也是重曲轻白，这显然有失公允。正因为孔尚任非常重视宾白的写作，把宾白和曲词视作完整的艺术整体，所以才使得全剧有旨有趣，曲白相生，曲白皆妙。

孔尚任非常重视宾白的写作：“旧本说白，只作三分，优人登场，自增七分；俗态恶谑，往往点金成铁，为文笔之累。今说白详备，不容再添

① 李渔：《李笠翁曲话》，第81页。

一字。篇幅稍长者,职是故耳。"[①]明清文人作传奇,往往重曲轻白,认为宾白是"伶工自为之","鄙俚蹈袭"(臧晋叔语),写到宾白时一带而过,留给优人自行发挥。这就造成宾白"俗态恶谑,往往点金成铁,为文笔之累"。孔尚任则是把宾白当作文章来对待的,"今说白详备,不容再添一字。篇幅稍长者,职是故耳"。这就使得《桃花扇》中的宾白如一篇篇妙文,或抑扬顿挫,或嬉笑怒骂,读来耐人寻味,不可随意增减。

这可以《誓师》一出史可法的三段说白为代表。《誓师》中史可法上场唱了一曲引子后,接着是一段独白,交代了保住扬州城池的重要性,也是《誓师》的背景:

> 下官史可法,日日经略中原,究竟一筹莫展。那黄、刘三镇,皆听马、阮指使,移镇上江,堵截左兵,丢下黄河一带,千里空营。忽接塘报,本月二十一日北兵已入淮境,本标食粮之人,不足三千,那能抵挡得住。这淮、扬一失,眼见京师难保,岂不完了明朝一座江山也。可恼!可恼!俺且私步城头,查看情形,再作商量。

北兵压境,黄、刘三镇竟听马、阮调遣,移镇上江,堵截左兵,自相残杀,致使黄河一带,千里空营。在这种情况下,史可法手下的三千士兵的表现就关乎南明的生死存亡。所以他悄悄来到城头,查看士情,一支"二犯江儿水"唱出了军心涣散的败落景象,史可法连忙回到将营,准备深夜点兵鼓舞士气——"不待天明,夜点兵",但是点兵时竟然无一士兵听令,三点兵,三不应,史可法的自白写尽士气衰败的情景:

> (内掌号放炮,作传操介)(杂扮小卒四人上)今乃四月二十四日,不是下操的日期;为何半夜三更,梅花岭放炮?快去看来!(急走介)(末扮中军,持令箭提灯上)隔江云阵列,连夜羽书飞。(呼介)元帅有令:大小三军,速赴梅花岭,听候点卯。(众排列介)(外

---

① (清)孔尚任著,迟崇起校:《桃花扇》,第2页。

戎装,旗引登坛介)月升鸱尾城吹角,星散旄头帐点兵。中军何在?(末跪介)有!(外)目下北信紧急,淮城失守,这扬州乃江北要地,倘有疏虞,京师难保。快传五营四哨,点齐人马,各照汛地昼夜严防。敢有倡言惑众者,军法从事。(末)得令!(传令向内介)元帅有令,三军听者。各照汛地昼夜严防。敢有倡言惑众者,军法从事。(内不应)(外)怎么寂然无声?(吩咐中军介)再传军令,叫他高声答应。(末又高声传介)(内不应)(外)仍然不应,着击鼓传令。(末击鼓又传,又不应介)分明都有离叛之心了。(顿足介)不料天地人心,到如此田地。(哭介)

三叫三不应,英雄到此,真是无可奈何了。但因为史可法的满腔血泪,感染了三千士兵,使情形有了转机,接下来便是群情激昂的三叫三应:

(末叫介)大小三军,上前看来;咱们元帅哭出血泪来了。(净、副净、丑扮众将上,看介)果然都是血泪。(俱跪介)(净)尝言"养军千日,用军一时"。俺们不替朝廷出力,竟是一伙禽兽了。(副净)俺们贪生怕死,叫元帅如此难为,那皇天也不佑的。(丑)百岁无常,谁能免得一死,只要死到一个是处。罢,罢,罢!今日舍着狗命,要替元帅守住这座扬州城。(末)好好!谁敢再有二心,俺便拿送辕门,听元帅千刀万剐。(外大笑介)果然如此,本帅便要拜谢了。(拜介)(众扶住介)不敢不敢!(外)众位请起,听俺号令。(众起介)(外吩咐介)你们三千人马,一千迎敌,一千内守,一千外巡。(众)是!(外)上阵不利,守城。(众)是!(外)守城不利,巷战。(众)是!(外)巷战不利,短接。(众)是!(外)短接不利,自尽。(众)是!(外)你们知道,从来降将无伸膝之日,逃兵无回颈之时。(指介)那不良之念,再莫横胸;无耻之言,再休挂口。才是俺史阁部结识的好汉哩。(众)是!(外)既然应允,本帅也不消再嘱。(指介)大家欢呼三声,各回汛地去罢。(众呐喊三声下)(外鼓掌三笑)

妙妙！守住这座扬州城，便是北门锁钥了。

本出尾评曰："写史公忠义激发，神气宛然；写扬兵慷慨踊跃，声响毕肖。一时飞山倒海，流电奔雷，雄畅之文也！""三私听，三怨恨，三传令，三不应，三哭动，三悔骂，三欢呼，三大笑，俱以三次照应成文。笔墨愈整齐，情事愈错落。"这段评语就是把本出的对白视作一篇有起伏有转折的文章来读的。士兵的萎靡不振，史可法的血泪痛哭，三千士兵的慷慨踊跃，将帅上下一心誓死卫城的"飞山倒海、流电奔雷"之势，都在这段精彩的对白中充分展现了出来。如果去掉这些宾白，全出也就只剩下史可法的一套双调唱词，通过凄清的庚青韵抒发他内心的悲凉之情了。

同时，孔尚任也非常善于运用科白来刻画人物的性格，宾白并不仅仅是说，而是往往和科介一起，共同推动情节的发展。上文所举的《誓师》说白，既是妙文，同时也是对忠臣史可法忠义之情的有力表现。"设科之嬉笑怒骂，如白描人物，须眉毕现，引人入胜者，全借乎此。今据细为界出，其面目精神，跳跃纸上，勃勃欲生，况加以优孟摹拟乎。"①科白不但承担着叙事的功能，而且还肩负着"白描人物"的重任，好的科白能令人物须眉毕现。性格的真实，往往是通过生活中的细节来展现。人物性格是否传神，往往就在口吻、神态变化的刹那之间，而宾白以其接近口语的风格，恰恰适宜展现人物的须眉细处。相比之下，曲文以其高度的提炼和格律的限制，反而不如科白细腻生动。

《骂筵》一出中的对雪赏画就是白描马士英、阮大铖的丑陋嘴脸：

(净扮马士英，副净扮阮大铖，末扮杨文骢，外、小生扮从人喝道上，旦避下)

(副净)琼瑶楼阁朱微抹。(末)金壁峰峦粉细勾。(净)好一派雪景也。(副净)这座赏心亭，原是看雪之所。(净)怎么原是看雪

---

① (清)孔尚任著，迟崇起校：《桃花扇》，第2页。

之所？（副净）宋真宗曾出周昉雪图，赐予丁谓。说道：“卿到金陵，可选一绝境处张之。”因建此亭。（净看壁介）这壁上单条，想是周昉雪图了。（末）非也。这是画友蓝瑛新来见赠的。（净）妙妙！你看雪压钟山，正对图画，赏心胜地，无过此亭也。（末吩咐介）就把炉、榼、游具，摆设起来。

正月初七，阮大铖、马士英、杨龙友在赏心亭对雪赏画，阮、杨二人一上场，开口就是绝妙诗句：“（副净）琼瑶楼阁朱微抹。（末）金壁峰峦粉细勾。”再接上马士英的感叹：“（净）好一派雪景也。”可谓斯文之极、文雅之极！三人接下来的谈剧论人，更是“高怀雅量”：

（外、小生设席坐介）（副净向净介）荒庭草具，恃爱高攀，着实得罪了。（净）说哪里话。可笑一班小人，奉承权贵，费千金盛设，十分丑态，一无所取，徒传笑柄。（副净）晚生今日扫雪烹茶，倾谈攀教，显得老师相高怀雅量，晚生辈也免了几笔粉抹。（净）呵呀！那戏场粉抹，最是厉害，一抹上脸，再洗不掉；虽有孝子慈孙，都不肯认做祖父的。（末）虽然厉害，却也公道，所以儆戒无忌惮之小人，非为我辈而设。（净）据学生看来，都吃了奉承的亏。（末）为何？（净）你看前辈分宜相公严嵩，何尝不是一个文人，现今《鸣凤记》里抹了花脸，着实丑看。岂非赵文华辈奉承坏了。（副净打恭介）是是！老师相是不喜奉承的，晚生唯有心悦诚服而已。（末）请酒！

这段对话，确是妙文！当他们“扫雪烹茶，倾谈攀教”，幸灾乐祸地谈论着《鸣凤记》中严嵩与赵文华辈被抹上花脸的遭遇时，他们的故作高雅又何尝不是一部《鸣凤记》！只是他们不自知而已。难怪此出尾评说：“秦人不暇自哀，而后人哀之，后人哀之而不鉴之，复使后后人而哀后人也！”

但孔尚任对他们的“白描”并未就此罢休，接下来是：

（同举杯介）（副净问外介）选的妓女，可曾叫到了么？（外禀介）叫到了。……（净细看介）（吩咐介）今日雅集，用不着他们，叫他礼部过堂去吧。（副净）特令到此伺候酒席的。（净）留下那个年小的罢。

对于众妓女，马士英先是细看，又作拒绝；经过阮大铖的劝让后，又让年小而资色出众的香君留下。整段对话纯是白描，作者丝毫不露声色，而马士英的惺惺作态、阮大铖的趋炎附势，无不活灵活现。古语说，千金白，四两唱，正是此种笔墨。

剧中其他人物的性格也因为出色的宾白而增色不少。

在塑造柳敬亭、苏昆生这两个说唱艺人的磊落性格上，科白也起了非常重要的作用。《修札》出丑扮柳敬亭上场，他没有演唱节奏较快的过曲，而是以说白登场，这段说白既有柳敬亭本人的独白，又有他和侯生的对白，柳敬亭的独白铿锵有力，让我们看出这个“诙谐调笑的东方老”的用世之心：

老子江湖漫自夸，收今贩古是生涯。年来怕作朱门客，闲坐街坊吃冷茶。（笑介）在下柳敬亭，自幼无籍，流落江湖，虽则为谈词之辈，却不是饮食之人。（拱介）列位看我像个甚的，好像一位阎罗王，掌着这本大账簿，点了没数的鬼魂名姓；又像一尊弥勒佛，腆着这副大肚皮，装了无数的世态炎凉。鼓板清敲，便有风雷雨露；舌唇才动，也称月旦春秋。这些含冤的孝子忠臣，少不得还他个扬眉吐气；那班得意的奸雄邪党，免不了加他些人祸天诛；此乃补救之微权，亦是褒讥之妙用。

当侯生想听柳敬亭说书：“不拘何朝，你只拣着热闹爽快的说一回吧。”柳敬亭的回答则充满了机锋和见识，也是《桃花扇》的主旨所在：

相公不知，那热闹局便是冷淡的根芽，爽快事就是牵缠的枝叶;倒不如把些剩水残山,孤臣孽子,讲它几句,大家滴些眼泪吧。

《投辕》一出写柳敬亭见左宁南,其中柳敬亭与左宁南的对话最能见出他的机智和巧辩。当柳敬亭巧妙地见到左良玉,把侯生所写书信递上去后,左良玉读罢沉吟片刻,对柳敬亭像是推心置腹般地说:“你可知这座武昌城,自经张献忠一番焚掠,十室九空。俺虽镇守在此,缺草乏粮,日日鼓噪,连俺也做不得主了。”柳敬亭立即反唇相讥道:“(丑气介)元帅说哪里话,自古道兵随将转,再没个将逐兵移的。”在唱了一支“北收江南”后,接下来是一段非常精彩的表演:

(摔茶钟于地下介。小生怒介)啊呀!这等无礼,竟把茶杯掷地。(丑笑介)晚生怎敢无礼,一时说得高兴,顺手摔去了。(小生)顺手摔去,难道你的心做不得主么?(丑)心若做得主呵,也不叫手下乱动了。(小生笑介)敬亭讲的有理。只因兵丁饿得极了,许他就粮内里,亦是无可奈何之一着。(丑)晚生远来,也饿极了,元帅竟不问一声儿。(小生)我倒忘了,叫左右快摆饭来。(丑摩腹介)好饿!好饿!(小生催介)可恶奴才,还不快摆!(丑起介)等不得了,竟望内里吃去吧。(向内行介。小生怒介)如何进我内里?(丑回顾介)饿得极了。(小生)饿得极了,就许你进内里么?(丑)饿得极了,也不许进内里,元帅竟也晓得哩。(小生大笑介)句句讥诮俺的错处,好个舌辩之士。俺这帐下倒少不得你这个人哩。

柳敬亭摔茶钟于地这一无礼的举动,惹恼了左宁南。但这一剑拔弩张的开始,却被柳敬亭看似无心实则一语双关的回答轻松地化解掉。左宁南始则恼怒终则大笑的表情变化,通过这段科白逼真地表现了出来,令人不能不叹服其中的腾挪变化,这真是一篇绝妙的小品文字!而一个既诙谐幽默又深明大义的说书人的形象就凸显了出来。同时,这段科白里有动作,有冲突,又充满了机锋,富于戏剧性,非常适合舞台表演。

《草檄》出中写苏昆生等待左良玉的一番自说自唱也最能见其救世之心。

《桃花扇》中以插科打诨代替净、丑上场时的过曲唱词，也是孔尚任的大胆尝试。

《桃花扇》中曲是妙曲，白是妙白，曲白之间不是割裂的，而是水乳交融，曲白相生。上文为了论述的方便，将宾白与曲文分开。事实上，词曲和说白的关系是相辅相成的。《桃花扇凡例》中对此有着明确的交代："词曲皆非浪填，凡胸中情不可说，眼前景不能见者，则借词曲以咏之。又一事再述，前已有说白者，此则以词曲代之。若应作说白者，但入词曲，听者不解，而前后间断矣。其已有说白者，又奚必入词曲哉。"曲是用来抒情的，在重复说白中已提过的事件时用词曲，需要用说白作交代者，必不可用词曲。

《守楼》一出中的香君面血溅扇是非常出色的科白，但香君持扇乱打、血溅诗扇的动作重在展示她对奸党斗争的刚烈，而她内心中对侯方域的深情却无法用动作描画得出。所以在接下来的《寄扇》中，虽然还是不离血溅诗扇这一事件，但已由说白为主变为演唱为主了。香君演唱一套双调北曲来传达她对情人的思念之情和对奸党的愤恨心曲。但曲又是因白而滋生，正是由于对奸党逼婚之恨，才见出对情人感情的忠贞。前出以说白叙事，后出以词曲抒情，但白中有情，情不离事。

但需要用说白的地方，又绝不以曲来代替。《闲话》一出，全部使用说白，而没有使用词曲。这在传奇中是很少见的，但并不给人以乖离之感，关键就在于孔尚任对曲白关系的巧妙掌握。《闲话》中写张瑶星在北京失陷后逃难南京的路上，遇到了画士蓝田瑛、书商蔡益所，通过三人的交谈道出了明亡时的混乱景象。整出《闲话》没用词曲，一是因为较之曲词的强烈抒情性，说白更具有长于叙事的特点，用当事人张瑶星自己的追叙更能具体地道出明朝亡国时方方面面的表现；二是因为《哭主》出中，左良玉沉痛的唱词已交代了明亡的事实，在词曲和说白的关系上，同一个事情，如果前后都要提到的话，孔尚任是不能允许以同一形式重复表达的。

另外,《桃花扇》中的科白与《长生殿》中的科白一样,都突破了明传奇中使用苏白的限制,这更有利于昆曲在北方的普及。

第四节 《桃花扇》的曲体创新——自作上、下场诗

上、下场诗属于韵白,是宾白中的一种。上场诗是人物上场时所念之诗,或五言,或七言,多为习知的套语,比如"月过十五光明少,人到中年万事休。儿孙自有儿孙福,莫为儿孙做马牛"之类,是古代戏曲中的陈词滥调。也有的用词牌,如"西江月"、"临江仙"等。传奇在每处戏结束时,剧中人必念四句诗下场,或五言,或七言。前两句关合剧情,后两句多为成语,抒发感慨。而诗又多为集唐成句,总的看来,佳作不多。比如《牡丹亭》第二出《言怀》,柳梦梅下场念:"门前梅柳烂春晖(张窈窕诗),梦见君王觉后疑(王昌龄诗)。心思百花开未得(曹松诗),脱身须上万年枝(韩偓诗)。"虽能见出作者才学,但和剧情总不能浑然一体,给人以隔靴搔痒之感。

孔尚任重视上、下场诗的革新,《桃花扇》中的上、下场诗则无此弊。他把上、下场诗看作全剧的重要部分,不再沿用旧句、俗句,也不用时本盛行的集唐滥套,而是自己创作新诗:"上下场诗,乃一出之始终条理,倘用旧句、俗句,草草塞责,全出削色矣。时本多尚集唐,亦属滥套。今俱创为新诗,起则有端,收则有绪,著往饰归质义,仿佛可追也。"①

所以,《桃花扇》的上场诗,总是和人物性格相一致。比如第二出《传歌》鸨妓李贞丽上场唱过引子"秋夜月"后,念了一首上场诗:"梨花似雪草如烟,春在秦淮两岸边。一带妆楼临水盖,家家分影照婵娟。"这首诗是孔尚任自作,香艳风流,非常符合既是秦淮名妓又为老鸨的李贞丽身份。而第十出《修札》柳敬亭出场所念五言诗则表明了他的说书人身份和不肯依附阮大铖的情操:"老子江湖漫自夸,收今贩古是生涯。年来怕坐朱门客,闲坐街坊吃冷茶。"即使是无名人物的上场诗,也总和

① (清)孔尚任著,迟崇起校:《桃花扇》,第2页。

剧情相关。比如第十一出《投辕》两个小卒的上场诗，其中一个小卒的上场诗为四句俗语："杀贼拾贼囊，救民占民房，当官领官仓，一兵吃三粮。"但却被另一小卒改为："贼凶少弃囊，民逃剩空房，官穷不开仓，千兵无一粮。"这就画出了左宁南军中缺粮少草、士气萎靡的窘状。总起来看，《桃花扇》中的上场诗丢弃了戏曲中的套语，非常灵活，或五言或七言，或四句或二句，甚至略去上场诗，直接以口语代替，但都和剧情紧密联系。

《桃花扇》上、下场诗的创新突出地表现在下场诗上。《桃花扇》每出都有下场诗，但无一旧句或集唐成句，都为自创诗。这些诗单独来看是一首首五言、七言佳作，但又和剧情紧密相连，浑然一体。它们或是对本出剧情的概括总结，或是对后来剧情的暗示。比如，第二出《传歌》的下场诗："苏小帘前花满畦，莺酣燕懒隔春堤。红娇裹下樱桃颗，好待潘车过巷西。"第四出《侦戏》的下场诗："白门弱柳许谁攀，文酒笙歌俱等闲。惟有美人称妙计，凭君买黛画春山。"第五出的下场诗："暖翠楼前粉黛香，六朝风致说平康。踏青归去春犹浅，明日重来花满床。"都是对本出的总结。而第一出的下场诗："歌声歇处已斜阳，剩有残花隔院香。无数楼台无数草，清谈霸业两茫茫。"第三出的下场诗："堂堂义举圣门前，黑白须争一着先。只恐输赢无定局，治由人事乱由天。"这两首诗都充满了一种无可奈何的感触，预示着情节的感情发展倾向无非是"清谈霸业两茫茫"。

更为人称道的是《闲话》和《余韵》的下场诗，一为五言律诗，一为七言律诗，对仗工整，境界高远，是对全剧意境的深化。

第五节 《桃花扇》的曲体创新——声韵响亮，情韵相合

中国古代戏曲作为一种音乐文体，同样包含着曲文与音乐两方面的因素。但与西洋戏曲不同，中国古代戏曲在配乐时除了考虑合适的宫调曲牌表达相应的感情外，声韵的选择也必须考虑在内。这是因为汉字的四声本身就具有音乐之美，而不同的声调又表达着不同的感情，

比如平声字平稳柔和，而仄声字则抑扬起伏。成功的剧作者常常可以借助字声的特殊音响，烘托人物的某种感情。所以，戏曲不但要讲平仄，而且还要重视声韵的运用。

《桃花扇》的曲词之美是论者公认的。这可以青木正儿的论断为代表："其曲词，作者运用诗学之造诣，呕心成之，新警而佳制甚多，如就其音律言，仅能歌唱，未足称妙。"[①]至于妙在何处，又多作囫囵高深难解之语。台湾的陈安娜曾将《桃花扇》之曲分为豪迈之曲、沉郁之曲、旷达之曲、调谐之曲、淡逸之曲、绮艳之曲、空灵之曲、悲怆之曲，总概其曲文之美。陈安娜之分类与青木正儿相较，显然具体了很多，易于非专业读者领会。但惜其只说其然而未进一步论其所以然，对于读者来说，《桃花扇》的曲词之美犹如李白之诗，只能叹其天才之力而无法学其门径。实际上，《桃花扇》的曲词之所以佳制甚多而又风格各异，除了"词曲入宫调"、严守宫调曲牌规律之外，孔尚任在声韵的选择上也是煞费苦心，"全以词意明亮为主"，平仄相谐、声韵响亮也是《桃花扇》曲文获得好评的重要因素。这一点也恰恰是为论者所忽视的。

孔尚任非常重视声韵的运用，他在《桃花扇凡例》中说："词曲入宫调，叶平仄，全以词意明亮为主。每见南曲艰涩扭挪，令人不解，虽强合丝竹，止可作工尺字谱，何以谓之填词耶。"也就是说，孔尚任在选字入曲时，是有着明确的原则的，即"叶平仄、词意明亮"。词、曲的押韵方式不同。词，一般是平押平，仄押仄；曲，则是平仄通押。曲是演唱的，它对韵脚的要求比词繁密，唱起来容易声韵和谐。曲的押韵比诗词稠密很多。而戏曲的押韵更为稠密，北曲都是一套一韵，受其影响，南曲也往往一套一韵。这样，每支曲牌押同一韵部，一出中的不同曲牌也要押同一韵部。因此，韵脚合适与否，最能见出作者掌握声韵的功力。兹以韵脚的选择为切入点，来具体考察《桃花扇》是怎样做到词意明亮、声韵相谐的。

《桃花扇》主要依周德清的《中原音韵》，但也受南曲音韵的影响。

---

① [日]青木正儿：《中国近世戏曲史》(下)，王古鲁译，中华书局1954年版，第388页。

虽然某韵代表某情没有固定、明确的说明，但韵与情之间存在着微妙的联系，是早就为曲论家所发现的。王骥德在《曲律》里就谈到了二者之间的关系：

至各韵为声，亦各不同。如东钟之洪，江阳、皆来、萧豪之响，歌戈、家麻之和，韵之最美听者。寒山、桓欢、先天之雅，庚青之青，尤侯之幽，次之。齐微之弱，鱼模之混，真文之缓，车遮之用杂入声，又次之。支思之萎而不振，听之令人不爽。至侵寻、监咸，廉纤，开之则非其字，闭之则不宜口吻，勿多用可也。

他把《中原音韵》所列的十九个韵部，从感情色彩和音响特征上作了划分：洪大、响亮、和谐、优雅、清越、幽深、孱弱、混乱、舒缓、萎靡、拗口等。虽然这样的划分不是十分准确，但他明确地指出声韵与情感的内在联系，就给剧作者提供了一种可以操作的方法，为读者和观众提供了一条容易掌握的审美路径。我们不妨以此为路径来考察《桃花扇》全剧的用韵情况。

《桃花扇》各出使用韵脚情况如下：

《先声》为两首词牌，不论。

《听稗》一出各曲牌末韵字为：亡—梁—妆—房—肠—郎，江阳韵；

《传歌》一出各曲牌末韵字为：制—记—佩—辔—水，齐微韵与归回韵混韵；

《哄丁》一出各曲牌末韵字为：奠—边—显—贬—掀—言—犬—坚—砚，先天韵中夹杂一寒山韵；

《侦戏》一出各曲牌末韵字为：餐—赧—删—斑—坛—番—般—难，寒山韵；

《访翠》一出各曲牌末韵字为：光—黄—帐—痒—唐，江阳韵；

《眠香》一出各曲牌末韵字为：舟—受—酒—就—漏—有—收，尤侯韵；

《却奁》一出各曲牌末韵字为：帐—榜—尝—藏—望—忙—香—

洋—娘，江阳韵；

《闹榭》一出各曲牌末韵字为：问—群—云—津—存—门，真文韵与侵寻韵混压；

《抚兵》一出各曲牌末韵字为：下—酒—衙—下—耍—花，家麻韵中杂一尤侯韵“酒”字；

《修札》一出各曲牌末韵字为：改—采—泣—霭，皆来韵中杂一出韵字“泣”；

《投辕》一出各曲牌末韵字为：老—卯—骄—盗—瞧—保—操—嘲—了—扫，萧豪韵；

《辞院》一出各曲牌末韵字为：奔—身—狠—昏—痕—肯，真文韵中杂一侵寻韵昏字；

《哭主》一出各曲牌末韵字为：生—生—享，庚青韵杂一出韵字“享”；

《阻奸》一出各曲牌末韵字为：些—舍—切—业—挟—决，歌戈韵；

《迎驾》一出各曲牌末韵字为：手—犹—猷—羞，尤侯韵；

《设朝》一出各曲牌末韵字为：壮—皇—阳—良—当—堂，江阳韵；

《拒媒》一出各曲牌末韵字为：熏—勤—温—君—尘—混—门—粪，真文韵与侵寻韵混压；

《争位》一出各曲牌末韵字为：了—刀—曹—讨—了—涛，萧豪韵；

《和战》一出各曲牌末韵字为：寇—手，尤侯韵；

《移防》一出各曲牌末韵字为：市—死—低—枝—丝—雌—寺，支思韵；

《闲话》无曲；

《孤吟》一出各曲牌末韵字为：人—纷—醺—论—唇—人，真文韵；

《媚座》一出各曲牌末韵字为：细—稀—几—李—随—陪—眉—妃—谁，齐微韵与归回韵混押；

《守楼》一出各曲牌末韵字为：北—吹—梯—谁，齐微韵与归回韵混押；

《寄扇》一出各曲牌末韵字为：消—峭—闹—了—貌—瞧—敲—

绡—绡—照—少—饱，萧豪韵；

《骂筵》一出各曲牌末韵字为：缝—穷—梦—拥—懂—恐—咏—胸，东钟与庚青混押；

《选优》一出各曲牌末韵字为：拿—阀—哗—涯—把，家麻韵；

《赚将》一出各曲牌末韵字为：乖—测—谐—洒—猜，皆来韵；

《逢舟》一出各曲牌末韵字为：军—魂—近—恨—尽—肯—辛，真文韵与侵寻混押；

《题画》一出各曲牌末韵字为：眠—天—前—钱—喘—眠—冤—烟—年—转—遣，先天韵；

《逮社》一出各曲牌末韵字为：搜—休—流—柔—流—邹—休—丢—仇，尤侯韵；

《归山》一出各曲牌末韵字为：貌—劳—烧—凋—曹—袍—朝，萧豪韵；

《草檄》一出各曲牌末韵字为：清—清—清—因—忿—隼—尽—刃—紧，庚青韵与真文韵混押；

《拜坛》一出各曲牌末韵字为：抓—甲—腊—价—杀—架，家麻韵；

《会狱》一出各曲牌末韵字为：钱—眼—怜—篇—船—冤—免—蝉，先天韵；

《截矶》一出各曲牌末韵字为：走—流—舟—斗—吼—酒，尤侯韵；

《誓师》一出各曲牌末韵字为：城—明—零，庚青韵；

《逃难》一出各曲牌末韵字为：洒—爱—艾—坏—败—带—再，皆来韵；

《劫宝》一出各曲牌末韵字为：郎—墙—郎—将—党—肠，江阳韵；

《沉江》一出各曲牌末韵字为：殿—恋—远—田，先天韵；

《栖真》一出各曲牌末韵字为：洞—梦—工—恸—涌—同，东钟韵；

《入道》一出各曲牌末韵字为：少—醮—吊—瓢—庙—饱—遭—劳—饕—早—落—逃—教—遭，萧豪韵；

《余韵》一出各曲牌末韵字为：史—道—帽—殍—瞧—灶—老—了，萧豪韵。

全剧除《先声》以词开场《闲话》一出无曲不论外，其余四十二出基本上做到了每出一韵，其中十五出韵脚采用了江阳、萧豪、东钟、皆来这些声音响亮的韵部，其中，江阳韵为五出，萧豪韵为六出，东钟韵与皆来韵各两出。江阳、萧豪、东钟、皆来这些都属于王骥德《曲律》中所说的声音洪大、响亮之韵，全剧确实以词意明亮为主，而这些韵部和剧中的表现内容相一致。

江阳韵是个热门韵，重鼻音，适于抒发爽朗的感情，渲染豪放洒脱的气派。《听稗》、《访翠》、《却奁》、《设朝》、《劫宝》都使用了此韵。如《听稗》一出是一套富贵缠绵的南吕套数，写侯方域下第后与诗友相约到冶城道院游春，因来迟未能如愿，又前去拜访柳敬亭，听其说书。虽然出场诸人都深为国事担忧，但他们的情绪基调又是饱满、振奋的，所以此出戏在选用了缠绵的南吕宫之后，又以江阳韵作为全出的韵脚，就使得全出戏的感情深婉而不悲哀，清丽而不失洒脱。如柳敬亭所唱的"懒画眉"和侯方域、吴次尾、陈定生三人合唱的"解三醒"都是为论者所称道的妙曲：

【懒画眉】废苑枯松靠着颓墙，春雨如丝宫草香，六朝兴废怕思量。鼓板轻轻放，沾泪说书儿女肠。

【解三醒】（生、末、小生）暗红尘霎时雪亮，热春光一阵冰凉，（同笑介）这笑骂风流跌宕，一声拍板温而厉，三下渔阳慨以慷！重来访，但是桃花误处，问俺渔郎。

二曲中韵脚"墙—香—量—放—肠"、"亮—宕—慷—访—郎"都为江阳韵，在平声中又以仄声字"放、亮、宕"相间，悠长的音韵中增加了变化、跌宕，既符合三人出场时洒脱不羁的身份，又以一曲慷慨激昂的"解三醒"为全剧定下了基调。《却奁》一出也是如此。当侯方域打算收下阮大铖置办的嫁妆时，香君愤怒地唱道："不思想，把话儿轻易讲。要与他消释灾殃，要与他消释灾殃，也提防旁人短长。脱裙衫，穷不妨；布荆人，名自香。"情韵一致。当然，江阳韵在传达响亮的感情时，又不是单

一的，既可以是柳敬亭的慷慨激昂，也可以是香君骂筵时的无比悲愤，同时，也可以表达沉痛悲凉的感情。比如《劫宝》一出，江阳韵就是用来表达黄得功的悲愤和沉痛之情。《骂筵》一出则选用了洪大的东钟韵来表现香君对奸党的痛恨。

《投辕》、《争位》、《寄扇》、《归山》、《入道》、《余韵》六出都使用了萧豪韵，萧豪韵的响亮和这几出或激昂慷慨或豪迈洒脱的剧情恰好相称。

《桃花扇》以音韵响亮为主，但并不废除他韵；相反，其他韵部的间隔使用，既能表现各种复杂的感情，与前后响亮的音韵又相比，形成变化，富有音乐之美。

比如，《眠香》、《逮社》、《截矶》使用的是尤侯韵，尤侯韵往往是与幽深抑郁之情相一致。《逮社》写复社清流被一网打尽，《眠香》写侯方域与香君定情并称意成婚，风流才子与青楼名妓的结合充满了浓情蜜意，全出的曲文呈现出绮艳但不庸俗的风格，这得益于韵脚的选择。比如生、旦分别演唱的两支曲子：

【梁州序】(生)齐梁词赋，陈隋花柳，日日芳情迤逗。青衫偎依，今番小杜扬州。寻思描黛，指点吹箫，从此春入手。秀才渴病急须救，片是斜阳迟下楼，刚饮得一杯酒。

【前腔】(旦)楼台花颤，帘栊风抖，倚着雄姿英秀。春情无限，金钗肯与梳头。闲话添眼，野草生香，消得夫人做。今宵灯影纱红透，见惯司空也应羞，破题儿真难就。

【节节高】(生、旦)金樽佐酒筹，劝不休，沉沉玉倒黄昏后。私携手，眉黛愁，香肌瘦。春宵一刻天长久，人前怎解芙蓉扣。盼到灯昏玳筵收，宫壶滴尽莲花漏。

【前腔】(合)笙箫下画楼，度清讴，迷离灯火如春昼。天台岫，逢阮刘，真佳偶。重重锦帐香熏透，旁人妒得眉头皱。酒态扶人太风流，贪花福分生来有。

二人无比幸福喜悦的感情以“尤侯之幽”韵收之，则使将要泛滥的感情又得到了节制，非常符合香君娇羞的神情，也使两人的感情全然不同于秦淮旧院中寻常的追欢买笑。

《访翠》、《眠香》、《却奁》三出相连都是写侯、李遇合之情，但韵部却不完全一致。《访翠》、《却奁》两出使用的是江阳韵，《眠香》一出则使用了幽静深情的尤侯韵。这就使得三出的感情随着声韵的变化而变化，由《访翠》的喜悦转入《眠香》的情深意美，而儿女柔情又在《却奁》的政治斗争中变为铮铮侠骨。三出戏中，剧中人感情的变化与声韵、音乐的变化相一致。

《逮社》和《截矶》两出也使用了尤侯韵，但感情却不同于《眠香》。《逮社》使用尤侯韵重在抒发侯方域的相思之苦和"三公子"被逮后的萧条冷清；《截矶》虽是两军对阵，但曲词中吐露的不是重重杀气，而是大厦将倾、大事不可问的无限悲凉。《截矶》写左宁南为了清除马、阮奸佞，领兵东下清君侧。马、阮闻讯，调动黄得功出兵在坂矶截杀。清兵压境的危急关头，两人却要自相残杀。左宁南忠于崇祯，黄得功忠于弘光，虽各为其主，但都是有名的忠臣。两人的唱词都满含悲愤，但黄得功的唱词中唱出的是英雄孤掌难鸣、无力回天的悲凉，左宁南的唱词中唱出的是四面楚歌、英雄末路的悲凉。同是尤侯韵，韵字的不同也体现出感情的差异。《截矶》中黄得功和左宁南的唱词是《桃花扇》中非常动人的悲凉之曲：

> (黄得功)【山坡羊】(末)硬邦邦敢要君的渠首，乱纷纷不服王的群寇；软弱弱没气色的至尊，闹喧喧争门户的同朝友。只剩咱一营江上守，正防着战马北来骤，忽报楼船入浦口。飞旌旗控上游；戈矛，传烽烟截下流。
>
> (小生扮左良玉)【前腔】替奸臣复私仇的桀纣，媚昏君上排场的花丑；投北朝学叩马的夷齐，吠唐尧听使唤的三家狗。拼着俺万年名遗臭，对先帝一片新勘剖，忙把储君冤苦救。不羞，做英雄到尽头；难守，烈轰轰东去舟。

黄得功所唱“山坡羊”前四句开头用硬邦邦、乱纷纷、软弱弱、闹喧喧四个平仄相对的单叠句，形容南明危机四伏的局面，声调激越；左良玉所唱“山坡羊”句式稍有变化，虽是四个排比句，但以三个仄声字“替、媚、吠”领起全句，同样达到了声情激越的效果。但又都以尤侯韵收尾，叠字、排比、对仗的运用，平仄相间、韵情相合，正是这一系列极具音乐之美的手法，使得两支“山坡羊”具有感人肺腑的情感力量。

再如家麻之和，寒山、桓欢、先天之雅，庚青之青，齐微之弱，真文之缓等，在剧中都有运用。正是孔尚任精心选择声韵，并坚持韵情相谐的原则，才使得全剧曲文或豪迈或沉郁，或旷达或调谐，或淡逸或绮艳，或空灵或悲怆，既能置之案头细细品味，又能歌之场上动人心弦。

由此来看，孔尚任所宣称的词意明亮的原则是不差的，全剧除《先声》为一词一曲略去不论、《闲话》一出无曲不计外，四十二出中有十五出都以声音响亮的字为韵脚，东钟之洪，江阳、皆来、萧豪之响，占了全剧 1/3 的篇幅。当然，这样做不是为了追求响亮的气势，而是因情选韵，情韵相合。

虽然全剧声韵以词意明亮为主，但孔尚任并不排斥其他声韵的使用。

但也有论者指出，《桃花扇》中存在着重韵现象和合韵混押想象，而且每出都有，是《桃花扇》在声律上的失败之处。那么，怎么看待《桃花扇》中的这两个问题呢？

笔者认为，《桃花扇》中确实存在着合韵混押现象，但不应当因此而贬低《桃花扇》的声律之美。《桃花扇》以周德清的《中原音韵》为准则，但作为一部以南曲为主的昆曲之戏，孔尚任不可避免地受到南曲押韵的影响，更确切地说，因为为《桃花扇》的音乐提供了许多曲本套数、作出很大贡献的曲律家王寿熙就是吴人，所以才出现了《桃花扇》的合韵混押现象。庚青与真文、庚青与侵寻、庚青与东钟、庚青与侵寻、庚青与东钟三韵混押，开口、闭口不分，都是南曲用韵的特征。受南曲用韵的影响，连一套一韵的北曲都出现了合韵混押的现象。关汉卿、马致远、王实甫的杂剧中都存在着合韵混押的现象。台湾的丁原基先生在《元杂剧韵检》中对现存的一百多种元曲杂剧的用韵情况作了调查，指出“元曲杂剧中犯韵作品共五十六种”[①]。既然重韵现象不但在南戏和传奇中普遍存在，而且也影响到元曲，那么我们也不能强求孔尚任一人独具超越时代的天才之力。《桃花扇》中最常见的合韵混押是齐微与归回混押，其次是庚青与真文、庚青与侵寻、庚青与东钟混押，这虽不能予以肯定，但如果不考虑南曲用韵的习惯、孔尚任作曲的现实，就对孔尚任本人进行苛责，显然也有失公允。

其次，重韵现象是《桃花扇》非常突出的地方，但也是戏曲的惯例。诗、词、曲都讲究押韵，但曲常常是一套一韵，韵位稠密，所以重韵也就在所难免，而且已为古今论者所接受。戏曲中的重韵就是指在一套曲中有两个以上相同的韵脚。戏曲每出押一韵部，从原则上来说，韵脚不应重复。但实际上很少有人能够完全做到。《桃花扇》各出用韵都有重韵现象，比如第一出《听稗》中“懒画眉”第一支用韵为乡—缸—肠—巷—梁，第三支用韵为墙—香—量—放—肠，这两支中“肠”字重韵。关于重韵，王力先生说：“诗和词都忌重韵，惟有曲不忌重韵。这大约有三个理由：第一，有些曲韵比诗更窄（如支思、桓欢），不得不以重韵为抵偿；第二，在杂剧里，每支一韵，套数也是每套一韵，需要的韵脚比诗词多数倍；第三，曲是比较大众化的东西，一般民众是不忌重韵的。”[②]这虽然是针对元曲而说的，但笔者认为，也同样可以解释《桃花扇》的重韵现象。

《桃花扇》以诗法作剧，打破句子的曲律要求，虽然符合阅读习惯，但却造成了演唱时的不合曲律，这是笔者不敢为贤者讳的。这既说明孔尚任在曲律上确实不够熟练，但也见出文人作剧积习难改。

---

① 转引自俞为民：《曲体研究》，中华书局 2005 年版，第 27 页。

② 王力：《汉语诗律学》，上海教育出版社 2002 年版，第 763 页。

第六章

明亡史面面观：康熙、孔尚任与遗民的三种态度

孔尚任作为康熙皇帝亲自提拔的圣裔，他对康熙的态度其实是始终如一的忠诚。《桃花扇》可以说是《过金陵论》的形象化注解与宣传。

作为取代明朝而立的清王朝，如何看待明朝的统治及其灭亡，这是清朝特别是康熙朝的一个重要任务，因为这关系到清朝能否赢得民心从而实现它的长久统治。康熙南巡时多次亲祭明孝陵，也一直重视《明史》的编修，严密控制着《明史》编写者的态度，原因就在于此。总起来看，康熙对明朝统治的态度是非常明确的：他大力肯定明太祖洪武帝的开国伟业，又极力谴责南明小朝廷皇帝弘光帝的亡国行为。这种崇洪武、恨弘光的态度也是他多次下旨对《明史》编写者提出的一个基本指导思想。这种看起来"客观"、爱憎分明的态度其实有着康熙的深层私心：这既是对清代明、清承明制合法性的明确表态，也是对汉族读书人的一种拉拢和控制。

如果我们将康熙的有关言行、御旨、行为及文章与《桃花扇》相对照，不难发现，康熙对明朝历代皇帝的态度及评价、对明亡教训的总结、对编纂《明史》的指示，直接影响和指导了《桃花扇》传奇的创作。当然，这种影响是孔尚任自觉地接受的。只不过，《桃花扇》问世后引起的遗民对于故明的怀念，以及剧作一切归于虚无的结局违背了康熙盛世雅

文学的需求，孔尚任因此被罢官，《桃花扇》的成功成为孔尚任仕途的结束。这是康熙文化政策实行过程中的必然结果。但对孔尚任来说，这种弄巧成拙的结局，是他万万没有想到的。

第一节 康熙对明朝诸帝的态度及其深意

康熙高度评价明朝洪武帝朱元璋开创的前二百年的统治，称之为“善政”，他在给《明史》纂修官的谕令中说：“有明二百余年，其流风善政，诚不可枚举。”他对明朝历代统治者的态度看起来爱憎分明：推崇洪武帝明太祖的开国有为，悲悯崇祯帝的无力回天，痛恨明末诸帝及弘光等亡国之君的荒淫、怠政。实则却大有深意：推崇明太祖是为了证明清承明专制统治的合法性；悲悯崇祯帝则意在倡导死节之臣的忠君思想。这当然会影响孔尚任《桃花扇》的创作。

一、康熙对明朝诸帝的态度：崇洪武、恨弘光、悯崇祯

（一）崇洪武

康熙对清朝开国皇帝朱元璋（洪武是他的年号）一直是情有独钟、极力推崇。这集中表现在他下达的关于编修《明史》的有关旨令和多次亲祭明孝陵两个方面。

1.《明史》中钟爱洪武帝

顺治朝将编修《明史》提上日程，但并没有真正落实。平定三藩之后，统治趋于稳定，康熙十八年重开明史馆，是《明史》实际修撰的开始。修《明史》本身，就是康熙对明朝遗民的控制，康熙将博学鸿儒科录取的明遗民，全部任命为《明史》的编写人员。黄宗羲虽拒绝参加编写，但出于对保存《明史》的热望，还是派出了得意弟子万斯同等著名布衣学者参加。通过数十年的编修，成四百一十六卷初稿，这奠定了《明史》纂修的基础，虽然未能最后成书，却是《明史》纂修过程中最重要的时期。康熙非常重视《明史》的编写：一方面，这能使这些故明遗民全力投入到《明史》的编写事业中去而渐渐放弃反清的立场；另一方面，通过对《明

史》的亲自指示，康熙可以更好地进行他的专制统治。

如何对前朝的皇帝进行评价，康熙有着明确的指示，他在给修《明史》诸臣的旨文中，一再明确他对洪武、永乐（朱棣）二帝的推崇，以及清朝师承明制特别是师承"洪武、永乐"这一事实："观《明史》洪武、永乐所行之事，远迈前王。我朝见行事例，因之而行者甚多。"这可见《圣祖实录·康熙三十六年》卷一七九[①]：

> 谕大学士等：观《明史》洪武、永乐所行之事，远迈前王。我朝见行事例，因之而行者甚多。且明代无女后预政、以臣陵君等事。但其末季坏于宦官耳。且元人讥宋、明复讥元，朕并不似前人辄讥亡国也。惟从公论耳。今编纂明史，著将此谕增入修明史敕书内。

他又多次下旨要求修撰人员对洪武、宣德帝等要持"公论"。当他发现熊赐履校对后的《洪武本纪》、《宣德本纪》对"洪武、宣德（朱瞻基）"二帝"訾议甚多"时，非常不满。他对大学士下旨明确了对明洪武、永乐、宣德的肯定态度："朕思洪武系开基之主，功德隆盛；宣德乃守成贤辟。虽运会不同，事迹攸殊，然皆励精著于一时，谟烈垂诸奕世，为君事业，各克殚尽。"

2. 亲祭明孝陵

康熙皇帝对明太祖朱元璋评价极高，六次南巡中有五次亲自以最高的礼仪祭奠明孝陵。如康熙二十三年第一次南巡时，他带领文武大臣谒孝陵，于陵前下马，不走正门，不走中道，从旁步行，一路上行三跪九叩首礼节，至宝城前，则行三献大礼。祭陵毕，还严令督、抚等地方官严加保护。他还亲写《过江陵论》推崇明太祖的开国鸿业。这一切，使得尾随观望的数万居民，感动得几乎掉下泪来。康熙三十八年的第三次南巡，他还亲笔题写赞明太祖"治隆唐宋，远迈汉唐"的碑文，并命当时江宁织造郎中曹寅刻石制碑，竖立于孝陵殿大门之中。康熙四十四

---

① 《清实录·圣祖实录》，第922页。

年，第五次南巡时，他再次举行亲祭仪式时特谕诸臣曰："非尔等导引有秩，特朕之敬心耳。"他多次下达谕令，比如《谕大学士明珠、王熙》、《谕大学士明珠、尚书介山》、《谕大学士明珠、总督王新命》等，要求他们"按时祭祀明孝陵，并严加保护，禁止无知小民破坏、践踏"。"朕之斯举，非媚神求福也，为敬为百姓请命。"

康熙在《祭明太祖文》中对明太祖可谓推崇备至："维帝天赐勇智，奋起布衣，统一寰区，周详制作，鸿谟伟烈，前代莫伦。"[①]且毫不讳言，以其所创制度为自己施政的重要蓝本："皇明祖训一书，萃列后之谟，兼众智之美，至于去邪纳谏之规，勤政慎刑之诫，内而宫闱之礼教，外而朝堂之政令胥尽于斯焉……朕披览之际心焉景慕，常以为鉴。"[②]

不仅明孝陵屡沐皇恩，而且其他明帝陵也备受礼遇。康熙十四年(1675)道经昌平时，康熙因见明朝诸陵殿宇残破，对守陵人户严加申饬，令其敬谨防护，并责令有关地方官员不时稽查。当时正值三藩之乱最为艰难的时期，康熙对明帝陵的巡视显然不能排除笼络汉人的政治意图。康熙五十六年(1717)，护陵官员捕获偷掘明代陵寝的盗贼，刑部判处为首者斩，从者发配，但康熙认为："今日之百姓，皆明代所遗之百姓也。此与掘伊祖父之墓何异?"谕令将首、从诸贼俱行处死，并且遣诸皇子及领侍内大臣等祭奠并巡察明朝诸陵。这让易代之后依然忠心守陵的明遗民都感恩戴德。

(二)恨明末诸帝及弘光的亡国之政

相比之下，康熙眼中的明末诸帝则完全是另外一副形象，怠惰、奢靡、庸懦是他们共同的特征。"明祖训一书，萃列后之谟，兼众智之美……迨其后世子孙渐至于陵替者，岂其贻谋之未藏欤？由不能善守之故也。"[③]康熙二十三年，谕曰："万历以后，政事渐弛。宦寺朋党，交相构陷。门户日分，而士气浇薄。"三十年，又谕吏部曰："夫谗谮嫉之害，历代皆有，而明末为甚。公家之事置若罔闻，而分树党援，飞诬排

① (清)康熙:《祭明太祖文》，载《四库全书》集部第237册，第240页。

② (清)康熙:《祭明太祖文》，载《四库全书》集部第237册，第241页。

③ (清)康熙:《圣祖仁皇帝御制文集》卷二九，载《四库全书》集部第237册，第241页。

陷，迄无虚日，以致酿祸既久，上延国家。”①

而南明朝以及弘光帝都已经不为清朝所承认，因为南明是于清军占领北京后在南京所建。但因为《桃花扇》的事迹重在南明，所以康熙对这部戏曲非常关注。当康熙得知孔尚任的《桃花扇》在京城被广泛借阅时，马上要求呈送，传说康熙读此剧至弘光《设朝》、《选优》等出时，不禁皱眉顿足，叹道：“弘光，弘光，虽欲不亡，其可得乎？”②

（三）悯崇祯

康熙认为万历、泰昌、天启三帝要承担明朝灭亡的责任，这些末世之君在康熙眼中是明朝的罪人，不能与其祖宗同享祭祀，不过他对崇祯却网开一面。康熙六十一年(1722)，他就明朝诸帝入祀历代帝王庙一事，特谕：“万历、泰昌、天启实不应入崇祀之内。”但崇祯帝则应受到祭祀，不应与亡国之君同论：“有明天下，皆坏于万历、泰昌、天启三朝。愍帝即位，未尝不励精图治，而所值事势，无可如何。明之亡，非愍帝之咎也。朕年少时，曾见明故耆旧甚多，知明末事最切。野史所载，俱不足信，愍帝不应与亡国之君同论……万历、泰昌、天启实不应入崇祀之内。”③

二、康熙崇洪武、悯崇祯、恨弘光背后的深意

康熙对明太祖的崇敬看起来是不容置疑的，但明后裔的遭遇却突现出他祭奠仪式背后的真实意图。康熙三十八年(1699)，因见明孝陵无人守护，残破不堪，康熙对大学士等曰：“朕意欲访察明代后裔，授以职衔，俾其世守祀事……明之后，应酌授以官，俾侍陵寝。俟回都日，尔等与九卿会议具奏。”④要求寻访明朝皇室后裔守护明孝陵，并授予其官职。臣下或许参透了他的心思，是年九月奏称：“臣等遵旨会议，行查明代后裔俾守祀事，但明亡已久，子孙湮没无闻。今虽查访，亦难得实。

---

① 《清实录·圣祖实录》，第700页。

② 王季烈：《螾庐曲谈》。

③ 《清实录·圣祖实录》，第878页。

④ 《清实录·圣祖实录》，第1042页。

臣等愚见，即委该地方佐贰官一员，专司祀典，以时致祭。"康熙对此未有疑义并予以批准。但康熙四十七年，朱三太子案发，他却传谕大学士等曰："朱三者，乃明代宗室，今已七十六岁。伊父子游行教书，寄食人家。若尽拿容留伊等之人，恐株连太多。"①

朱三太子作为明代宗室，非但未能得到康熙多年前"授以职衔，俾其世守祀事"的许诺，反而满门受戮，"若尽拿容留伊等之人，恐株连太多"，没有全部诛杀收留朱三太子之人，已是额外开恩，康熙早已经将授以官职为明孝陵守陵的许诺丢在了九霄云外。

不独对朱三太子如此，仔细推究，康熙对朱元璋开创的明朝"流风善政"的推崇其实并非是"公论"，而是有着深层的私心。

首先，康熙推崇洪武的统治为"善政"，是因为确立清朝专制统治的需要。

如康熙所说，清承明制，清朝继承了洪武帝朱元璋开创的诸种制度。而与前代相比，洪武帝朱元璋统治的最大特点就是专制的加强。康熙肯定洪武制度也就是顺理成章地肯定清朝专制的不容置疑。所以，康熙也绝不允许《明史》编写者对"洪武、宣德"二帝有任何的"訾议"。

详见《圣祖实录》所载康熙对大学士等人的圣谕：

> 前者纂修《明史》诸臣所撰《本纪》、《列传》曾以数卷进呈，朕详细披阅，并命熊赐履校雠。
>
> 熊赐履写签呈奏于《洪武本纪》、《宣德本纪》訾议甚多，朕思洪武系开基之主，功德隆盛；宣德乃守成贤辟。虽运会不同，事迹攸殊，然皆励精著于一时，谟烈垂诸奕世，为君事业，各克殚尽。朕亦一代之主也。锐意图治、朝夕罔懈、综理万几、孳孳懋勉，期登郅隆。
>
> 若将前代贤君，搜求其间隙，议论其是非，朕不惟本无此德，本

① 《清实录·圣祖实录》，第324页。

无此才，亦实无此意也。朕自返厥躬，于古之圣君既不能逮，何敢轻议前代之令主耶。若表扬洪武宣德，著为论赞，朕尚可指示词臣撰文称美；倘深求刻论、非朕意所忍为也。至开创时，佐运文武诸臣、各著勋绩列传之中，若撰文臣事实优于武臣，则议论失平，难为信史。

纂修史书虽史臣职也，适际朕时，撰成《明史》，苟稍有未协，咎归于朕矣。明代《实录》及纪载事绩诸书，皆当搜罗藏弃。异日《明史》告成之后，新史与诸书俾得并观，以俟天下后世之公论焉。前曾以此上旨、面谕徐元文。尔等当知之。[①]

之所以反对对"洪武、宣德"二帝"訾议甚多"，原因就在于"洪武系开基之主，功德隆盛；宣德乃守成贤辟"，更重要的是因为"朕亦一代之主也"。如果允许对前朝的开国之君、守成之君挑三拣四，那么将来康熙自己和他的祖父辈也会落得这样的下场。康熙虽不是开国之君，但他也是以守成之君自诩的。

那么明史学家对"洪武、宣德"二帝的"訾议"到底是什么呢？具体内容我们已不可能知道，但笔者估计应该与黄宗羲等思想家的观点相接近。明亡清兴的事实，极大地刺激了清初的思想家如黄宗羲、顾炎武等人。他们在反思明朝灭亡的教训时，对明朝政治制度的批判，已经触及到君主专制的实质，尤其是对朱元璋的专制制度进行了尖锐的批判，"有明之无善政，自高皇帝（朱元璋）罢丞相始"[②]。

中国封建社会的历史，从秦始皇统一中国，建立了专制主义的中央集权的国家以后，历代封建王朝辅佐皇帝发号施令的中枢机构，大致经历了由丞相府（掌行政）、太尉府（掌军政）、御史府（掌机要和监察）变为中书省（取旨）、门下省（职司审核）、尚书省（执行政务）的三省制，然后又由三省制度变为元代中书省的一省制这样几个主要阶段。

① 《清实录·圣祖实录》，第700页。

② （清）黄宗羲：《明夷待访录·置相》，载《黄宗羲全集》第1册，浙江古籍出版社，1985年版，第7页。

元代只设中书省控制六部，显示出中央权力已经集中于一个机构，何况中书省多由皇太子兼任，更有独裁的倾向。但元朝国君又担心皇太子不懂政事，设丞相辅佐皇太子，为了避免丞相专权，再增设左右丞相分管，丞相又接受皇帝的任免和控制，以致最后，皇帝或者是皇太子遂得以享受独裁专制特权。

明太祖则干脆取消丞相，分置六部，使“彼此颉颃”，实则由皇帝“总之”和控制。《明太祖祖训》首章云：“敢有奏请设立丞相者，文武群臣即劾奏，本身凌迟，全家处斩。”这样，丞相被罢免后，“天子更无与为礼者矣！遂谓百官之设，所以事我，能事我者我贤之，不能事我者我否之”①，更有利于皇帝的独裁。

有明一代，臣位低下。而且是皇上对大臣动辄予以廷杖，又因为猜忌臣下，（洪武）特设锦衣卫、（永乐）东厂、（成化）西厂等特务机关予以严密监视，并成为皇帝滥用私法的法庭，越发凸显皇帝独裁。

清承明制，也废除了丞相职位，而且在皇帝独裁方面，更是青出于蓝，用人权力全由皇帝掌握。至于君尊臣卑情况，更远甚于明代：“明朝仪，臣僚四拜或五拜，清始有三跪九叩之制；明百官于御前侍坐，起立奏事，清廷则奏对无不跪地；明六曹答诏称卿，清则率斥为尔，而满蒙大吏折奏，咸自称奴才。”②

而清代对言论自由与结社自由的限制，更显示出专制的加强。顺治十七年（1660），严禁结社订盟。自顺治至乾隆四朝，屡次大兴文字与言论之狱，康熙朝就有金圣叹揭帖、庄廷珑明史案等九案。明、清两朝总的趋势是皇帝的权力不断强化，相权则日益缩小。“中国之被訾为专制王朝，实指此一时期（元明清）而言，尤以清代为然。”③

康熙大力推崇朱元璋的开国有为、明成祖朱棣的守成，为明太祖亲笔题碑文的诸多做法其实都是政治上的作秀，之所以这么做是因为康熙的位置和他们有着相似性。朱元璋之于明朝和康熙之于清朝是有相

① （清）黄宗羲：《明夷待访录·置相》，载《黄宗羲全集》第1册，第7页。

② 钱穆：《国史大纲》，商务印务馆1994年版，第833～834页。

③ 侯家驹：《中国经济史》，北京新星出版社2008年版，第594页。

似性的，清朝入关的武功是康熙的祖辈打下来的，而康熙朝的文治却多赖于康熙文化政策的成功，他称赞明太祖实际上是标榜自己，与短命的顺治相比，康熙对清朝统治立下的功劳更卓著。在推崇前朝皇帝的同时，康熙将自己也加入了历代圣王的序列，成为继洪武之后又一位伟大的君主。这既是其初衷，也是亲祭洪武的成效。至此，康熙让清朝真正成为汉族臣民心目中接续明朝正统的愿望可谓初步实现。

其次，康熙推崇洪武帝，亲祭明孝陵，也是为了能更好地争取汉人的认同。

清朝以异族身份入主中原，康熙初年，统治尚未完全稳定，特别是三藩之乱，让康熙清楚地认识到化解汉族士人“华夷之防”的重要性。康熙三十八年南巡时，康熙谕大学士说因为“明代洪武乃创业之君”，所以要亲往祭奠，大臣们认为前两次南巡时明孝陵已经“业蒙亲往”，这次派遣大臣祭奠即可：“南巡江宁，于明洪武陵复屡经拜酹，优礼胜国之君，用尽执谦之节。此又前史所未见也……故凡所措施悉高出于前代帝王之上。”但康熙却执意前往：“洪武乃英武伟烈之主，非寻常帝王可比也。”①

对明太祖的祭奠无疑是尊重汉人礼仪秩序的最好表达，而明孝陵所处的南京又是反清的江南士人的策源地。“垂白之叟，含哺之氓，罔不感仰圣仁，至于流涕”的场景，不无夸张地反映出了康熙亲祭典礼在江南所产生的政治效应。康熙对明孝陵的数次亲祭也是对儒家思想的推崇并借此凸显自己的道德形象，以争取满汉臣僚道德上的认同。

再次，康熙批判明末诸帝的亡国之政是为了证明清朝取代明朝的理所当然性。

康熙对明末诸帝的亡国之政批判的程度越深刻，清代明的改朝换代性就越合理。康熙诛杀朱三太子的行为恰恰表明他内心对明朝的余威存在着隐忧。他可以对死去的明朝皇帝备加礼遇，却难以容忍以其名号存在的任何力量，哪怕是一位行将就木的老人。明朝只能作为死

---

① （清）康熙：《圣祖仁皇帝御制文集》卷十四，载《四库全书》集部第237册，第148页。

去的辉煌接受他的敬仰，绝不能成为现实的力量，对清朝的统治构成哪怕是微不足道的威胁。

康熙五十年(1711)，《南山集》案的发生也是因为康熙帝对复明力量始终保持着高度的警惕。在清朝“外夷”身份与汉族士人“华夷之防”观念之间依然存在冲突的时候，对明朝历史的利用、对其解释权的独占就显得分外重要。

最后，康熙悯崇祯帝是为了向群臣提倡忠君思想。

虽然，康熙将明朝的灭亡归咎于“万历、泰昌、天启”三朝造成的宦官专权、门户党争、士气浇薄等原因，但对于自缢的崇祯，则网开一面：“愍帝即位，未尝不励精图治，而所值事势，无可如何。”其实，崇祯帝何尝没有亡国的责任！

而《明史》中专门表彰为崇祯帝死难的忠臣，同时又设《二臣传》对降清的明朝文武群臣进行“诛心”，可见，康熙只不过借悲悯崇祯提倡忠君思想罢了。康熙四十四年南巡时，康熙专门书写“忠节不磨”匾额，并命悬挂于陆秀夫祠堂，“忠荩永昭”匾额，令悬于宗泽庙。陆秀夫是南宋抗元并为南宋死节之臣，宗泽则一生坚持抗金事业郁郁而终。康熙表彰陆秀夫和宗泽，显然是因为他们的忠君气节，而非赞赏他们反抗其他民族的事业。

在康熙看来，“有明二百余年，其流风善政，诚不可枚举”，“且明代无女后预政、以臣陵君等事”，明朝没有出现后宫干政、以臣陵君等威胁皇帝大权的事情，这样的君臣关系是康熙非常放心的。

总之，康熙对洪武的推崇、对弘光的痛恨、对崇祯的悲悯都只是一种借用，或者说是一种态度的表达，这种态度只有理性的反思而无情感的寄托。所以，康熙对待《明史》的态度与孔尚任“桃花扇底送南朝”的真情送葬不同，与遗民们的老泪横流也不同。康熙对弘光等诸帝的恨未必是真恨，因为弘光等人的亡国之政等于把江山拱手让与满清政权；但恨弘光的态度却表明了他不愿意步弘光等人后尘，同时也借以博得明朝遗民的好感，因为清初遗民反思明亡时，也深刻意识到了宦官专权、门户党争的危害性。康熙对洪武的推崇也是对洪武建立的皇权制

度的推崇，而不是个人情感的表达。

等到《桃花扇》上演，灯火阑珊处的明朝遗民借此流露对故明王朝的思念，并毫无顾忌地老泪横流时，《桃花扇》的作者当然就被"莫名其妙"地罢官了。

第二节　《桃花扇》——一篇形象的《过金陵论》

在明朝灭亡和明清兴替的问题上，康熙已经明确表明了他的态度和立场：亡于明末诸帝的怠政、亡于党争、亡于"流贼"李自成等的农民起义，清承明兴乃是消灭"流贼"，顺天承运为明朝"复仇"。这当然也是当时唯一而且合法的态度。作为康熙提拔的国子监博士，孔尚任在诗文活动中也一直和康熙保持着一致。《桃花扇》这部以昆曲传奇写成的南明史，自然不会置康熙的态度于不顾，敢于提出如今天某些论者所说的"反清复明"。

《桃花扇》在反思明亡的教训方面和康熙的结论是一致的，确实没有新意，但这并不表示我们对《桃花扇》持否定态度；恰恰相反，《桃花扇》以严谨的结构、成功的形象塑造、动人的曲律和戏曲语言完成了对明朝灭亡的反思、批判与悼念，这是孔尚任高于康熙的地方，也是《桃花扇》成为戏曲史以及文学史中的经典的原因。

康熙多次谈到他对明朝灭亡的看法，但以康熙二十三年南巡祭拜明孝陵时所写的《过金陵论》最详：

金陵，《禹贡》扬州之域。秦立郡县为秣陵，两汉因之。孙权时称建业，东晋及宋齐梁陈地号佳丽。隋唐之间，六朝旧迹渐至湮没。南唐李氏始更筑城，名金陵府。明有天下，建都于此。窥明太祖之意，以为宅中图大，控制四方，千百世无有替也。岁在甲子，冬十一月，朕省方南来，驻跸江宁。将登钟山，酹酒于明太祖之陵。道出故宫，荆榛满目。昔者凤阙之巍峨，今则颓垣断壁矣。昔者玉河之湾环，今则荒沟废岸矣。路旁老民，跽而进曰，若为建极殿，若

> 为乾清宫，阶砧陛级，犹得想见其华构焉。
>
> 夫明太祖以布衣起淮泗之间，经营大业，顺天应人，奄有区夏。顷过其城市，闾阎巷陌，未改旧观，而宫阙无一存者。睹此兴怀，能不有吴宫花草、晋代衣冠之叹耶？昔人论形势之地，首推燕秦，金陵次之。然金陵虽有长江之险为天堑，而地脉单弱，无所凭依。六朝偏安，弗克自振。固历数之不齐，或亦地势使然也。明自文皇靖难之后，尝以燕京为行在，宣德末年，遂徙而都之。其时金陵台殿苑囿之观，声名文物之盛，南北并峙，远胜六朝。迨承平既久，忽于治安。
>
> 万历之后，政事渐弛，宦官朋党交相构陷；门户日分而士气浇漓；赋敛日繁而民心涣散。闯贼以乌合之众，唾手燕京，宗社不守；马、阮以嚣伪之徒，托名恢复，仅快私仇。使有明艰难创造之基业，未三百年而为丘墟，良可悲夫！
>
> 孟子曰："天时不如地利，地利不如人和。"有国家者，知天心之可畏，地利之不足恃，兢兢业业，取前代废兴之迹，日加警惕焉，则庶几矣！①

康熙此文第一表明了他对明代洪武皇帝朱元璋的尊敬："夫明太祖以布衣起淮泗之间，经营大业，顺天应人，奄有区夏。"第二是对明亡教训的总结："万历之后，政事渐弛，宦官朋党交相构陷；门户日分而士气浇漓；赋敛日繁而民心涣散。闯贼以乌合之众，唾手燕京，宗社不守；马、阮以嚣伪之徒，托名恢复，仅快私仇。使有明艰难创造之基业，未三百年而为丘墟，良可悲夫！"康熙认为万历以后宦官干政、朋党相争、士气浇漓、赋税日重是明朝灭亡的重要原因，以至于"闯贼"李自成"唾手燕京"，遂致明朝灭亡。在明亡的问题上，对清军入关的杀戮、南下屠城的残暴，他是绝口不提的。第三是借古鉴今："有国家者，知天心之可畏，地利之不足恃，兢兢业业，取前代废兴之迹，日加警惕焉，则庶

① 康熙：《圣祖仁皇帝御制文集》卷一八〇，载《四库全书》集部第2372册，第191页。

几矣！”

对照以上三点，在对明朝灭亡教训的总结上，孔尚任的《桃花扇》可以说是对《过金陵论》的形象注解。

一、“以离合之情，写兴亡之感”，“惩创人心，为末世之一救”

与康熙的“取前代废兴之迹，日加警惕焉”相一致，孔尚任创作《桃花扇》的目的也在于总结明朝灭亡的历史教训，作为当时及后人的借鉴。对这一点他有过多次说明。

康熙感叹说：“使有明艰难创造之基业，未三百年而为丘墟，良可悲夫！”而孔尚任则在《桃花扇小引》中说：“《桃花扇》一剧，皆南朝新事，父老犹有存者。场上歌舞，局外指点，知三百年之基业，隳于何人？败于何事？消于何年？歇于何地？不独令观者感慨涕零，亦可惩创人心，为末世之一救矣。”所谓“末世”，当然是指明末以及与明末相类似的政治混乱的“百余年”。另外，在《先声》又借老赞礼之口在开篇强调“借离合之情，写兴亡之感”。《选优》出眉批又说：“身处其境，极力装扮而不自知。所谓秦人不暇自哀，而后人哀之；后人哀之而不知鉴之，亦使后后人而复哀后人也。”

在孔尚任的时代，清取代明的合理性是不容否认的，《桃花扇》问世时距明亡已五十多年，特别是经过康熙的努力，清朝的统治已完全稳定且已经显示出了强盛之势。康熙亲自提拔的孔尚任，不可能也不敢甚至不必有反清的想法，他以得意之作《桃花扇》来附和康熙的“取前代废兴之迹，日加警惕焉”是毫无疑问的。

正是因为如此，孔尚任在开场戏中让老赞礼对清朝大唱颂歌，称之为“盛世”：

> 日丽唐虞世，花开甲子年；山中无寇盗，地上总神仙。老夫原是南京太常寺一个赞礼，爵位不尊，姓名可隐。最喜无祸无灾，活了九十七岁，阅历多少兴亡，又到上元甲子。尧舜临轩，禹皋在位；处处四民安乐，年年五谷丰登。今乃康熙二十三年，见了祥瑞一十

二种。(内问介)请问那几种祥瑞?(屈指介)河出图,洛出书,景星明,庆云现,甘露降,膏雨零,凤凰集,麒麟游,蓂荚发,芝草生,海无波,黄河清。件件俱全,岂不可贺!老夫欣逢盛世,到处遨游。昨在太平园中,看一本新出传奇,名为《桃花扇》,就是明朝末年南京近事。借离合之情,写兴亡之感,实事实人,有凭有据。老夫不但耳闻,皆曾眼见。更可喜把老夫衰态,也拉上了排场,做了一个副末脚色;惹的俺哭一回,笑一回,怒一回,骂一回。那满座宾客,怎晓得我老夫就是戏中之人!(内)请问这本好戏,是何人着作?(答)列位不知,从来填词名家,不着姓氏。但看他有褒有贬,作春秋必赖祖传;可咏可歌,正雅颂岂无庭训!(内)这等说来,一定是云亭山人了。

作为试一出《先声》,孔尚任特别强调这是“康熙甲子八月”,而且在老赞礼的唱词中特别提到“日丽唐虞世,花开甲子年”,“又到上元甲子。尧舜临轩,禹皋在位;处处四民安乐,年年五谷丰登”,“今乃康熙二十三年,见了祥瑞一十二种”,这正是表明孔尚任从来也没有忘记甲子年(康熙二十三年)康熙对他的提拔!

接下来老赞礼的这番表白,“但看他有褒有贬,作春秋必赖祖传;可咏可歌,正雅颂岂无庭训”,也是孔尚任写作《桃花扇》的态度:这段南明史他是以“作春秋”、“正雅颂”的祖训来自我要求的。

孔尚任是以“作春秋、正雅颂”的态度来写《桃花扇》的,可以说,《桃花扇》“是一部最接近历史真实的历史剧”。他在《桃花扇凡例》中说:“朝政得失,文人聚散,皆确考时地,全无假借。至于儿女钟情,宾客解嘲,虽稍有点染,亦非乌有子虚之比。”全剧以清流文人侯方域和秦淮名妓李香君的离合之情为线索,展示弘光小王朝兴亡的历史面目,从它建立的历史背景——明朝末年,李闯王攻陷北京,崇祯皇帝上吊自杀殉国,福王朱由崧被拥立,到建立后朱由崧的昏庸荒淫,马士英、阮大铖结党营私、倒行逆施,江北四镇跋扈不驯、互相倾轧,左良玉以就粮为名挥兵东进,最后只有史可法带领三千残兵坚守扬州,孤掌难鸣,结果不到

一年，扬州陷落，小王朝迅速覆灭，基本上是“实人实事，有根有据”，真实地再现了历史，如剧中老赞礼所说：“当年真如戏，今日戏如真。”(《桃花扇・孤吟》)只是迫于环境，不能直接展现清兵进攻的内容，有意回避、改变了一些情节。

所以全剧虽以侯、李的爱情为主线，实际上却是虚笔，作者用2/3的篇幅，着重于展示弘光兴衰痛史，剧中“爱情”始终串联并服务于“家国”主题。一开始写李香君与侯方域由相互爱慕而结合，这种才士与名妓的爱情，是明末东南士大夫生活中最具浪漫色彩的内容，在作者笔下，写出一片旖旎的风光。然而经过天翻地覆的变化，《入道》出当侯、李二人于南明灭亡后重新相会在南京郊外的白云庵，似乎可以出现一个团圆的场面时，却被张道士撕破以香君的鲜血点染成的代表着爱情之坚贞的桃花扇，喝断了这一段儿女之情。侯、李的爱情，被赋予了浓厚的政治色彩，也必然随着南明政权的覆灭而被时代埋葬，最后二人抛弃儿女私情，入道修真，完成了“借离合之情，写兴亡之感”的主题。

二、“私君、私臣、私恩、私仇，南明无一非私，焉得不亡！”

从封建统治阶级内部来揭示南明王朝覆亡的原因，这是《桃花扇》的突出特点，这自然有回避正面描写清兵入关江南屠城的考虑，但值得注意的是，《桃花扇》在反思南明朝政上，是非常成功的。孔尚任在《桃花扇》中形象地总结了南明小朝廷内部派系之争，着力描绘出一幅“昏君乱相”、“君私臣私”的真实图景，深刻地揭示了南明王朝覆灭的原因。正如《拜坛》出眉批所云：“私君、私臣、私恩、私仇，南明无一非私，焉得不亡！”朝廷上下充斥着昏君佞臣，中枢大臣争权于内，边防武将斗力于外，上演着一出出文争武斗的闹剧。

戏剧一开始就展示出虽然外祸内乱频仍，但南都金陵依然一片歌舞升平、醉生梦死的景象。清流文人以风流自诩，饮酒看灯，欣赏戏曲，寻访佳丽，出于门户之见揭发阉党余孽。“偏是江山胜处，酒卖斜阳，勾引游人醉赏，学金粉南朝模样。”(《听稗》)“秦淮烟月无新旧，脂香粉腻满东流，夜夜春情散不收。”(《眠香》)而阉党余孽阮大铖忙着钻营，他试图通过为李香君置办妆奁来拉拢侯方域，求得复社成员对他的原谅，好为自己谋出路。可惜的是，无论是柳敬亭，还是李香君，乃至复社成员都对他进行了大肆的羞辱和殴打。于是，阮大铖愤而转向攀附马士英，拥立福王为南明新君，开始疯狂地对复社成员进行打击报复。

在“闯贼”占领北京、崇祯自缢、清军入关、南明未稳的危急情形下，《桃花扇》展示了南明复社诸人与阉党余孽马、阮等人不顾国家安危一直忙于你死才能我活的党争的历史事实。侯方域、陈贞慧、吴应箕、蔡益所、史可法、李香君、柳敬亭、苏昆生、左良玉等人是复社成员或者同情、支持者，而弘光帝、马士英、阮大铖则为“阉党”或其保护者，掌握重兵的四镇将领黄得功、高杰、刘泽清、刘良佐受马、阮的拉拢成为阉党的附庸。

朋党之争在中国古代历史上由来已久，晚明尤为突出。无锡人顾宪成革职还乡与同乡高攀龙以及武进人钱一本等在无锡东林书院讲学、评论时政。不少朝臣遥相应和，失意士大夫闻风趋附，时人称之为“东林党”。东林党人以清流自视，坚持儒家正统道德准则，反对阉党把持朝政，因而遭到阉党的残酷迫害。东林党人和以魏忠贤为首的阉党的斗争从万历开始一直持续到崇祯帝即位。崇祯帝即位后，将魏忠贤及其党羽定为“逆案”加以惩治。崇祯年间，江南士大夫在太仓人张溥、张采组织下联合几社、应社等文社成立了新的文学兼政治社团——复社。陈贞慧、吴应箕、侯方域、黄宗羲等是复社重要成员，他们以继承东林精神自居，要求消除阉党残余势力，重振朝纲。东林党人对魏阉余孽的反击并没有随着明朝的灭亡而结束。

南明弘光朝，复社与马士英、阮大铖等当权者之间形成了激烈的冲突状态。阮大铖早在崇祯时就被列入阉党“逆案”，削职夺官，永不叙用。这尚不足以消除复社名士对阮大铖的憎恨。在被削职家居十七年后，阮大铖仍被复社成员陈贞慧、吴应箕、侯方域、黄宗羲等人以《留都防乱公揭》的形式公开辱骂。复社的反对，最终激怒了马士英，并进而促成了马士英为阮大铖复官。于是，马士英便被复社文人视为与阮同类的“阉党”。

当然，复社成员与马、阮等人在南明新君的人选上存在着矛盾。福王朱由崧的祖母是备受神宗宠爱的郑贵妃，从万历到天启年间，朝廷上围绕着储君问题展开的“妖书”、“梃击”、“移宫”等轰动一时的案件都同郑贵妃有关，且正是由于东林党人的力争，神宗和郑贵妃希望立福王朱常洵（即朱由崧父）为太子的图谋才化为泡影。正是由于担心朱由崧登基后重翻旧案，使自己在政治上失势，甚至遭受致命的打击，复社成员才不惜以“七不可立”为由极力阻止立福王。而实际上，从身份、地理位置上看，福王朱由崧反而是南明新君的合适人选。[①] 东林、复社中一些骨干分子视“门户”重于国家与社稷，爱走极端，福王继统无异于宣布他们自万历以来所坚持的对阉党的斗争失败。

全剧共四十四出，有二十五出是直接写当时党争的史实，可以说是党争推动着情节的发展。第一出《听稗》写柳敬亭对阮大铖的斗争，接下来《哄丁》、《却奁》、《阻奸》、《拒媒》、《骂筵》、《逮社》、《会狱》是侯方域、李香君、陈贞慧、吴应箕等人与以阮大铖为代表的阉党的反复较量。复社诸君子口诛笔伐的斗争方式显然没有马、阮等人以国家权力为武器的方式更有杀伤力，复社诸君子的“做事疏懒”也不敌马、阮小人的“做事殷勤”，《逮社》发生后，在阉党的大肆追捕下，东林、复社成员无招架之力，于是或入狱被杀，或逃命于荒郊水涯。

“闯贼”入京，崇祯自缢，清兵入关，整个明朝群龙无首的情况下，凤阳总督马士英勾结阉党余孽阮大铖，迫不及待首先行动。他们本着拥立新君争得头功的自私心理，勾结四镇拥立福王朱由崧在南京称帝，建立南明王朝。但福王不思收复失地，而是在马、阮的唆使下征歌选舞，贪恋声色。在《选优》中，当清兵南下的警报频传，国家民族存亡处于危急之际，当阮大铖问福王何以“慵游倦耍”时，这位当时的“中兴之主”的

---

① 就血统而言，崇祯帝的祖父神宗朱翊钧的子孙在当时有福王朱由崧、桂王朱常瀛、惠王朱常润，神宗兄弟之子有潞王朱常汸。按伦序观念，应先考虑福王、桂王、惠王，而三人中福王在伦序、地理位置上均占优势。因为：其一，“三京藩”中福藩（即老福王朱常洵）居长；其二，桂、惠二藩比崇祯帝高一辈，不如朱由崧援引“兄终弟及”（实为弟终兄及）继统更为适宜；其三，桂、惠二王在崇祯十六年（1643）张献忠部进入湖南时逃往广西，距南京较远，福王则近在淮安。

回答是，一不怕“流贼南犯”，二不愁“兵弱粮少”，三不为“正宫未立”，四不为“叛臣”造逆、谋立潞王，而只为了“点缀太平”的《燕子笺》的“脚色尚未选定”，怕误了元宵节的演出，“故此日夜踌躇，饮膳俱减耳”。真是“蛤蟆天子本无愁”。薰风殿两旁悬的那副对联“万事不如杯在手，百年几见月当头”，正是弘光这个昏君生活的真实写照。

马士英、阮大铖之徒，乘国家败亡之机拥立朱由崧，说是“幸遇国家多故，正我辈得意之秋”（《迎立》）。他们迎立福王的目的当然不是要卧薪尝胆，中兴复国，而是乘机大权独揽，把国家、民族的不幸当作自己谋权贵的绝好机会。马士英以拥立有功，升任内阁大学士兼兵部尚书，四镇武将黄得功、高杰、刘泽清、刘良佐因为在迎立福王的问题上接受了马、阮二人的拉拢，也得以进封侯爵，阮大铖得以复官。正如阮大铖所说：“天子无为，从他闭目拱手；相公（指马士英）养体，尽咱吐气扬眉。”（《媚座》）他们罗列黑名单，“日日罗织正人”（《逮社》），大肆缉捕东林党人和复社文人，对他们进行打击报复。

党争引起了南明王朝朝政、军队等方方面面的动荡，当清兵南下、国势颓危之时，马士英领着“一队妖娆，十车细软”，阮大铖带着自己的家私，早早地逃跑了。而作为南京门户的江北四镇的主将们，则是“国仇犹可恕，私恨最难消”，“一个眼睁睁同室操戈盾，一个怒冲冲平地起波涛，没见阵上逞威风，早已窝里相争闹，笑中兴封了一伙小儿曹”（《争位》）。手握重兵的四镇，一味争夺扬州地盘，相互残杀。河南总兵许定国杀了防河大将高杰，为清兵立下了“下江南第一功”；左良玉领兵东下，擅离要镇武昌，使中原失去防御；马士英调黄得功、刘良佐、刘泽青三镇阻截左良玉，结果是自家相残。而坚持抗击清兵的史可法，则被令“督师江北”，据守扬州。于是江北淮扬，千里空营，清兵乘虚而入，扬州城破，史可法孤军无援，沉江殉国，弘光小朝廷转瞬间土崩瓦解。当初马士英、阮大铖对调黄、刘三镇的后果不是不知道，而是他们认定“宁可叩北兵之马，不可试南贼之刀”，就这样，在党争的内耗下南明覆亡，党争两派也就烟消云散。

正是这些文争武斗的描写，让我们看到了南明的锦绣江山是怎样

断送在这班“昏君乱相”和“跋扈将军”的手里的，深刻地反映了南明这个历史时期的社会面貌，从不同方面说明了南明王朝没落的必然性。正如夏完淳在《续幸存录》中所说：“朝堂与外镇不和，朝堂与朝堂不和，外镇与外镇不和，朋党势成，门户大起，虏寇之事，置之蔑议。”这是一个毫无生气、毫无希望的王朝，其最终的覆亡正是历史的必然！

清初的思想家们在对明亡的教训总结中也一致认识到党争的破坏性，戴名世在《弘光朝人为东宫伪后及党祸纪略》中指出：“南渡立国一年，仅终党祸之局。东林、复社多以风节自持，然议论高而事功疏，好名沽直，激成大祸，卒致宗社沦覆，中原瓦解，彼鄙夫小人，又何足诛哉！自当时至今，归怨于孱主之昏庸，丑语诬诋，如野史之所记，或过其实。”从某种意义上讲，明王朝被断送在党争之中。马、阮等“鄙夫小人”固然可恨，然而，复社清流不顾大局，以门户为重，党争到底，影响了南明朝政的稳定，也值得后人反思。

虽然孔尚任以无限赞赏的笔法展现了同情东林党的李香君、柳敬亭、苏昆生等人坚决与马、阮斗争到底的光辉形象，但是，他最终还是不留情面地对党争造成的恶果进行了严厉的指责：复社诸人为保护清流门户请左良玉东下，移兵堵江，江北一空，南明覆亡。剧中不仅当初宣扬“幸遇国家大变，正我们得意之秋”（《迎立》）的马、阮之流转眼势败身亡，而且一向以清流自诩的陈贞慧、吴应箕等复社文人也恍然大悟：“日日争门户，今年傍哪家？”（《沉江》）

三、对复社诸人士气浇漓、为人褊狭的批判

虽然复社清流士人一再以儒家忠君修己的美德标榜自己，但是《桃花扇》中，孔尚任也难掩对他们的失望。在国家危难之际，复社清流以及忠臣史可法等人虽竭力与阉党划清界限，却没有能力成为乱世中的中流砥柱，来扭转乾坤。

侯方域身为复社四公子之一，是当时与阉党魏忠贤余孽进行斗争的士人领袖。在孔尚任笔下，他对阉党斗争到底的态度是非常明确的。戏剧开场时，他因得知柳敬亭曾经依附阉党所以拒绝前往柳处听其说

书，后知其已经离开阉党，便对柳敬亭肃然起敬（《听稗》）；虽然他因一时糊涂差点收了阮大铖为李香君置办的妆奁，但在香君"却奁"行动的感染下，马上悔悟，并对香君的见识佩服有加。

当马士英拉拢史可法拥立福王时，他明确地向史可法指出福王有"三大罪"和"五不可"，集中表明了他作为复社领袖的立场。福王朱由崧的父亲是郑贵妃之子，郑贵妃曾有谋害太子欲立自己的儿子为太子的行为，这是第一罪："福邸藩王，神宗骄子，母妃郑氏淫邪。当日谋害太子，欲行自立，若无调护良臣，几将神器夺窃。不可拥立。"（《阻奸》）第二罪是"骄奢"："骄奢，盈装满载分封去，把内府金钱偷竭。昨日寇逼河南，竟不舍一文助饷，以致国破身亡；满宫财宝，徒饱贼囊。"第三宗罪："这一大罪，就是现今世子德昌王，父死贼手，暴尸未葬，竟忍心远避。还乘离乱之时，纳民妻女。"（实际上，多年前祖母郑贵妃争立太子的行动根本和福王朱由崧无关；至于北京沦陷时舍不得出钱助饷的又岂止福王朱由崧一人！"三宗罪"从道德品质方面否定福王，这正是东林党以及复社诸人一贯使用的政治斗争的大旗）接着又提出"五不可"："第一件，车驾存亡，传闻不一，天无二日同协。第二件，圣上果殉社稷，尚有太子监国，为何明弃储君，翻寻枝叶旁牒。第三件，这中兴之主，原不必拘定伦次的分别，中兴定霸如光武，要访取出群英杰。第四件，怕强藩乘机保立。第五件，又恐小人呵，将拥戴功挟。"当然，孔尚任对侯方域提出的"三大罪"、"五不可"是赞赏有加的，这从史可法接受侯方域的建议断然拒绝阮大铖的态度可以看出。

但问题是侯方域和史可法在否定了福王的人选后，并没有拿出可行的方案以及可以信赖的新君人选，只是拖延着说："中兴定霸如光武，要访取出群英杰。"当时的情形怎么容得丝毫拖延！

阮大铖在忍受了史可法的拒绝和看门人借他的名字快意地对他进行侮辱后，决定铤而走险：

阮大铖（恼）：好可恶也，竟自闭门不纳了。（呆）罢了！俺老阮十年之前，这样气儿也不知受过多少，且自耐他。（搓手）只是当前

机会，不可错过。这史可法现掌着本兵之印，如此执拗起来，目下迎立之事，便行不去了，这怎么处？（想）呸！我倒呆气了，如今皇帝玉玺且无下落，你那一颗部印有何用处。（指）老史，老史，一盘好肉包掇上门来，你不会吃，反去让了别人，日后不要见怪。

在第十五出《迎驾》中，马、阮二人干脆撇开史可法，拉拢四镇将领以及众多官僚迎接福王在南京即位。马、阮迎立有功，把持了朝政大权，开始对复社以及史可法进行打击报复。首先解除了史可法兵部尚书的职位，将他调离南京至扬州督师江北。侯方域留在史可法军中出谋划策。

但史、侯二人很快表现出忠气有余、治军乏术的不足。因“流寇”南下，史可法召集四镇商议防河大事，但是，靖南伯黄得功、东平伯刘泽清、广昌伯刘良佐因为不满于兴平伯高杰占了扬州、坐了首座而发生内讧，《争位》、《和战》、《移防》、《赚将》极写四将对高杰的不能容忍以及高杰的傲慢自大，直至高杰被逼移防黄河，被总兵许定国夫人骗去杀掉才告一段落。面对四镇的争斗，史可法无能为力，屡屡以自杀相威胁：“老夫已拼一死，更无他法；侯兄长才，只索凭你筹划了。”侯方域也只能“自叹经纶空满纸”。虽然他也提出了一些政治见解，但终究只是纸上谈兵，在与政治、军事有关的大事上处处无能为力，可以说完全表现了书生的无用。例如在《赚将》一出中，侯方域作为监军随高杰至黄河防河，高杰刚至汛地就对总兵许定国大肆侮辱，侯方域劝说高杰不要再进行内斗：

（生摇手介）这是万万行不得，昨日教场一骂，争端已起。自古道“强龙不压地头蛇”，他在唇齿肘臂之间，早晚生心，如何防备？（副净指生介）书生之见，益发可笑！俺高杰威名盖世，便是黄、刘三镇，也拜下风，这许定国不过是走狗小将，有何本领？俺倒防备起他来！（生打恭介）是，是，是，元帅既有高见，小生何用多言！就此辞归，竟在乡园中打听元帅喜信罢。（副净拱介）但凭尊意。（生

冷笑拂袖下)

史可法当初原为高杰有勇无谋,怕他有失,才派侯生去监军,责任重大,侯生如此重担在肩,何能轻卸?万一出了差错,既对不起付托大事于他的史可法,更对不起国家、民族。而事实上呢,他居然不力争扭转莽将军的轻举妄动,反而耍公子脾气,甩下一句"小生何用多言"就一走了之,赌气还乡,放弃了监军的责任。侯方域流落南京被逮入狱,为救侯方域,武昌兵马大元帅左良玉领军东下南京讨伐马、阮二人,马士英调黄得功军队截杀左良玉父子军队。当许定国夫人杀掉高杰将其人头献于"北军",打开黄河大门迎接清军南下时,各镇将领都在忙于内战,只有史可法带领三千士兵死守扬州。扬州失守的消息传到南京,南京震惊,弘光帝深夜出逃。南明王朝就此作鸟兽散。

史可法投江、黄得功和左良玉自杀、侯方域入道的结局,虽然极其悲壮,但是都不能掩盖他们在南明覆亡过程中应该承担的责任。

其他的复社诸人又怎么样呢?

《听稗》中复社主要人物一出场,便暴露了自己的政治无能:

(末)小生宜兴陈贞慧是也。(小生)小生贵池吴应箕是也。(末间介)次兄可知流寇消息么?(小生)昨见邸抄……中原无人,大事已不可问,我辈且看春光。(合)无主春飘荡,风雨梨花催晓妆。

"大事"既"不可问","且看春光"又于事何补!

《哄丁》中,他们抱住历史不放,表示"分邪正,辨奸贤,党人逆案铁同坚"。利用文庙对阮大铖大加挞伐,吴应箕在总结这次斗争时说:"今日此举,替东林雪愤,为南监生光,好不爽快!以后大家努力,莫容此举再出头来。"秦淮观灯,打出"复社会文,闲人免进"的灯笼,忠奸倒是分明,但清流文人偏执、狭隘的心态也暴露无遗。

四、"子孝臣忠"，塑造忠臣形象，宣扬忠君思想

孔尚任一直强调"子孝臣忠"，试一出《先声》开头就让老赞礼唱道："子孝臣忠万事妥，休思更吃人生果。"柳敬亭也说："这些含冤的孝子忠臣，少不得还他个扬眉吐气；那班得意的奸雄邪党，免不了加他些人祸天诛；此乃补救之微权，亦是褒讥之妙用。"（《修札》）以达到"惩创人心"的艺术目的。当然，明朝灭亡，以身殉国、殉君的忠臣数不胜数，在《桃花扇》中，孔尚任塑造的忠臣史可法的形象可谓感人至深。

《沉江》中，"北军"攻破扬州城后，史可法自述道：

> 俺史可法率三千子弟，死守扬州，哪知力尽粮绝，外援不至。北兵今夜攻破北城，俺已满拼自尽。忽然想起明朝三百年社稷，只靠俺一身撑持，岂可效无益之死，舍孤立之君。故此缒下南城，直奔仪真，幸遇一只报船，渡过江来。

他本来打算"满拼自尽"，但是想到还有重任在身，"忽然想起明朝三百年社稷，只靠俺一身撑持，岂可效无益之死，舍孤立之君"。于是从城中逃出，渡江南来，追寻弘光帝。但是遇到老赞礼之后，听说弘光帝已逃难出城，于是史可法决定投江自尽：

> （顿足哭）唱【普天乐】撇下俺断篷船，丢下俺无家犬；叫天呼地千百遍，归无路，进又难前。（登高望）那滚滚雪浪拍天，流不尽湘累怨。（指）有了，有了！那便是俺葬身之地。胜黄土，一丈江鱼腹宽展。（看身）俺史可法亡国罪臣，那容的冠裳而去。（摘帽，脱袍、靴）摘脱下袍靴冠冕。
>
> 你看茫茫世界，留着俺史可法何处安放。累死英雄，到此日看江山换主，无可留恋。（跳入江翻滚下）

正如老赞礼所哭，史可法是"好一个尽节忠臣"，他是忠于自己的国君而死，孔尚任所宣扬的这种“忠君”行为是与清朝提倡的忠君思想相一致的。

事实上，史可法死守扬州、扬州城破后自杀身亡，仅隔一月，清军统帅、豫王多铎就下令为他修建祠堂，此后清朝统治者一再对他加以褒扬，以达到笼络人心和彰扬忠节的双重目的。所以有论者认为歌颂史可法就是孔尚任反清思想的表现，那是因为忽视了这种歌颂原本就是由清朝统治者领头的。

虽然孔尚任亦步亦趋地跟随着康熙《过金陵论》的节奏，在《桃花扇》中对明朝亡国进行反思，所得结论也不外乎宦官弄权、君昏相乱、朋党相争、士气浇薄等康熙的定论，并未达到明末清初思想家王夫之、顾炎武、黄宗羲对专制制度批判的高度；但是，作为一部成功的传奇作品，《桃花扇》演出后在感情上掀起的故明情怀，出乎了康熙的意料，孔尚任也因此被罢免。这也是孔尚任被罢官后，在北京停留了三年，迟迟不肯回乡的原因，因为他无论如何想不到，他对康熙的《过金陵论》的亦步亦趋竟然会成为被罢官的借口。

第三节　从遗民泪看《桃花扇》的成功与孔尚任的被罢官

康熙二十八年离开扬州回到北京后，孔尚任仍一直担任国子监博士。康熙三十四年九月下旬，孔尚任迁户部主事，知宝泉局监铸，官正六品，较之原先的正八品国子监博士连升两级。这次升迁是清政府管理机构大幅调整的结果，大批官员获得了升迁的机会，孔尚任和孔尚钕都同时获得了同等级别的升迁（孔尚钕由国子监博士升为户部江南清吏司主事，康熙三十六年十一月病卒于任上）。康熙三十六年，因平定噶尔丹，康熙颁诏大赦，封赏百官，孔尚任受封承德郎（正六品文官虚衔），孔尚任的升迁和受封虽非康熙的单独提拔，但是连升两级，这说明孔尚任和孔尚钕作为康熙额外议用的“圣裔身份”，对于负责升迁二人职务的有关人员来说，还是非常具有参照性的。

从任职户部开始，孔尚任全心投入了《桃花扇》的写作，康熙三十八

年六月，《桃花扇》三易其稿之后，终于完成。此剧一经问世，便名播京城。孔尚任自云："《桃花扇》本成，王公荐绅，莫不借钞，时有纸贵之誉。"(《桃花扇本末》)

《桃花扇》的流传也引起了康熙皇帝的注意："已卯(1699)秋夕，内侍索《桃花扇》本甚急；予之缮本莫知流传何所，乃于张平州中丞家，觅得一本，午夜进之直邸，遂入内府。"(《桃花扇本末》)

康熙三十八年年底至三十九年年初，《桃花扇》的流传给孔尚任增添了无限风光。"已卯(1699)除夜，李木庵总宪遣使送岁金，即索《桃花扇》为围炉下酒之物。开岁灯节，已买优扮演矣。其班名'金斗'，出之李相国湘北先生宅，名噪时流，唱《题画》一折，尤得神解也。"(《桃花扇本末》)

康熙三十九年正月初七，孔尚任招友人齐集岸堂，演奏新曲《桃花扇》。康熙三十九年二月，衍圣公孔毓圻来京向康熙呈送《幸鲁盛典》。三月初十，康熙赐宴于礼部。值得注意的是，以往孔毓圻来京拜见康熙，康熙都要赐宴，并让孔尚任作陪。对此，孔尚任都有感恩纪事的诗来记载。但这次，孔尚任的诗集中除了记录他在衍圣公孔毓圻于北京的府邸和孔传铎(孔毓圻长子)、顾彩等集饮，听《桃花扇》曲外，并没有别诗证明他也参加了康熙这次招待衍圣公的宴会。也许这时康熙已经决定了要罢孔尚任的官职？

文场得意的孔尚任似乎时来运转，官场也颇为得意。这年上巳(三月初三)后不久，孔尚任便被户部晋升为户部广东清吏司员外郎，官从五品。

谁知好景不长，升官短短十天之后，孔氏便以"耽于诗酒，荒废政务，宝泉局监铸不善"[①]的罪名被贬，时间之快，出人意料。而当时孔尚任的友人也颇感疑惑，刘中柱《真定集·送岸堂》云："身当无奈何将隐，事在莫须有更悲。"因此，孔氏罢官可谓"疑案"。袁世硕先生在《孔尚任年谱》中指出了孔氏罢官中的四大疑点：其一，孔尚任为康熙亲自提拔，

① 袁世硕：《孔尚任年谱》，第157页。

不经康熙同意，户部不应轻易罢其官；其二，孔尚任晋升户部员外郎仅十余天，不应如此迅疾；其三，孔尚任罢官正当衍圣公孔毓圻进呈《幸鲁盛典》之际，孔尚任恰是康熙幸鲁盛典的受益者，罢官时刻颇为敏感，并非偶然巧合；其四，孔尚任罢官之后欲拜见其户部的直接上司兼好友田雯，被拒之门外，田雯有刻意回避之嫌。

孔尚任在《和蔡纲南赠扇原韵送之南还》一诗中说："满眼浮云幻莫窥，逢君说破古今疑。"并自注云："予被谪疑案，纲南颇知，曾赠金慰予。"但究竟疑案细节如何？我们不得而知。在《放歌赠刘雨峰寅丈》一诗中，孔尚任认为："命薄忽遭文章憎，缄口金人受谤诽。"他的罢官可能与某篇"文章"或他的文学才能有密切关联，但这招人妒忌、诽谤的"文章"是什么？缺乏明确的资料记载加以证实。

袁世硕先生在《孔尚任年谱》中认为："《桃花扇》虽无悖逆之词，褒忠诛奸也合乎圣道，但演明末遗事，题材本身容易动人兴亡之感。至少表明孔尚任耽于词曲，没有勤于王事，有负皇帝示以特别眷顾、朝廷破格任用之初衷。孔尚任又毕竟是康熙自己作为尊儒崇圣的姿态而特拔的'圣裔'，也不好公然加罪，所以康熙便含糊其辞地示意户部堂官将孔尚任解职。"[①]笔者非常认同袁先生的见解，那就是《桃花扇》是孔尚任被罢官的直接原因，只不过找了个"户部宝泉局监铸不善"的借口。笔者补充以下几点作更具体的说明：

首先，《桃花扇》在总结明亡的教训上虽然和着康熙的节拍，在理性反思上完成了对南明君臣的批判，但《桃花扇》在读者和观者中所产生的反响，却与康熙痛恨弘光的舆论基调完全不同。

剧中成功的人物形象塑造和诗化的曲文却并没有止于批判这个层面上，而是如石投水产生了层层水波，产生了无穷的情感感发力量，引起了读者和观者的强烈同情和共鸣。也就是说，《桃花扇》并没有像康熙所定下的舆论基调那样，在全国上下掀起痛恨弘光、拥护清朝的反应，反而招致无数伤感的遗民之泪。

---

① 袁世顺：《孔尚任年谱》，第158页。

从1644年满清入关进入北京到康熙三十八年(1699)《桃花扇》成书并迅速流播，已经五十多年。随着时间的流逝和清朝统治的稳定，遗民对明、清两朝的态度，发生了巨大的变化：从对抗清朝、恢复故国的失败到避世隐居拒绝与清廷合作，再到主动接受清朝存在并且和清廷合作。这种态度的转变当然是清初特别是康熙文化政策成功的结果。

但是《桃花扇》的问世及演出，却触动了他们内心深处对故明复杂的情感，于是与康熙慷慨激昂地指责弘光不同，灯火阑珊处，不胜唏嘘、感慨流泪的则是这些故国遗老。

所以当康熙用心良苦地发出"弘光，不亡可乎"的指责，试图对《桃花扇》观者进行舆论的引导时，读者尤其是遗民的反应却是观者动容、旧臣下泪。《桃花扇本末》云："长安之演《桃花扇》者，岁无虚日，独寄园一席，最为繁盛。……然笙歌靡丽之中，或有掩袂独坐者，则故臣遗老也；灯灺酒阑，唏嘘而散。"此时，不少汉族知识分子、故臣遗老已经开始与清廷合作，清廷统治刚刚趋向稳固，《桃花扇》的问世和演出很容易勾起他们的故国之思、黍离之悲，这些在康熙看来很容易造成人心浮动，因此也是颇为忌讳的。

其次，康熙一向倡儒学而反感"泛滥诡奇，有乖经术"的道家学说，而《桃花扇》一切归于道家虚无思想的结局，恰恰与康熙唱起了反调。

如《圣祖实录·康熙二十四年》所记他对大学士下达的谕令：

> 自古经史书籍，所重发明心性，裨益政治。必精览详求，始成内圣外王之学。朕披阅载籍，研究义理。凡厥指归，务期于正。诸子百家，泛滥诡奇，有乖经术。今搜访藏书善本。惟以经学史乘实有关系修齐治平，助成德化者，方为有用。其他异端诡说，概不准收录。

康熙认为儒家的"内圣外王之学"才是有用之学，那些"诸子百家"，因为"泛滥诡奇、有乖经术"，属于"异端诡说"，"概不准收录"。而《桃花扇》的结局，恰恰是以康熙认为的"异端诡说"的道家思想收场的。

《入道》交代了忠臣史可法、左良玉、黄得功等已入仙界，史可法被“上帝”册为“太清宫紫虚真人”，左良玉被“封为飞天使者”，黄得功被封为“游天使者”，得到张微等重人的祭祀。马士英被雷劈死在台州山中，阮大铖则跌死在仙霞岭，体现了孔尚任所说的“忠臣扬眉吐气、奸雄邪党加些人祸天诛”的警示作用。但孔尚任并没有就此结束全剧。

《桃花扇》还交代了七个下层人士的结局，称他们为“南朝作者七人”，即锦衣卫千户张瑶星、书商蔡益所、画士蓝田英、妓女卞玉京、串客丁继之、说书人柳敬亭、唱曲教师苏昆生。“南朝作者七人，一武弁，一书贾，一画士，一妓女，一串客，一说书人，一唱曲人，全不见一士大夫。表此七人者，愧天下之士大夫也。”（续四十四出《余韵》夹评）他们地位卑微，即使是张瑶星，也不过是一个锦衣卫千户，并没有亲身参加对阉党的斗争，可是他们都以自己磊落的风姿自愿地选择了入道和隐居殉国。张微自己入道后又一语喝破侯、李二人双双出家：“呵呸！两个痴虫，你看国在那里？家在那里？君在那里？父在那里？偏是这点花月情根，割他不断么？”（《入道》）

孔尚任让侯方域、李香君双双入道，让“七作者”或出家或隐居，都采取了不与新朝合作的态度（事实是侯方域曾参加了清廷主办的科举考试），而所谓的“君父”则明确指向了已经灭亡的朱明王朝。这种一切皆空的道家结局与康熙皇帝笼络汉族知识分子的决策是背道而驰的，极易引起康熙的反感。

最后，《桃花扇》剧中表现了太多的遗民感情，这是让康熙最不喜欢却又最难以公开指斥的。

《桃花扇》的写作是为了借古鉴今，为清朝的统治提供借鉴。剧中明朝灭亡的教训以及对明朝的态度及评价都是和康熙的态度非常一致的。但是作为成功的戏曲作品，《桃花扇》当然不只是政治概念的解说和宣传。孔尚任不能完全置身事外，像康熙一样冷漠甚至冷酷地认同明朝灭亡的事实。如果说孔尚任对明朝的党争，马、阮的钻营，清流士气的浇漓等还是理性地展示的话，那么在遗民以及围绕在遗民周围的下层人物身上，孔尚任则情不自禁地倾注了一个文学家的感情，所以当

舞台上演出这些人物角色时，也总能引得台下的遗民们唏嘘不已。这样的一种感情寄托和共鸣，自然和孔尚任一生的经历有关。

孔尚任幼年受父亲和亲戚的影响，对明末的历史产生了强烈的兴趣。如他的父亲孔贞璠是崇祯六年举人，入清不仕，隐居乡里。当时，与孔贞璠来往密切的，也是几位明朝遗民，比如贾凫西、孔尚则等人，他们都在明朝任职，入清后或不仕，或拒仕。

很显然，前辈们的这些经历和见闻，在孔尚任幼小的心灵中，必然产生了很大影响：至少，有关弘光王朝的事，孔尚任最初就是从他们的谈论中了解到，而产生了极大的兴趣。

就如孔尚任在《桃花扇本末》中提到的："族兄方训公，崇祯末为南部曹，予舅翁秦光仪先生，其姻娅也。避乱依之，羁留三载，得弘光遗事甚悉，旋里后数数为予言之。证以诸家稗记，无弗同者，盖实录也。独香姬面血溅扇，杨龙友以画笔点之，此则龙友小史言于方训公者。虽不见诸别籍，其事则新奇可传，《桃花扇》一剧感此而作也。南朝兴亡，遂系之桃花扇底。"孔方训，名尚则，字仪之，方训为其号。他于明代崇祯十三年(1640)进士及第，始授河南洛阳知县，后任弘光王朝的刑部侍郎，迁至郎中。清军入关后，他返回故里未仕。孔尚任的舅翁秦光仪避乱投奔孔方训处三年，也因此了解到很多弘光朝遗事，返乡后"数数为予言之"。

但那时孔尚任也更多的是对"南朝兴亡"的历史事件感兴趣，父辈们的隐居不仕并未能阻挡他在清朝求仕的热忱。

孔尚任和遗民结下了真挚的友情是在他三年扬州治河期间。虽然那时康熙对遗民实行拉拢的政策(比如博学鸿儒科的举行)已经开始见效，孔尚任在和遗民的诗文交往活动中也注意以"盛世雅音"的创作主题相引导，使江南遗民能够比较主动地接受清朝的统治(比如孔尚任就帮冒辟疆的儿子冒青若在下河局谋了个差使)，但是孔尚任也真正感受到了遗民们内心对故明的依恋。孔尚任和众多的遗民结下了生死之谊，比如冒襄、黄云、宗元豫、李沂、龚贤、孙豹人、闵义行、宗元鼎、邓汉仪等人，他们追随着孔尚任在江南的行迹，将家里祖传的最宝贵的收藏品慷慨相赠,也把故明的历史往事一一叙说。比如康熙二十六年九月,年老体弱的冒襄,竟然赶了100多公里的远路,到兴化孔尚任的住处,“同住三十日”。他显然会在这30天里,把自己所知道的弘光往事,向孔尚任一一道出。

康熙二十八年七月,闲居扬州时,孔尚任去了一趟南京并凭吊了明孝陵。孔尚任专门去栖霞山拜访了张怡。李自成攻破北京、崇祯自缢煤山时,张怡曾独自守灵戴孝。李自成认为其行可嘉,“义而释之”。回到南京,张怡在弘光王朝就职,曾经手过马士英、阮大铖怀恨报复所制造的党狱。明亡后,张怡隐居在栖霞山的白云庵中。多年不见外人的张怡不但接受了孔尚任的拜访,而且告诉了他很多“不足为外人道”的话。由于张怡的独特经历和他对孔尚任的“数语发精微”,孔尚任把他安排在《桃花扇》中承担总结兴旺的任务——充当经星张微张道士。

孔尚任不但从这些遗民身上了解到更翔实的第一手资料,而且被他们对故明的感情所感动。所以《桃花扇》续四十出的《余韵》其实就是让这些遗民为故明送葬,柳敬亭的一曲弹词“秣陵秋”和苏昆生的“哀江南”是对故明和南明王朝最沉痛的悼念。

柳敬亭的弹词“秣陵秋”如吴梅村的长篇歌行体,长歌当哭,追忆南明亡国史:

> 柳敬亭:(弹弦)六代兴亡,几点清谈千古慨;半生湖海,一声高唱万山惊。(照盲女弹词,唱“秣陵秋”)陈隋烟月恨茫茫,井带胭脂土带香;骀荡柳绵沾客鬓,叮咛莺舌恼人肠。中兴朝市繁华续,遗孽儿孙气焰张;只劝楼台追后主,不愁弓矢下残唐。蛾眉越女才承选,燕子吴歈早擅场;力士签名搜笛步,龟年协律奉椒房。西昆词赋新温李,乌巷冠裳旧谢王;院院宫装金翠镜,朝朝楚梦雨云床。五侯阃外空狼燧,二水洲边自雀舫;指马谁攻秦相诈,入林都畏阮生狂。春灯已错从头认,社党重钩无缝藏;借手杀仇长乐老,胁肩媚贵半闲堂。龙钟阁部啼梅岭,跋扈将军噪武昌;九曲河流晴唤渡,千寻江岸夜移防。琼花劫到雕栏损,玉树歌终画殿凉;沧海迷

家龙寂寞，风尘失伴凤彷徨。青衣衔璧何年返，碧血溅沙此地亡；南内汤池仍蔓草，东陵辇路又斜阳。全开锁钥淮扬泗，难整乾坤左史黄。建帝飘零烈帝惨，英宗困顿武宗荒；哪知还有福王一，临去秋波泪数行。

“哀江南”为苏昆生所唱，曲词通过他在南明灭亡后重游南京所见的凄凉景象，话兴亡之感，抒亡国之恨，表达了强烈的故国哀思。

苏昆生：那时疾忙回首，一路伤心，编成一套北曲，名为《哀江南》。待我唱来！（敲板唱弋阳腔）

（“北新水令”总起）山松野草带花挑，猛抬头秣陵重到。残军留废垒，瘦马卧空壕；村郭萧条，城对着斜阳道。

（“驻马听”吊金陵）野火频烧，护墓长楸多半焦。山羊群跑，守陵阿监几时逃。鸽翎蝠粪满堂抛，枯枝败叶当阶罩；谁祭扫，牧儿打碎龙碑帽。

（“沉醉东风”吊故宫）横白玉八根柱倒，堕红泥半堵墙高，碎琉璃瓦片多，烂翡翠窗棂少，舞丹墀燕雀常朝，直入宫门一路蒿，住几个乞儿饿殍。

（“折桂令”吊秦淮）问秦淮旧日窗寮，破纸迎风，坏槛当潮，目断魂销。当年粉黛，何处笙箫。罢灯船端阳不闹，收酒旗重九无聊。白鸟飘飘，绿水滔滔，嫩黄花有些蝶飞，新红叶无个人瞧。

（“沽美酒”吊长桥）你记得跨青溪半里桥，旧红板没一条。秋水长天人过少，冷清清的落照，剩一树柳弯腰。

（“太平令”吊旧院）行到那旧院门，何用轻敲，也不怕小犬哰哰。无非是枯井颓巢，不过些砖苔砌草。手种的花条柳梢，尽意儿采樵；这黑灰是谁家厨灶？

（“离亭宴带歇指煞”总收）俺曾见金陵玉殿莺啼晓，秦淮水榭花开早，谁知道容易冰消。眼看他起朱楼，眼看他宴宾客，眼看他楼塌了。这青苔碧瓦堆，俺曾睡风流觉，将五十年兴亡看饱。那乌衣巷不姓王，莫愁湖鬼夜哭，凤凰台栖枭鸟。残山梦最真，旧境丢难掉，不信这舆图换稿。诌一套哀江南，放悲声唱到老。

正是末世哀音，一唱三叹，其中对旧朝的深深惋惜与依恋，以及“俺曾见金陵玉殿莺啼晓，秦淮水榭花开早，谁知道容易冰消。眼看他起朱楼，眼看他宴宾客，眼看他楼塌了”的虚无，在处于王朝上升期的康熙看来，当然大煞风景。

孔尚任有近二十年的仕途生涯，他对清朝官员的贪污、腐败、党派之争有着深切的痛恨和无能为力感，即使是康熙也多次感叹“贪官”难除、“党争”难断。这些其实是封建制度本身体内产生的无法消除的毒瘤。明亡于此，那么清朝呢？孔尚任看不到新的道路和方向。所以，苏昆生的悲歌，不仅是对南明王朝的凭吊，不仅是对三百年大明江山一旦覆亡的伤感，也不仅是对瞬息万变的历史兴亡的慨叹，在这些凭吊、伤感、慨叹的深处，蕴含着和后来的曹雪芹一样的对封建社会“忽喇喇似大厦倾，昏惨惨似灯将尽”的历史趋势的预感，唱出了封建末世的时代哀音！

当然，《余韵》最后，孔尚任还是从理智上结束了对南明历史的批判，那就是“开国元勋留狗尾，换朝逸老缩龟头”。让皂隶徐青君一曲“清江引”结束全剧：“大泽深山随处找，预备官家要。抽出绿头签，取开红圈票，把几个白衣山人吓走了。”孔尚任安排这个徐青君出场是精心构思、颇有深意的。第一出《听稗》，侯方域约社友往冶城道院赏梅，家童报说：“魏府徐公子，要请客看花，一座大大道院，早已占满了。”这看似可有可无之笔，实则“为末折皂隶伏脉”（眉批）。就是这位“生来富贵、享尽繁华”的开国元勋魏国公徐达的子孙，国破家亡之后，在上元县当了清朝皂隶，奉命携带绿头签、红圈票，捉拿山林隐逸。苏、柳等人闻信逃走无踪，故徐青君自唱此曲。此出尾评曰：“徐皂隶即首出之徐公子也。先著其名，未露其面。一起一结，万层深心，索解人不易得也。”眉批亦云：“红帽皂隶来结《桃花扇》，谁能猜着？”其实，不用索解，另一眉批已透出了个中消息：“三百年之君，始于明太祖，终于弘光，三百年

之臣，始于魏国公，终于皂隶，皆狗尾也。"意谓有明三百年基业都是葬送在有明君臣的不肖子孙手里。所以作者让其自嘲曰："开国元勋留狗尾，换朝逸老缩龟头。"这样结尾，寓有作者对昏君佞臣深刻讽刺之意。故眉批又曰："续四十出，山人自谦曰：貂不足，狗尾续。谁知皂隶虽是狗尾，文章却是龙尾。"

遗民的老泪纵横表明，显然《余韵》出苏、柳二人葬歌的情感影响力远远超过了孔尚任的理性批判。康熙一直把孔尚任作为正统儒学思想的一面旗帜，康熙向孔尚任深夜索《桃花扇》的行动表明，他对这位身份特殊的臣子的思想动向一直格外留意。但是现在看来，这面旗帜掀起的思念故国、归于虚无的情感力量，显然不是康熙所满意的。这最终导致了孔尚任的被革职和罢官，其实是康熙的文化政策对孔尚任的《桃花扇》所代表的创作倾向的淘汰。

之后，康熙越来越加强了对全国的专制思想统治，他制造的"《南山集》案"就是绝好证明。

第七章

诗人不是无情客，恋阙怀乡一例心

——孔尚任和《平阳府志》、《莱州府志》

孔尚任在康熙二十三年底被额外议用为国子监博士，当时他37岁，第二年离家赴京任职；经过十六年的仕途升迁，康熙三十九年被罢官时，是53岁。于是，在京城等了三年无望之后，康熙四十一年(1702)岁末，他返乡归里。《长留集》中有一首《出彰义门》诗，表达了他“哀而不怨”的诗人性情：“十八寒冬住到今，凤城回望泪涔涔。诗人不是无情客，恋阙怀乡一例心。”这是他离开京城回乡时所作，“诗人不是无情客，恋阙怀乡一例心”，表明他对康熙皇帝还是怀着非常忠诚的感情，这和多年思念家乡的心情是一致的。

虽然孔尚任心情凄苦，但他一直保持着对历史的关注和对现实的热忱，振奋起来做了许多力所能及的事情。从康熙四十二年(1703)至康熙五十七年(1718)的十六年间，孔尚任先是西去平阳助知府刘棨修成《平阳府志》(1707～1708)，并于康熙四十七年(1708)，在天津佟蔗存的热心出资帮助下，刊刻出版《桃花扇》，然后又东至莱州助知府陈谦修成《莱州府志》(1712)，接着至淮南刘廷玑淮徐观察署，停留三个月，和刘廷玑一起共选两人诗为《长留集》，旨在共倡“性情”诗论，力图扭转诗坛盲目宗唐宗宋、分立门户的诗风。康熙五十七年，孔尚任在曲阜辞世，终年71岁。

值得注意的，《平阳府志》和《莱州府志》这两部志书因其非文学体

裁，所以一直为研究孔尚任者所忽略。但这两部志书，对我们了解孔尚任晚年乃至他一生的思想发展，都有着重要的意义。这两部地方志都是在清朝修志热潮中完成的，不但坚持了孔尚任对待历史的春秋史心，让我们感受到他借府志“存史、资治、教化”的功能表达他对康熙朝文化建设的热情参与，而且《莱州府志·艺文志》为我们提供了许多不为后世论者所知的孔尚任的诗文，这些诗文也是孔尚任性情的真实流露。

康熙四十七年和康熙五十六年，在清朝诏修《一统志》的热潮中，孔尚任先后完成了《平阳府志》和《莱州府志》的编纂。随着时间的流逝，这两部府志的原刻本或毁或佚，现存的原刻本数量极少甚至成为孤本，很难见到和查阅。《平阳府志》在北京大学、中国社会科学院图书馆有藏，但已视为文物，不对外开放；《莱州府志》原来也仅在山东省古籍书店、北京党校收藏。但幸好，这两部府志都受到了重视并被整理或影印出版，《平阳府志》于1998年由运城地区三晋文化研究会再版，目录和孔尚任的诗文被收录于徐振贵的《孔尚任全集辑校注评》[①]中。《莱州府志》也由天津图书馆据原刊本影印，于2005年发行，这两部府志的刊刻或影印，为研究孔尚任晚年的形迹和创作提供了宝贵的材料。

第一节 《平阳府志》、《莱州府志》的传承与创新

孔尚任的《平阳府志》和《莱州府志》是在康熙诏令全国修志的热潮中完成的。这两部府志继承了有明以来方志的编纂体例，但又进行了完善和创新。

一、清朝修志的热潮与孔尚任纂修府志

《一统志》的编纂始于元代，明代继之，清代则又进一步加以完善和发展，成为我国方志发展的鼎盛时期。清代《一统志》的编纂，不仅次数

① 徐振贵校注的《孔尚任全集辑校注评》收录的孔尚任作品最多、最全面，但该书出版时，《莱州府志》并未影印发行，所以本章所述录的孔尚任作品，除特别说明者之外，均未被该书所收录。

之多、体例之完善为历代之最，而且对方志编纂的促进与方志优良传统的形成也为元、明《一统志》所不及。清朝定都北京后，也仿效前朝的做法，下诏编修《一统志》和《地方志》。这是清政府维持对全国各地的有效统治、维护大一统局面的重要举措和手段，也为反映清朝的大一统状况和清政府的功绩提供了一个载体。康熙十一年，保和殿大学士卫周祚上疏，要求各省编纂通志，然后汇为《大清一统志》，康熙采纳其建议，“诏天下直省、府、州、县咸修辑志书，于是直省有司各设馆，饩禀高才生以从事”[①]。康熙十一年及次年，就有《广东通志》30 卷、《高唐州志》12 卷、《临淄县志》16 卷等约 61 种现存省府、州、县志问世。“岁在壬子，上谕纂修通志，江南十百郡邑，在奉命不敢后。”[②]不久“三藩”叛乱，此次修志活动尽管仍有山东省、湖南省、广西省、青州府、镇江府、长沙府、岳州府、衡州府、通州、溧水县、海宁县、桐乡县、会稽县、太湖县、石门县等近 140 个政区完成了志书编纂，然多数地方则迁延未就。“三藩”叛乱平定后的次年，朝廷再次诏谕各地为《一统志》而接续编修志书。“今上御极之二十一年，命使臣纂修《一统志》，诏天下府、州、县各以其志来上。”[③]康熙二十二年，令通志三月成书。限令既出，通志成书加速。康熙二十五年，朝廷成立《一统志》馆，正式启动《大清一统志》的编纂工作，这更加激发了各地编纂地方志的热情。清《一统志》凡三修，为编纂《一统志》而下发的修志诏令以及省发的修志檄文不下数十次，其对清代方志普遍编修的促进作用是显而易见的。

孔尚任所主纂的《平阳府志》和《莱州府志》正是在这样的修志热潮中完成的。甘国壁在《莱州府志序》中说：“盖皇上御宇五十有一年，四海升平，百祥至秦。秦职贡于王畿，采风于太史。方且询其部洲方物，载诸版图，以成一统无外之书。而我东莱古郡在幅员以内者，反听其文献无征而不一为搜集焉？岂非盛朝之阙事欤？”《平阳府志》和《莱州府志》就是对康熙皇帝诏修《一统志》的响应。修志人员的素质是保证志

---

① （清）张九征等：《镇江府志・张九征序》，康熙十三年刻本。

② （清）王效通等：《通州志・王宜亨序》，康熙十三年刻本。

③ （清）张可立：《兴化县志・张可立序》，中国方志丛书本。

书质量的关键，必须精通史书之人才能胜任。山西平阳府知府刘启和山东莱州知府陈谦延请孔尚任都是出于这样的考虑。陈谦在《莱州府志》中说："史与志皆本于春秋，史之上下千古，志之纵横万里，其意一也。一代又一代之史，一郡有一郡之志，识大识小，各从其类。其意又一也。故必精于《春秋》者乃可以撰史，熟于史者乃可以修志。盖志者，尊王布政大一统而无外之书也。适遇东塘先生，因与商榷，欣然任之。壬辰季春，延之于曲阜。……设馆于署之水镜斋。"孔尚任熟读经书，之前又曾纂修了《圣门乐志》、《阙里新志》等家谱和县志，所以他是非常合适的人选。这就保证了两部府志的严谨性。这两部府志各有特点，但相比而言，《莱州府志》成就更高。

二、纲举目张、体例完善——孔尚任对传统方志体例的继承

《春秋》是史书和志书的源头，史有史心，志有志识，识有大小之分，但都是"尊王布政大一统之书"。"故必精于《春秋》者乃可以撰史，熟于史者乃可以修志。"这是陈谦和孔尚任的共识。有明以来，门目体和纲目体是方志编写的主要体例，孔尚任所主纂的两部府志都采用了传统方志的体例。

《平阳府志》采用了当时非常通行的门目体。这是由于康熙十一年，朝廷曾通令全国，按顺治十八年(1661)河南巡抚贾汉复主修的《河南通志》的体式修志，《河南通志》使用的就是门目体。即平列门目，无所统属。《平阳府志》就是仿效《河南通志》的平目体体例，分为36卷，每卷一目，即图考、行野、建制沿革、疆域、山川、管津、城池、公署、学校、祠祀、户口、田赋、水利、屯田、盐法、邮政、兵防、帝王、职官、宦绩、选举、封荫、人物、隐逸、流寓、列女、仙释、方伎、风俗、物产、古迹、陵墓、寺观、祥异(历代兵氛附)、杂志、艺文。各门类从自然到经济、政治、文学，每一门目均设置无题小序，说明立类缘由和依据，概括大意，阐述源流，分析利弊，抒发见解。小序言简意赅，不仅对读者起导读作用，而且在结构上使各门类之间的内在联系更趋紧密。

此志不但较前志体例更为完备、合理，而且篇幅加长，有一百万余

字。除保留了原志的基本体例如“城池、河防、封建、户口、田赋、物产、职官、公署、水利、屯田、盐法、邮政、兵防”外，还增补了一百多年来未曾收录的重要内容，如增加了“风俗志”、“兵氛志”，突出了平阳的地方特色和教化意义：“风俗，旧志不载。唐魏简陋，今胡不然，举其大端，有关于世道人心者，叮咛告诫思深哉！”①“兵氛，各志俱无。河中用武之地，势在必争。自秦汉以来，据二十一史融会贯通，俱载全文附于《详异》之后。闯贼、姜逆之变，为害最烈，州县之志有详有略，订明于后，以为考古者之鉴焉。”②修订了原志不尽合理的地方，如关于图志和山川修订后比原志更加清楚：“志图例有八景，始者贻讥旧志，不免又于各属缺如。今始系一郡总图。”③

孔尚任的《莱州府志》在山左郡志中占有重要地位。与明志相比，此志体例更加完善。原志 8 卷，有目无纲。而孔志为纲目体，有纲有目，纲举目张。全志 12 卷，每一卷为一纲，纲下分目。分别为：方舆志：图考、星野、沿革、山川、形势、疆域、里社、风俗、物产；建置志：坛庙、祭仪、公廨、坊表、桥梁、堤堰、市廛、寺观、古迹、陵墓、卹养；赋役：土田、户口、税粮、借支、仓储、海运、盐科、胥徒；学校：黉宫、社学、射圃、学田、试场、书院、礼器；兵防：营制、卫所、军屯、邮驿、海讯、墩堡；封建：古国、封爵；职官：历官；名宦：宦业一、宦业二；选举：荐辟、举人、进士、贡生、贻封、恩荫、武科、将材；人物：勋业、政绩、忠节、孝义、经儒、文学、武功、隐逸、方术、流寓、仙释、列女；艺文：王言、文类、诗类、著述；闻见：灾祥、大事、志异、传疑。

莱州，境内多山，孔尚任在《府志》中突出了莱州地理上的优势和特色：“独于山川景物细疏其峰岩洞宝、岛屿潮汐、岚光蜃气之幻化……如读桑经郦注之书，而游方壶瀛州之境也。”《莱州府志·艺文志》中所收录的孔尚任《游东莱景物记》记莱州景物之胜，文笔生动，堪与郦道元《水经注》媲美。

---

① (清)孔尚任：《平阳府志》，载徐振贵校注《孔尚任全集辑校注评》第 4 册，第 2414 页。
② (清)孔尚任：《平阳府志》，载徐振贵校注《孔尚任全集辑校注评》第 4 册，第 2415 页。
③ (清)孔尚任：《平阳府志》，载徐振贵校注《孔尚任全集辑校注评》第 4 册，第 2412 页。

三、考辨不厌精详——孔尚任对《春秋》史心的继承

孔尚任在创作《桃花扇》时就非常重视史实的考据，“朝政得失，文人聚散，皆确考实地，全无假借”。两部府志也都体现了他精于考辨的《春秋》家法。

《平阳府志》和《莱州府志》都是在明代方志的基础上修订而成，《平阳府志》首成于明万历四十三年(1615)，当时只有一卷刻本。因时隔一百三十余年，许多材料已湮没不闻，重新收集整理难度可想而知。《莱州府志》最早成于万历三十一年(1603)，为当时的宪副使龙文明所修。其间未曾续修，距离孔尚任修志已一百多年。加上一百年间保存不善和兵燹的破坏，内容已残缺不全。两志都最初修成于一百余年前，中间未曾续修，原志已经非常简单或语焉不详。因此，孔尚任所主纂的这两部地方志不仅难度较大，体例上需要进行完备，而且对原志的许多材料和参考的谱牒、碑铭都要进行考辨：“旧志于明穆宗以前事犹稍具，神宗时未经论定者已不在内。况又百余年来，期间沦于闯贼，躏于姜逆，散于黄，灰烬澌灭于地震，举一镇之典章制度、声名、文物，求什一于百而不可得，恶能不简？”“夫救残补缺，有司之责也，显微阐幽，命笔者之意也。凡人与事关系地方者，考辨不厌精详”。[①] 对原志中不确的记载，都一一考辨，比如《平阳府志》中对建置沿革、地域范围，“载在旧志中未敢雷同”。因为古今不一致，常常会引起聚讼。所以“今本《春秋》、《左传》、《史记》、《汉书》，参以目前形势，详互考订，殊费苦心”[②]。

《莱州府志》是孔尚任所纂的各种府志中成就最高的一部，不仅体例完备，而且全部贯穿了严谨的考辨精神。这部府志的最后部分《艺文》中的《传疑》，收录了孔尚任《论沙丘》一文：

顺德府沙丘城，诸志传为秦皇崩处；莱州府有沙丘城，诸志传

---

① (清)孔尚任：《平阴府志》，载徐振贵校注《孔尚任全集辑校注评》第4册，第2411～2412页。

② (清)孔尚任：《平阴府志》，载徐振贵校注《孔尚任全集辑校注评》第4册，第2412页。

为九方皋相马处。考史，秦皇东巡至海，有方士献不死草，服之暴崩，尸藏蕴车，载海鱼以乱尸气。此必在莱之海滨，顺德去海远甚，又奚所得海鱼耶？秦穆公命伯乐相马，先使九方皋往，即还报曰："马牡而黄，已得之沙丘。"又使人往视，乃牡而骊，公不悦。

未几，马至，果天下之良马。观其选马往来频数，必产马之地与秦地近者。莱境既远，又不产马，其误甚矣。又兖州府东门外有沙丘，是唐李白居处，旧莱志载李白沙丘城诗，更误矣。

他以《传疑》结束全志是有深意的："诗缘文胜，事属传闻，信者固多，疑以不乏矣。春秋郭公夏五之书，宁仍旧文不为曲说，盖疑者存而后信者确乎？可据也。斯志以传疑终，即古史阙文之义，穿凿附会之讥，庶几勉尔。"

四、资治教化，显微阐幽——孔尚任对《春秋》之义的继承与创新

孔尚任是秉着孔子作《春秋》的态度来编纂府志的，在《莱州府志》中尤为突出。在知府陈谦离任、人情变迁、《莱州府志》将要完成之际，他曾写诗说道："寄食佣书原细事，哪能鲁史即春秋？"虽是牢骚之语，但可看出他是满怀着孔子作《春秋》的史心编纂地方志的。在这两部府志中，我们仍然能够感受到孔尚任的史心和微言大义。他在《平阳府志·凡例》中说："夫救残补缺，有司之责也。显微阐幽，命笔者之事也。""显微阐幽"，正是《春秋》以来史家的责任，其实就是阐发儒家经意，达到资治、教化的目的，也是历代方志"存史、资治、教化"的渊源所在。

这种教化意识在孔尚任的府志中表现得也非常明显。对于方志中收录的灾祥、怪异之事，孔尚任特别强调了其扬善惩恶的目的。《莱州府志·闻见志》中说："传春秋者，所闻异辞，所见异辞，所传闻异辞。在志亦然，天有灾详，人有大事。志异近齐谐、传疑，俟后人贤者表诸理道，不难统异归同矣。"在后面的跋里又说道："旧志云董仲舒以灾异为天心仁爱人主，又昔贤守令曝身掩骼每多灵雨应期。盖分土分民者，有挽回之责，而匹夫匹妇一念感通，亦往往能够和气致祥，乖气致异。理

不误也。故自汉以来，凡灾详可以为惩劝者，皆书也。”《志异》中说：“志异数种或以物变异，或以奇梦异，或以报复异，错而记之，事出稗官郢史，其实善恶好坏已隐寓其中矣。”记录奇闻怪异之事是为了让人们明晓“善恶好坏”之理，记录灾详之事是为了惩劝，令“分土分民者，有挽回之责”、“匹夫匹妇”能够“一念感通”。

与其他方志不同的是，孔尚任对释教的“存鉴借”态度。《平阳府志》中对于“河东一郡何多”的仙释方技，他的原则是存鉴借：“寺观不遗，非张二释之帜藉，存鉴借云尔。”①

他在《莱州府志·寺观》的序言中说道：“于佛寺而造秦皇汉武之说者尤荒唐不经；今但存其名而不为详其实，亦笔削之微权尔。”对《仙释》，他写道：“老聃，道祖也，死而秦失悼之；牟尼，佛祖也，说法四十九年亦死；王子晋，夭耳，而称侯氏乘鹤；淮南王安，谋逆自刭，而称鸡犬同升。善乎？丘处机对元太祖曰：‘只有去病之法，无不死之方也。’然二氏之教，流传已久。紫阳咏飞翰于口圭，东坡重震旦于楞伽。且形化而神不灭者，抑或有之，不可谓非天壤间异人也。”

孔尚任在《桃花扇》里写到“七作者”，是借入道来表达亡国之恨和他对下层民众的朦胧的寄托，并不是像论者所说，他是因对儒家失望转向对道家的皈依，从两部府志中我们都能看到，孔尚任的思想仍然是以儒家思想为主，并且他对儒教中人流于佛道是颇为痛心的。

第二节 得性情之正，感风气之和
——新见孔尚任莱州诗文创作述录

两部府志相比，《莱州府志》的文献价值更高。此志使用了纲目体，较《平阳府志》的门目体更为完善；而且此志为我们提供了许多孔尚任写于莱州的诗文。这些诗文让我们了解到孔尚任在莱州的风雅生活：修志工作虽然忙碌，但孔尚任与陈谦及其僚佐宾主相宜，性情相合，虽

① （清）孔尚任：《平阳府志》，载徐振贵校注《孔尚任全集辑校注评》第4册，第2414页。

然后来因为陈谦的升迁，孔尚任再次体会了宦海无常的滋味。但总起来看，孔尚任在莱州的生活还是颇为惬意的。孔尚任在文学创作上主张“性情说”，无论失意时的以风言志，还是得志时的大雅元音，都应是真情流露。这些诗文即是他这段莱州生活的真情表达。

孔尚任一直坚持他的性情诗论，他在《莱州府志·诗类跋》中说："自三百篇后又楚辞，此诗之变，而赋之祖也。西山真氏尝欲去经史所载韵语及文选诸诗，附于三百篇楚辞之后，以为诗之根本。故所纂诗赋，凡箴、铭、颂、赞皆附焉。今辑东莱贤达之所题咏，师其意而类编之，不特克考著述之源流，更使人流连忘复，有以得性情之正，而感风气之和，是即三百篇垂教之遗意也。若夫敲金戛玉之音，雕龙吐凤之誉，固艺林之余事而风雅之道又灿然可观矣。”这种性情之正，显然还是《诗经》以来的风雅传统。“得性情之正，感风气之和”，是他编选《莱州府志》诗文的原则，也是他莱州诗文创作的鲜明特点。

孔尚任65岁时，即康熙五十一年(1712)，应莱州知府陈谦的延聘去莱州，和刘以贵共同主持纂修《莱州府志》。同年，《莱州府志》刻印成书。因为收藏于少数图书馆的《莱州府志》为珍稀版本，一直不能公开全文查阅，很少有人能见到《莱州府志》的全貌。除了未能公开的《莱州府志》外，孔尚任在莱州的其他作品，研究者所能见到的就是保存于孔尚任和刘廷玑合编的诗集《长留集》中的十一首诗，即《登海山亭大风》、《游海庙登台望海》、《莱郡靳雁堂司马赠蓬莱阁拓碑并海岛石子，赋以志谢，用坡公海市韵》、《莱郡九日二首》、《莱署秋夜》、《东莱二首》、《东斋夜坐同万季野、杨虑山话心》、《移出莱署东斋，诗以别之二首》、《移馆考院和壁间学使者韵》，以及为汪蔚林的《孔尚任诗文集》[①]所收录的一篇志人散文《建莱州府西仓记》。以上作品都收录于徐振贵先生校注的《孔尚任全集辑校注评》中。《孔尚任全集辑校注评》收录的孔尚任作品最多、最全面，但该集出版时，《莱州府志》并未影印发行，《莱州府志》中的孔尚任著作就未被收录。

① 汪蔚林编:《孔尚任诗文集》，中华书局1962年版。

2005年，天津古籍出版社对康熙五十一年刻印的《莱州府志》进行影印和发行，为我们提供了以前所未见的孔尚任写于莱州的作品。计有：各体诗九首（《莱州府志》共收录孔尚任诗14首，其中的5首已为孔尚任编订的《长留集》诗集所收录，此处不计）、《水镜斋志》记人散文一篇、《游东莱景物记》游记一篇、《论沙丘》考论一篇，7000余字，都为孔尚任本人编订的孔尚任诗文集及后人整理的孔尚任诗文集所未收，当属新发现。同时，笔者在《文渊阁四库全书·山东通志·艺文志》中也读到了孔尚任写于莱州的另外一首五言古风《望大泽山》，亦属新见。笔者试图根据《莱州府志》和《山东通志·艺文志》的有关资料，对孔尚任在莱州的生活及创作进行勾勒，希望有益于孔尚任研究资料的丰富。

一、孔尚任的两次莱州之行

关于孔尚任去莱州，袁世硕先生的《孔尚任年谱》中记载："康熙五十一年（1712年）暮春，应莱州知府陈谦聘，客莱州知府陈谦幕，助修《莱州府志》。"条目中并引陈谦、甘国壁、靳治荆三人的《莱州府志序》及孔尚任《长留集》中的诗歌为据："适遇孔东塘先生，因与商榷，欣然任之。壬辰季春，延之于曲阜，复延沧岚刘君于潍，先后继至，设馆于署之水镜斋，历三时而志始成。"这是正确的。

需要补充的是，孔尚任康熙五十一年这次"应莱州知府陈谦聘，客莱州知府陈谦幕，助修《莱州府志》"，并不是他第一次去莱州。根据《莱州府志》所收录的孔尚任写于第二年的《水镜斋记》中的记载，笔者发现，前一年即康熙五十年，孔尚任已经去过莱州并有约五天的逗留。原因是去登州（今烟台蓬莱市）观海，经过莱州并拜见了知府陈谦。这应该是孔尚任与陈谦的首次见面，《水镜斋记》为我们回忆了这次莱州之行："太守陈公谦治东莱四年（即康熙五十年——笔者注），云亭山人将观海于登。路出东莱，易衣冠谒之。相见说平生，甚欢。遂扫西斋留宿，斋名水镜，太守所筑也。……山人乐之，与太守对坐五日别去。"可见，陈谦在《莱州府志序》中提到的"适遇孔东塘先生，因与商榷，欣然任之"，应该是这次两人相见的情形。陈谦挽留孔尚任住在他在府署后圃所建的书房——水镜斋中。关于水镜斋的幽雅环境，孔尚任在次年所写的《游东莱景物记·池》中作了具体的描述：

汲清池，在府署后圃中，旧有小亭，花木四围，亦多有趣。康熙四十七年，海宁陈谦来为太守，时和年丰，公余多暇，乃率家童葺废剔荒。又开地于西北隅，凿为小池，周可十数弓。砌以白石，长如圭形，深掘逾丈，苦无涓水。其西一背井忽而涌泉甚盛，渐高于池，遂汲以灌之。一泓清碧，种荷养鱼，又于墙隙得玲珑海石数块，叠之池中，立为三山，横为仙桥。池北又筑小山石，具狮蹲犀眠之状。东岸周以朱阑，可坐可凭。两岸多种柳杨芙蓉，曲径回绕。池之南，构书屋二间，名曰“水镜斋”。几榻琴篚，楚楚精洁。春夏浓荫，禽鸣蝉噪，而泉声清泠若琴筑之相和。旧亭之额题为“十洲小景”，真不虚也。

汲清池在府署后圃，临水而建的水镜斋是陈谦公务之余读书之所，泉声清泠，花木四围，颇能于闹中取幽。孔尚任喜爱清幽，性耽山水，这样的环境正是他所喜爱的。值得注意的是，这次拜见知府陈谦和陈谦对孔尚任的礼遇，是孔尚任次年莱州之行的直接原因。《水镜斋记》载“次年(1712 年——笔者注)山人再来，太守待之逾昔。下榻东馆，委以纂事。”陈谦的真诚款待和修《莱州府志》的苦心，使得宾主二人共同约定孔尚任次年再来，助修府志。

因陈谦是一位政声颇佳的官员，孔尚任第二年再次到莱州之后，专门写文为这位太守立传。他的《建莱州府西仓记》[①]一文，就是通过建仓储粮一事展现了这位太守的勤政爱民。但公务之余，陈谦不像一般俗吏那样日日忙于追名逐利，而能耽于风雅，“以无事处事”。这种“澹然无事”的为政之风也令孔尚任深为叹服。孔尚任的《水镜斋记》，就是写陈谦“无为而治”的为政之风：

---

① 此文收录于汪蔚林编《孔尚任诗文集》。

太守陈公谦治东莱四年，云亭山人将观海于登。路出东莱，易衣冠谒之。相见说平生，甚欢。遂扫西斋留宿，斋名水镜，太守所筑也。曲室爽朗，几榻隐囊，茗香之具，悉如江南。槛外又多花药，新鉴一池在北窗外。汲清泉灌之，潺湲有声，种藕数本，小叶出田田。鱼游田田叶旁，尾可数。山人乐之，与太守对坐五日别去。

噫！天下之最闲者，莫山人若援止而止宜也。以太守之忙而能屏诸事对坐五日，其为政，殆未可量已。山人归，每与山友论贤太守，必屈指数陈公。友询其政，山人曰："能扫水镜斋与山人对坐。"友曰："是即为贤太守乎?"山人曰："古称登高作赋可为大夫者，别其雅俗优劣耳。雅者闲优者闲，凡俗与劣者必忙也。夫俗劣之忙，公乎？私乎？义乎？利乎？可以知为政之本矣！昔胶西盖工治黄老言，曹参迎至，避正寝居之。用其学相齐，而齐大治。盖胶西盖公以无事处事，得为政之本者也。今太守能扫水镜与山人对坐，虽非曹参学黄老之比，而以无事处事心，则同也。"

次年山人再来，太守待之逾昔。下榻东馆，委以纂事。足不出阈者，尝旬日。每风景晴佳，则招过水镜斋，饮以酒，快谈天下古今事。或散步窗槛外，绕观池水，见花药益茂，荷益盛，鱼益长。又以白石砌池，多岛屿浮梁，皆如海州。何太守之闲若此欤？

未几，太守报迁，谢政在署，常科头著鞋袜，俯首斋池间，视青天思白云，澹然无事，如世外人。而山人者，犹以纂事为竟，矻矻东馆，不得数从游。乃知忙闲何尝惟人自取，况公私义利之间乎？观太守之为政，非水与镜者，不能形其澹然无事之趣也。以之名斋，善矣！或曰："止水明镜为太守听讼颂也。"此则俗学训诂之语，何足人记。

有为有守，正是孔尚任和陈谦性格相合之处。也正是这位太守的热情款待，使得孔尚任在莱州的生活既忙碌又不失风雅。

二、绕郭荷花他郡有，难逢贤守是香山——孔尚任在莱州的风雅生活

孔尚任第一次去莱州，留宿于陈谦的水镜斋，“与太守对坐五日别去”。匆匆而来，匆匆而去。次年再来，从暮春三月到初冬，孔尚任在莱州生活了约半年的时间。这次仍然留宿于水镜斋。他不但受到好客的太守陈谦及其他当地官员的热情款待，留下了诸多诗酒唱和的诗篇，而且于修书之暇，还常常和他们结伴出行、登山临水，一为熟悉当地的风物人情，二来满足了孔尚仁游山玩水的嗜好。“不废登临，不废郊游，不废吟咏。”虽然修纂《莱州府志》颇为费心劳神，但因为宾主融洽，这段生活给孔尚任留下了美好回忆。

孔尚任到莱州已是暮春初夏时节，郡城西南的瑞莲池内，红白数顷荷花盛开，正是饮酒赏花的好时光。太守陈谦就在这里为孔尚任接风洗尘，后来也多次在此款待孔尚任。池上清风，亭上诗友，孔尚任诗情大发，兴致勃勃地写下了《瑞莲亭太守陈谦招饮》七绝四首：

其一

簇簇新荷续旧游，瑞莲逸事不须搜。
微风吹过绿波去，万朵红蕖总并头。

其二

半锁红桥隔世踪，画屏围着水芙蓉。
香随酒气临风吸，无限清凉注客胸。

其三

荷正开时客乍同，清晨微雨午时风。
浓香扑鼻侵衣袂，似坐黄须粉瓣中。

其四

农忙雨后政多闲，日载行厨消夏湾。
绕郭荷花他郡有，难逢贤守是香山。

“绕郭荷花他郡有，难逢贤守是香山”，正是太守陈谦的真诚相待，使孔尚任心情舒畅，也正因如此，他笔下的瑞莲亭清新自然，充满了无限生机。孔尚任的山水诗被他的朋友赞为“写景如画，写情如话”①，以上诸诗也是如此。

观察使甘国壁与孔尚任也颇为友好，孔尚任也常应邀与太守陈谦、郡丞靳治荆一起到甘国壁的署内宴饮唱和。以下三首诗即为孔尚任与甘国壁的诗酒相和：

同太守陈谦、郡丞靳治荆，过甘观察国壁署内步韵一首

淹留不为顾伶伦，难得华筵礼数真。
压倒庾楼看月客，凑成韩座赏花人。
清风处处常盈袖，佳稿年年欲等身。
垂老追陪歌舞处，也添诗话一番新。

甘观察署中百可亭晚坐二首

其一

爱客如公少，看花应许频。
绿荫宜野老，白发谬词人。
画意亭台阁，童音曲调真。
朱门深绝处，便是武陵春。

其二

高筵开幕府，劝饮不辞频。
堂是听莺处，官多和韵人。
因花张烛早，待漏赏歌真。
醉别雕栏畔，犹怜婪尾春。

---

① (清)孔尚任:《黄云臣、余鸿客、姜听吉、叶周麟送别燕子矶，蒲庵僧留饭花笑轩，雨中望江分韵》诗后宗元鼎评，载徐振贵《孔尚任全集辑校注评》第2册，第1080页。

"绿荫宜野老，白发谬词人"，"醉别雕栏畔，犹怜婪尾春"，白头童心的孔尚任日日与友人诗酒唱和，他的生命也正如大自然的春天一样，洋溢着青春的活力。

掖县郡城东北的海山亭，被太守陈谦修葺一新，是观海的好去处。西北的海神庙后有观海台，孔尚任登临观海台和海山亭，写下了《四月游海庙登台望海》、《登海山亭大风》两诗（两诗也见于孔尚任所编《长留集》，并为汪蔚林《孔尚任诗文集》、徐振贵《孔尚任全集辑校注评》两书收录，此处不录）。大泽山在平度北部，是山东名山。孔尚任登游大泽山，不但将此山的风光写在《游东莱景物记》中，而且还以诗纪胜。《文渊阁四库全书·山东通志·艺文志》保存了这首为《莱州府志》和《长留集》所遗收的《望大泽山》：

望大泽山

蓬山海上来，峰峰气磅礴。
群峭卫一尊，巍然见大泽。
雄姿既蔚深，秀骨复峻削。
左控渤澥涛，右握岱宗络。
日月相蔽亏，风雨自橐钥。
灵奇闭混茫，余妍发丘壑。
落落挺长松，粲粲罗仙药。
丹泉白石间，真构随所托。
结契含青华，游目极寥廓。
何当蹑层巅，一驭浮丘鹤。

莱州治所在掖县，下辖掖县、潍县、昌邑、平度四县，半年的时间，孔尚任走遍了莱州各地的山山水水。《游东莱景物记》以长达五千七百余字的篇幅，从海、山、峒、洞、台、池、园、坡、木、景各个方面，如实记录了孔尚任在莱州的游历，将莱州风光尽收眼底。比如下面的三则（节选）：

海

北海环掖、潍、昌邑三境，东枕三山岛，西抱芙蓉岛。晴空远望，翠涛金波，直粘天际；近其岸则潮头卷雪，漫漫白沙而已。海庙一区，朝宗之府也。殿阁层起，金壁掩映，残碑枯树，数百年物也。寺壁画图，两廊脱塑，皆出前代名手。百灵秘怪，幻貌奇形，千态百变，不可思议。后有观海台，叠石磴九级，高出云表，下临海面青苍。极目岛屿商舶，但墨点如豆耳。所谓洋洋大观，海空天阔也。

山

大泽山，居城东南七十里。游山之路皆深林丛薄，阴森蔽翳。软沙乱水，曲折而入。至岭断谷迷，又生异境。渐及山腰，绝壁莫登。道旁有楼子石，檐楹覆砌，壮如楼台。东转由峪入门。磴而下始入大泽之腹。四面犬牙交错，西南为金刚崓，西为飞来峰，东为宝案峰，东北为摩云顶，北为瑞云峰。大都群峰四合，俨如城埤。埤之外有郭，郭之外有郛，郛之外有墒，有郊。层峦叠嶂，凹凸承接。石皆细润奇古，结为形象，如点染捏塑也。再入山口，松林与水石争隙，覆地拂天，无非苍苍之色、珊瑚之韵也。山之正位为佛寺，规模壮丽，寺之左腋有邀月台，南达东严之隧中，为白虎溪，溪上为望莲台。再上殿西行，松队中数百步，有石蹒跚欲堕，其前后诸石，游者以意名之。所谓狮子香、积天耳、天眼，莫不酷肖。迤逦而北为天池，水注石盏中，泓澄可饮。由上度石梁，登飞来峰顶，乃大泽之最高处。仰视瑞云峰，又在万仞之上。云烟松石，苍翠晃目。峰下有仙人桥，桥底阴壑森森，石齿林林，胆怯者不敢度。故至瑞云峰者，绝少也。转向东北得平壤，多嘉树幽鸟，日照庵结其处。庵后涌泉甘洌，宜茶。前后皆大松，虽庵宇萧条，而松阴不改也。

台

燕台，在郡呈东北二里，土垅如山。南燕慕容德以掖为青州治，尝登此山以望海。明嘉靖五年，副使冯世雍建亭其上，曰"海山亭"。有毛纪碑记，久圮。今太守陈谦重构一新。

三山台，在海岸三山之上，可望蓬莱、瀛州、方丈三岛。相传汉武帝尝登之，建三山亭；旧址尚存。

观海台，在郡城西北，海神庙后。阶级九层，下俯溟渤。远近岛屿，悉在指顾间。台上一亭，规模壮伟，题曰："浮天浴日。"

孔尚任的这些游记就如一幅幅山水画，将莱州风物生动地展现出来。

编纂《莱州府志》的工作极为紧张，其他时间又常常和友人登山临水、诗酒唱和，孔尚任暂时忘记了作为游子远离家乡和亲人的漂泊之苦。端午这天，陈谦照例在覆花亭设宴热情地款待孔尚任。虽然门上高插蒿艾，院中榴花盛开，座上觥筹交错，主人殷殷劝饮，可孔尚任内心的乡愁却不可抑制地涌上心头，他开始想念亲人和家乡了：

午日莱署覆花亭节宴有感

离骚读破老年华，又把蒲觞宴郡衙。
亭覆浓阴风尚冷，帘垂长夏日难斜。
将雏紫燕惊心语，照眼红榴溅泪花。
多少新愁无遣处，孟尝恩重亦思家。

遗憾的是，这段虽有淡淡的乡愁却宾主相宜的风雅生活却很快要结束了。这年十月，陈谦接到调令，他将因升迁到别处任职。在新、旧太守离职和上任交替的过程中，这位 65 岁的老人再次领略了宦海风波反复无常的苦味："时人阅尽收青眼，往事题来点白头。唯有月明能缱绻，樽前客兴似登楼。"（《水镜斋北窗临池晚饮》）人情既如此不可依靠，所以他决定，不如早作归计。

在解去旧职、升任新职之前，陈谦在莱州还有短暂的停留，他仍然住在莱署后院的书斋中。既已谢政，就不必再到前院衙署处理公务。对陈谦来说，这是一段悠闲自得的时光："谢政在署，常科头著鞋袜，俯首斋池间，视青天思白云，澹然无事，如世外人。"(《水镜斋记》)但对于孔尚任来说，却未必如此，而是意味着人情的反复无常。陈谦既已谢政，也就没有资格再以太守的身份招待孔尚任。他必须搬出莱署后院东斋，移住考院，与陈谦宾主酬唱的风雅生活已成明日黄花。孔尚任与新太守既不相识，新的太守也远没有陈谦的热情。对于这次搬家，孔尚任显然是迫不得已："馆舍从来沧桑变，无端闲客恋闲房。"(《移出莱署东斋，诗以别之》其一)是谁让这位老人搬出熟悉的东斋，是谁让他移住冷落的考院，又是谁热情的笑脸渐渐变得冷漠，他不想细细根究，内心里却感慨不已。但他的任务却更加繁重，他必须夜以继日地加快《莱州府志》的修纂："而山人者，犹以纂事为竟，矻矻东馆，不得数从游。"(《水镜斋记》)但他决定尽快将《莱州府志》修完，不愿在此久留了："剪烛商量风雨夜，萧然拂袖不须疑。"(《莱署秋夜》[①])《水镜斋北窗临池晚饮》大概是他在衙署院中所作的最后一首诗：

水镜斋北窗临池晚饮

北窗苔砌晚多幽，水泄池澜作瀑流。
荷叶卷珠才过雨，蓼花吐穗略通秋。
时人阅尽收青眼，往事题来点白头。
唯有月明能缱绻，樽前客兴似登楼。

归心似箭，但《莱州府志》却还没能完工。而此时的孔尚任编纂《府志》的热情也已消失大半，"寄食佣书原细事，哪能鲁史即春秋？"[②]原来自己怀着孔子作《春秋》的热忱所修纂的《莱州府志》，在别人眼里不过

① 全诗为："伤秋谁与订归期？床下虫鸣被冷时。未敢偷闲眠养病，哪能分课卧吟诗。客居官署成笼鸟，事共庸人若乱丝。剪烛商量风雨夜，萧然拂袖不须疑。"

② (清)孔尚任：《东莱二首》之二，载《孔尚任全集》第3册，第1742页。

是“细事”而已，是不能与《春秋》这样的伟著相提并论的。《移馆考院和壁间学使者韵》为他移住考院后所写，这也是我们今天能够见到的孔尚任作于东莱的最后一首诗。这首诗《莱州府志》和《长留集》都有收录，同样表现了孔尚任内心的牢愁：

移馆考院和壁间学使者韵

琐院深沉客到稀，忙如簿吏对精微。
老提史笔书还健，病享官庖貌不肥。
冷榻眠时无好梦，空囊住处少危机。
三条烛尽秋窗晓，哪似衡文得意归？

修纂史书任务的烦琐与“客到稀”的冷清，是不能与主持考试的学使者的无限风光相比的啊！这年的十月，《莱州府志》终于定稿并刊刻印成。孔尚任在完成任务后不久就返回了曲阜老家。

总之，孔尚任罢官后，并没有耽溺于消沉之中，而是依然保持着关注历史、积极用世的热情。为此，他曾西去平阳修纂《平阳府志》；南下淮阳和刘廷玑共选《长留集》，宣传他的“性情说”诗论，并力图扭转清代诗坛分门立户、盲目宗唐崇宋之风；东至莱州修纂《莱州府志》。孔尚任怀着借方志“存史、资治、教化”的热情，将纂修的《莱州府志》视同孔子作《春秋》一样神圣，而《莱州府志》也是一部非常成功的地方志。但莱州的生活，也再次使他品尝了宦海无常的苦涩滋味。时过境迁，这种滋味却难以忘怀。也许正因此，在孔尚任和刘廷玑于康熙五十四年合编的诗集《长留集》中，入选的创作于莱州的诗歌除了《游海庙登台望海》、《登海山亭大风》、《莱郡靳雁堂司马赠蓬莱阁拓碑并海岛石子，赋以志谢，用坡公海市韵》三首为观海、得石之作外，其余的皆为抒发愁思之作，比如《东斋夜坐同齐万野、杨虑山话心》、《莱郡九日二首》、《莱署秋夜》、《东莱二首》、《移出莱署东斋，诗以别之二首》、《移馆考院和壁间学使者韵》等诗都是。只有在《莱州府志》保留的作品中，我们才意外地发现了孔尚任在莱州曾经短暂却不失风雅的生活及有关诗篇。

附　录

附 1　孔尚任与《桃花扇》研究述略

金埴《巾箱说》云："纵使元人多院本，勾栏争唱孔洪词。"[①]刘中柱《桃花扇题辞》云："一部传奇，描写五十年前遗事，君臣将相，儿女友朋，无不人人活现，遂成天地间最有关系文章。往昔之汤临川，今近之李笠翁，皆非敌手。"[②]宋荦《题桃花扇传奇》云："新词不让《长生殿》，幽韵全分《玉茗堂》。"[③]孔尚任的《桃花扇》和洪昇的《长生殿》，不愧为清代戏曲史上的双璧。因此，对孔尚任和《桃花扇》评论之多、之热，自是情理之事。本文不是对孔尚任与《桃花扇》研究的"综述"，而是仅就《桃花扇》的创作主旨和"结构艺术"、后人对孔尚任的著述整理三个方面，予以述略。这些研究成果既能帮助我们了解《桃花扇》问世以来人们给予孔尚任和《桃花扇》的关注与评价，同时也给本书的研究提供了宝贵的资料和参考。因此，附录于此，供研究者参考。

一、关于《桃花扇》的创作主旨

《桃花扇》问世不久，论者就称之为"粉墨南朝史，丹铅北曲伶"，"谱成抵得南朝史"，将其视为一部南明亡国痛史。这可以吴穆[④]的《桃花扇后序》为代表。吴穆是明朝恭顺侯之子，入清以后，潦倒燕市，与孔尚任交往密切。他读过《桃花扇》抄本之后，写有《后序》，认为《桃花扇》就

---

① (清)孔尚任著，迟崇起校：《桃花扇》，第 7 页。

② 转引自吴毓华：《中国古代戏曲序跋集》，中国戏剧出版社 1990 年版，第 445 页。

③ (清)孔尚任著，迟崇起校：《桃花扇》，第 4 页。

④ 吴穆，字镜庵，原是明朝恭顺侯之子，能诗，尤工于四六。入清之后，"寄家淮南，潦倒燕市"。后经孔尚任奖掖游扬，"文声始噪"。(孔尚任《燕台杂兴三十首》其十一自注)

是以传奇写南明实事："《桃花扇》者，孔稼部东塘所编之传奇也，乃故明弘光朝将相之实事，其中以东京才子侯朝宗、南京名妓李香君作一部针线。他如画师、书贾、狎客、倡家，诸卑贱人，翻有义侠贞固，正为显达之马、阮下对症针砭耳。"[①]孔尚任之所以不用史书的形式而作以传奇，是因为史书典雅而非通俗、野史俚俗却难感人，而传奇却能雅俗共赏、真实动人："盖以马史班书，赏雅而弗能赏俗；搜神博异，信耳而未必信心。所以许劭之评，托彼吴语越调；董狐之笔，付诸桓笛嬴箫。此《桃花扇》传奇之所由作也。"[②]《桃花扇后序》以骈体文写成，声情并茂："刚肠正气，泯灭于台阁簪缨；侠义高风，培养于渔樵脂粉。不分褒贬，谁夫知笔墨森严；略别旌惩，世还有心肝戒慎……君原圣裔，借此寓德言文政之科；仆本侯家，能不动隆替升沉之感。"[③]

传奇之体，亡国之哀，史家褒贬之义，这是吴穆读《桃花扇》的强烈感受。这其实也是观看《桃花扇》的那些"名公巨卿、墨客骚人"的共识。比如沈默就说："唯《桃花扇》乃先痛恨与山河迁变，而借波折于侯、李，读者不可错会，以致目迷于宾中之宾，主中之主。……当在野史之列，不应作戏曲观。"[④]桃源遗叟黄元治也说："《桃花扇》作史传观，可作比兴观。"[⑤]

这些距明亡将远而未远、亡国之痛欲忘而不能忘的故明遗民和具有遗民情结的汉族士人，从《桃花扇》中再次感受到国破家亡的切肤之痛，以至于他们将传奇等同历史，甚至无视《桃花扇》与史实的差异，在笙歌迷离之中，或掩袂独坐，或唏嘘而散，深深地沉浸于亡国之哀中。《桃花扇》成为他们在现实中无法发泄的情感的载体。

也正是由于《桃花扇》中具有亡国之痛以及有意无意流露的民族情绪，所以其后每当中华民族处于生死存亡关头时，此剧总能成为激励仁

---

① 吴毓华:《中国古代戏曲序跋集》,第 451 页。
② 吴毓华:《中国古代戏曲序跋集》,第 450 页。
③ 吴毓华:《中国古代戏曲序跋集》,第 451 页。
④ 吴毓华:《中国古代戏曲序跋集》,第 440 页。
⑤ 吴毓华:《中国古代戏曲序跋集》,第 445 页。

人志士挽救民族危亡的力量源泉。比如，清末民初中国内外交困时，梁启超提出“振国民精神”的口号，《桃花扇》则成为他宣传“国民精神”的有力武器。1903 年，他在《小说丛话》中首先揭示了《桃花扇》的民族主义实质，他说：“《桃花扇》于种族之戚，不敢十分明言，盖生于专制政体下，不得不尔也。然书中固往往不能自制，一读之使人生故国之感。……读此而不油然生民族主义之思想者，必其无人心者也。”从这种思想基础出发，梁启超特别张扬《桃花扇》的民族意识。抗战期间，中华书局在昆明重印梁启超的《桃花扇注》，以激励人们抗战救国。从 20 世纪 30 年代初到抗日战争爆发，《桃花扇》“成为使大家激励奋发的古典作品”，《桃花扇·余韵》中的“哀江南”套曲成了中学国文课本中的必读篇目，形成了“《桃花扇》热”。1943 年 4 月，在西南联大师范学院主办的《国文月刊》第 21 期上，发表了方霞光的《校点〈桃花扇〉新序》。方霞光认为“《桃花扇》是明亡痛史。”“侯、李的恋爱，不过是宾，是衬托；桃花扇一词乃出于杜撰，或别有寓意。而所称扇上所系的南朝兴亡治乱，却倒是作者所要认真评述的。他对于这亡国之原，忠奸之辨，看得很痛心，很透彻，所以才用一种历史的态度来撰作这一部传奇，微言大义，有所寄托，我们不可不用心去领略。……其中人物，各具个性，大约可以分为两类：一类是为成仁取义、廉节自守的英雄义士烈女；一类是求名骛利、卑诈下流的奸佞小人。前一类人奋斗，吃苦，不屈；后一类人偷安，享乐，投降。刻画深微，活灵活现。”与吴穆《后序》中的一段话相比：“刚肠正气，泯灭于台阁簪缨；侠义高风，培养于渔樵脂粉。不分褒贬，谁夫知笔墨森严；略别旌惩，世还有心肝戒慎。”有异曲同工之妙，只是吴穆的《后序》充满了“仆本侯家”的感伤和无奈，后者则洋溢着新青年的激情与进取。

以上诸人多从自身经历和时代氛围出发，以史鉴目的来读《桃花扇》，深刻地反思历史、反省社会、痛恨权奸误国，或寄托亡国哀思，或从中汲取救国力量。而对于《桃花扇》的艺术成就却重视不够。倒是与《桃花扇》剧本一同刻印的有关评注，对《桃花扇》的主旨、人物、结构、曲文等各方面多有精彩评论，对阅读《桃花扇》极具参考、借鉴意义。

新中国成立之后，孔尚任与《桃花扇》研究，也进入了一个新的阶段。但是因为受到极左思潮和文化革命怪论的影响，对《桃花扇》的解读虽然也是"以史为鉴"，却认为《桃花扇》"描写和美化了叛徒侯方域、坚持反革命气节的李香君"，"是一株反党反社会主义的大毒草"。直到"文革"结束、"四人帮"被粉碎之后，《桃花扇》才重新得到肯定。

新时期以来，对《桃花扇》的研究，开始从史鉴的角度转变到文化的角度，不但探讨《桃花扇》的历史意义，更参照哲学文化、政治思潮的发展对《桃花扇》的创作进行多角度的反思，同时也促使论者将孔尚任的思想纳入到《桃花扇》的研究之中。《桃花扇》的创作主旨虽然仍是众说纷纭，但争论中也不乏共识，不断地将《桃花扇》的研究引向深入。

作为一部成功的历史剧，作者的态度如何？创作《桃花扇》的目的又是什么？这是80年代以来《桃花扇》研究中的新方向，也是争论的焦点。虽然孔尚任已在序中作了说明："以离合之情，写兴亡之感。"又说："其旨趣实本于三百篇，而义则春秋，用笔行文，又左、国、太史公也。予以警世易俗，赞圣道而辅王化，最近且切。"但这种兴亡之感是单纯的吊明呢？还是吊明警清、为清朝提供前车之鉴？论者也是众说纷纭。总结诸家论述，主要有以下几种观点：

一是爱国思想说。董每戡在《桃花扇论》中考史论剧，认为《桃花扇》的中心是爱国思想："《桃花扇》传奇是部亡明的痛史，是一个民族的大悲剧，它那爱国主义的主题思想是异常明确的。"①

二是拥护清廷说。井维增在《〈桃花扇〉主题思想略说》中指出，孔尚任的创作主旨是："利用戏剧形式，总结历史教训，让人们了解明王朝所以灭亡的前因后果，为清朝统治者提供借鉴，以达到'惩创人心'、'救末世'的目的。"②

三是挽明拥清说。黄天骥的《孔尚任与〈桃花扇〉》认为，孔尚任避开清廷入主中原和农民起义等主要矛盾来写南明亡国，无情揭露"权奸误国"，从根本上说，是要巩固清朝的统治。但"《桃花扇》回避了明末清

---

① 董每戡：《五大名剧论》（下），人民文学出版社1984年版，第501页。

② 井维增：《〈桃花扇〉主题思想略说》，《齐鲁学刊》1985年第3期。

初国内民族矛盾的具体描写，却不等于作者无视当时的民族斗争，剧本字里行间，明显地流露出民族情绪”。因此，黄文认为《桃花扇》的主旨既是诫清又是悼明。

四是历史沉思说。张燕瑾的《历史的沉思——〈桃花扇〉解读》[①]一文认为：“《桃花扇》不是反映南明历史，文学不负载‘真实’描写历史的使命；不是在总结亡国教训，它超越了深层次的功利目的；没有为清王朝的长治久安出谋献策；也不是写宗教，七位‘作者’是避世而居的贤者，而不是斩断情思的道徒，侯李入道也只是理想破灭后的迷惘困惑，‘非入道也’。作品追求的是富有哲学性的悲剧目的而不是历史目的。作者只是借历史的框架抒写‘天崩地解’历史巨变之后对士林群体人格的反思，成为吴敬梓的先导。”张文指出，在“天崩地解”之时，“士大夫支撑着封建的大厦，是社会的栋梁，但这栋梁已支撑不住倾斜的大厦了”。作家“意识到传统道德已无力挽救社会的危亡。作家是在用心灵感悟历史，借历史抒写心灵，写对人生、对历史、对社会的探求，充满了天才的孤寂之感和历史的沉思。[②]

五是救助末世之人说。徐振贵在《〈桃花扇〉的主旨和纲领》[③]中则认为，孔尚任《桃花扇小引》中所说“亦可惩创人心，为末世之一救”是《桃花扇》的主旨。并指出所谓“末世”之人既不指南明，也不指清朝，而是那些具有“亡国之恨”的三类人：一是明朝孤臣，如张瑶星、老赞礼；二是清流儒士，如侯方域、蓝田叔；三是下层市民，如说书者柳敬亭、唱曲者苏昆生。他认为，崇祯、弘光政权相继而亡，剩下的唯有兴亡之感、亡国之恨。如何抒发这种感慨，末世之人只有归隐桃源。徐振贵在《孔尚任儒家思想发展变化新探》中进一步论证了这种“救末世之人说”产生的思想渊源：“孔尚任诚然有尊孔崇儒虔诚自觉的一面，但是其可贵处却在于他能从尊孔崇儒的氛围中解脱出来，清醒地走向‘过儒’，因而将挽救末世的希望，从空疏清谈的封建士夫转向较为务实的市井细民，其

---

① 黄天骥：《孔尚任与〈桃花扇〉》，《文学评论》1980 年第 1 期。

② 张燕瑾：《历史的沉思——〈桃花扇〉解读》，《首都师范大学学报》1994 年第 2 期。

③ 徐振贵：《〈桃花扇〉的主旨和纲领》，《东岳论丛》1987 年第 1 期。

思想中已闪现出早期启蒙主义的光彩。”

六是形象过明论。张乘健的《桃花扇发微》[①]则从哲学史的角度探讨孔尚任以春秋之义、太史之笔结撰《桃花扇》的深意并认为,《桃花扇》是一篇形象的过明论:孔尚任不再用总结一姓一代的兴亡的眼光停留在具体的枝节问题上做文章,而是对封建社会的整个上层建筑取一种检讨、反省的态度。儒教与道教,一纬一经,一始一终,构成了《桃花扇》的纲领。他重点讨论了《桃花扇》的春秋笔义:对侯方域的谴责和孔尚任的自我谴责,是对士大夫阶层的失望和对儒教的反省。侯方域自命为名士风流而实则留恋声色,自负为中兴栋梁而实则平庸无能,自诩为大节凛然而实则动摇妥协。他认为孔尚任对侯方域的谴责并不是对侯方域个人品质的苛求,他身上的毛病也是当时一般知识分子的通病,孔尚任也是侯方域,责人也是自责;孔尚任把谴责的锋芒指向整个士大夫阶层,指出耽于门户、偏激和圆滑、迂腐无能是这些人身上的痼疾;寄希望于下层,以道教为逋逃薮。当然,文中的一些观点随着新资料的发现还值得商榷,比如何法周和谢桂荣的《侯方域生平思想考辨——论侯方域的“变节”问题》[②],以翔实的史料考证了侯氏入清后的表现,否定了“变节”之说。那么,张乘健建立在以侯方域仕清变节基础上的对侯方域和孔尚任的指责就有失公允。文章在分析《桃花扇》人物的春秋之义时,又往往将历史和传奇混为一谈。比如通过《壮悔堂集·侯方域年谱》中的侯方域与剧中的侯方域对比,得出的对侯的“自负为中兴栋梁而实则平庸无能”批判就是牵强之论。但总的来说,张乘健的《桃花扇发微》从哲学史的角度结合剧中的批语挖掘孔尚任的笔法,努力探讨《桃花扇》的哲学意义,不失为一篇上乘之作。

七是人生悲剧不可逃脱说。也有的论者认为:《桃花扇》在理解政治方面,并不能提供给人们多少深刻和新鲜的东西。但入道的结局从思想史来说,却与晚明时代兴起的自我意识觉醒的思潮一致。章培恒

---

① 张乘健:《桃花扇发微》,《文学遗产》1984 年第 4 期。

② 何法周、谢桂荣:《侯方域生平思想考辨——论侯方域的“变节”问题》,《文学遗产》1992 年第 1 期。

的《中国文学史》说：

> 总结历史教训和抒发兴亡之感，是两个相互联系又各有偏重的方面，作者在这两方面达到的深度有所不同。[①]
>
> 孔尚任对于南明历史的描述，并不具有个人的独特见解；至于说歌颂史可法就是反清意识的表现，更是忽视了这种歌颂原本是清朝统治者领头的。因此，《桃花扇》在理解政治方面，并不能提供给人们多少深刻和新鲜的东西。[②]
>
> 在孔尚任那个时代，清取代明的合理性是不容否认的，而对个人曾经从属的王朝的'忠义'精神也是不容否认的。但绝大多数跨越两代的士大夫毕竟还要在新王朝的统治下生活下去，那么对这些习惯于把自身的生存价值与社会与政治相联系的士大夫来说，就出现了一种困境。摆脱这种困境的最简单的途径，就是把历史的巨变解释为一场空幻——就像侯、李的遁入'空门'所表示的。这种解释固然是无力的，但它毕竟表现了对个人生存处境的思考，表现了个人在历史变迁中的无奈和渺小。在这一点上，《桃花扇》和晚明时代的自我意识有着根柢上的联系。《桃花扇》成为中国戏剧史上少有的不以大团圆为结局的作品，也正是因为作者看到了在那样的时代中人生悲剧的不可逃脱。[③]

总起来看，新时期以来，论者对《桃花扇》主旨的关注，从考察孔尚任对待明清的态度开始转向《桃花扇》的思想、文化意义。这显然会使《桃花扇》的研究更加深入。但对《桃花扇》主旨的考察有如此多不同的观点，在于论者往往专注于《桃花扇》的某些语言的表达，而没有从整体上深入思考。

本书从康熙的文化政策出发以及孔尚任和康熙的关系出发来考察

---

① 章培恒：《中国文学史》(下)，复旦大学出版社 1996 年版，第 478 页。

② 章培恒：《中国文学史》(下)，第 479 页。

③ 章培恒：《中国文学史》(下)，第 481 页。

《桃花扇》的写作，认为《桃花扇》是对康熙的《过江陵论》的形象化解释。在对南明亡国教训的总结方面，孔尚任和康熙的结论是如出一辙的，那就是南明亡于昏君乱相、士气浇漓、门户党争，并希望后世能够引以为戒。孔尚任对昏君乱相的批判、对忠臣史可法的颂扬都是符合康熙朝的政治要求的。《桃花扇》并没有也不可能有反清思想。

二、关于《桃花扇》结构艺术的评论

《桃花扇》全剧四十四出，人物众多，关系复杂，矛盾交织，头绪繁多，但全剧结构严谨，排场起伏。这当然也会引起论者的关注。

较早评论《桃花扇》艺术构思的是戴不凡的《桃花扇笔法杂书》[①]一文。此文重在考察和分析孔尚任驾驭历史史料的能力，并指出在乱麻般的史实中孔尚任选择侯、李爱情作为主线的原因和优势：因为历史上的侯方域是南明兴废的当事人和见证者，"从他的遭遇来写南明的历史和人物，显然要比采用方以智、吴次尾、陈定生或其他人物强得多"。并对孔尚任所宣称的"龙不离珠"的笔法作了精彩的分析："《桃花扇》忽而私语喁喁，忽而金鼓齐鸣，忽而离别情深，忽而国亡家破，翻腾变化，有起有伏，而又始终不离生旦之情。"对于孔尚任所说的"脚色所以分别君子小人"、描写人物须眉毕现的笔法，作者结合传奇中的批语，作了翔实的论述，尤为论文的精彩部分。

徐振贵的《桃花扇结构的独创》[②]一文则是对《桃花扇纲领》的哲学思想主要是《易经》思想的解读。《桃花扇纲领》对理解全剧的结构有重要意义。但由于《纲领》只是极为简要地谈到剧中人物阴阳、奇偶的对照和"一阴一阳为之道"的构思思想，缺乏详细的说明，因此，论者对《桃花扇纲领》往往略而不谈。与《桃花扇》思想意义讨论的热烈程度相比，关于《桃花扇》结构的研究要冷清得多。《桃花扇结构的独创》可以说填补了这一领域的空白。著者通过对孔尚任生平的潜心研究认为，以孔尚任为康熙撰写《易义》的经历和他所受到的教育来看，《桃花扇》和《桃

---

① 戴不凡：《桃花扇笔法杂书》，《剧本》1959 年 9 月号。

② 徐振贵：《孔尚任评传》，南京大学出版社 2000 年版，第 177～180 页。

花扇纲领》的写作明显受到《易经》思想的影响。“《易经》对立统一的朴素辩证内涵，对其全剧人物设置、情节构思、戏剧冲突安排，都具有重要意义。”并结合剧中的眉批和回末总评对《桃花扇纲领》作了深入浅出的论述。具体来说，《桃花扇结构的独创》的新意主要体现在以下几点：第一，《易经》“一阴一阳为之道”的思想是孔尚任进行“脚色所以分别君子、小人”划分剧中人物善恶、忠奸、君子、小人的理论依据。他将与儿女离合之情和兴亡之叹有关的剧中人物分为色、气两类。“色”指有关侯方域和李香君离合之情的人物，以左右别之：左部是侯方域等男性，为阳；右部为李香君等女性，为阴。与离合关系的不同，左、右两部又分别分为正（正面人物）、间（使儿女之情相离的角色）、合（使儿女之情相合的角色）、润（为儿女之情滋益增色之人）四色。左、右两部共十六人，阴阳对照。“气”指关乎南明兴亡的史可法和弘光等人物，以奇偶计之：奇部为国君弘光帝和将相史可法等人；偶部为文武大臣如“有明三忠”、左良玉等以及权奸马、阮等人。奇、偶两部人物又分别分为中（忠）、戾（明亡罪人）、余（尸居余气之人）、煞（结束明亡角色）四气。奇部四人与偶部八人阴阳对照。纬星老赞礼为细参儿女之情的人，为阴；经星张道士为总结兴亡之人，为阳。整个剧本的矛盾和斗争就是“阴阳转化，相合相生，又相克相反，彼此对立，相互消长”的过程，“作者以一阴一阳之为道作为构思全局矛盾冲突的指导思想，叙演了阳尽阴盛中至明亡的变乱过程，揭示了权奸亡国的主旨”。第二，根据“一阴一阳为之道”的原则，作者在安排人物的出场或下场时，使用了“天然对待法”。这就使有关色类的人物，男与女，左部与右部，两相对照；有关气类的人物，中与奸，奇部与偶部，阴阳对照。文中指出这样做并非仅仅追求结构上的对称美，而是为了进而突出人物的个性特点。第三，《桃花扇》每出戏中关于一个事件“一波三折”的安排，显然受了《易经》八卦中每卦有阴阳三爻及爻位变化的启发，也是“一阴一阳为之道”，在构思一出戏中的灵活妙用。《桃花扇结构的独创》可以说得孔尚任之深心，而发前人所未发。

本书在《易经》对《桃花扇》的影响方面，作了更充分的挖掘与论述。

指出《易经》对于《桃花扇》的影响不仅表现在《桃花扇》的结构艺术方面，而且是作为一种哲学思想渗透到全书的各个方面：本书从《易经》之假象见义与《桃花扇》的人物设置、《易经》的中正思想与《桃花扇》人物的道德评价、《易经》之名小旨大与《桃花扇》的不奇而奇、《易经》之审微思想与《桃花扇》的忧患意识、《易经》之阴阳对举与《桃花扇》之天然对待法具体分析了《桃花扇》中的《易经》文化。以《易经》哲学思想构思戏曲结构可以说是孔尚任的创举。

三、孔尚任年谱、传记、全集的整理和出版

孔尚任作为"以诗礼传家"的孔子后裔，曾有数部诗集传世。只是《桃花扇》的成功掩盖了他的诗名。随着对《桃花扇》的重视，论者对孔尚任生平资料的发掘、诗文作品的整理与搜集方面，也取得了可喜的成果。容肇祖的《孔尚任年谱》、袁世硕的《孔尚任年谱》、汪蔚林的《孔尚任诗文集》、徐振贵的《孔尚任评传》及《孔尚任全集》，将孔尚任的生平和作品越来越完整清晰地呈现在世人面前，凝聚了一代代学人的心血，在孔尚任和《桃花扇》研究史上，都颇具里程碑意义。

容肇祖的《孔尚任年谱》[①]是对孔尚任生平研究的开山之作，为后来的研究者提供了大致的资料和思路，功不可没。容谱据孔尚任诗文编成，以记述谱主创作活动为主，将《湖海集》诗题分年系属，方便阅者翻检。对孔尚任创作《桃花扇》的时间，容谱亦略作考辨。然限于资料不足，容谱于孔尚任之交游未能考述，记谱主行迹亦甚为粗略，如谱中于孔尚任 67 ～70 岁（康熙五十三年至五十六年），每年仅记"尚任家居"。

在此基础上，对孔尚任生平详细考证，并取得突破性成就的是袁世硕先生的《孔尚任年谱》，此书 1962 年由山东人民出版社初版。谱中详考谱主的生平事迹，有史以来第一次理清了孔尚任传记的端绪。袁谱纠正了容谱的缺失和舛误，考证了石门山隐居、出山异数、湖海生涯、仕

---

① 容肇祖：《孔尚任年谱》，《岭南学报》1940 年第 2 期。

途经历、罢官归里等具体问题，材料丰富翔实。书后附有《交游考》，考述了与《桃花扇》创作有关的人物，信而有征。齐鲁书社于 1987 年出版了修订本《孔尚任年谱》，充实了不少新材料，其中有很多都是作者多年多方搜求的珍贵材料。另外，袁先生初版《年谱》中所著录的朝政大事，多从简从略，但修订本重新加以补充，“感到原本在这方面过于简单，原因在于当时考虑有无关系的问题过于狭隘，有些事实虽与谱主无直接的关系，但却能够显示谱主所处的政治环境，从而也有助于理解谱主的遭遇和行迹，仍然是有意义的”。因此，修订本在篇幅上较原本增加了一倍。《孔尚任年谱增订再版序》是作者多年研究孔尚任和《桃花扇》的心得，其中关于孔尚任的历史遭际、孔尚任与康熙的关系等诸多问题的论述，都具有重要意义。袁先生之《孔尚任年谱》是研究《桃花扇》者的必备之书、必读之书。

在孔尚任诗文的辑集方面，汪蔚林继 1958 年编辑《孔尚任诗》[①]以后，又于 1962 年编出了《孔尚任诗文集》[②]，包括《湖海集》、《岸堂稿》、《长留集》、《石门山集》，并将散见于各种文籍中的孔氏诗文词曲收录到一起，共分七卷，这是孔尚任一生诗文的第一次结集出版。令人欣喜的是，这个时期也不断发现了孔尚任的其他散佚作品。[③]

徐振贵的《孔尚任评传》和《孔尚任全集辑校注评》两本专著的相继出版，可以说是新世纪孔尚任研究的硕果。前者是作者为南京大学《中国思想家评传丛书》撰写的专著，与其他介绍孔尚任生平的传记不同的是，此书重在从思想史的角度动态地考察作为历史剧作家和诗人的孔尚任的一生，并提出了一些新的见解。“例如他从孔府档案中找到康熙年间孔府自办家庭昆班的史料，证见孔尚任受到昆班演出的影响，激起了他创作《桃花扇》、《小忽雷》等昆曲剧本的热情。即此一端，就是发前

---

① 汪蔚林:《孔尚任诗》，科学出版社 1958 年版。

② 汪蔚林:《孔尚任诗文集》，中华书局 1962 年版。

③ 详见吴新雷《孔尚任和〈桃花扇〉研究的世纪回顾》，《南京大学学报(社科版)》1999 年第 2 期。

人所未发的真知灼见。”[①]而《孔尚任全集辑校注评》更是作者多年研究和搜集孔尚任资料的心血和结晶，此前虽不断有孔尚任新资料发现，但是由于资料分散等种种原因，作为有着国际声誉和著作等身的大师，孔尚任没有全集的出版，一直是学术界的遗憾。《孔尚任全集辑校注评》可以说应此而作。书中有些是作者近年来发现的新材料，比如《圣门乐志》、《阙里新志》、《画林雁塔》、《莱州府志》、《平阳府志》等都是诸多权威年谱中存而未见的。此书将孔尚任一生的著述几乎搜罗殆尽，而那些不遗余力搜集到的海内外孤本，更见作者用功其苦。此书在体例安排上也颇有特色，“孔尚任一生著述，大致可以分为戏剧、诗词、文三类，此书即按此顺序分册。因为孔尚任以戏剧创作著称，诗词亦洋洋可观，而文的成就则不如前者。故如此按类分册，内容集中，便于查阅”。较按其写作年代编排，这种编排顺序更为清晰醒目，也更便于读者查阅。另外，全书注释也进行了新的尝试，在坚持准确、全面、文意贯通的基础上，对孔尚任诗文、戏曲的注释采用了韵体诗歌的形式，读来饶有文学意味。而对孔尚任诗词文的校注，又弥补了此前孔尚任诗词文无注本的缺憾：“孔尚任的酬答诗作，一首诗的题目内，往往提及与宴数人乃至数十人之名字，校注时一般逐一予以简要介绍，以见作者交游之一斑。”而这些与宴之人，有的只是孔尚任的一面之交，或者身世飘零，或者名不见经传，而且又都是称其字而不言其名，增加了注释的难度，由此可以看出作者用力之勤和一丝不苟的态度。

这些书籍的出版为本书对孔尚任诗文的研究和考察提供了宝贵而全面的材料。

四、关于孔尚任被罢官的探讨

孔尚任在经历了十年的国子监博士冷宦生涯之后，仕途开始有了转机，于康熙三十四年“九月下旬，迁户部主事，职宝泉局监铸”。宝泉局监铸是一个肥差，令很多人羡慕不已。之后，康熙三十八年六月，《桃

---

① 详见吴新雷《孔尚任和〈桃花扇〉研究的世纪回顾》，《南京大学学报（社科版）》1999年第2期。

花扇》终于写成，给孔尚任带来了更多的光彩，“王公荐绅，莫不借抄，时有纸贵之誉”。他的仕途更是一帆风顺，康熙三十九年二月，“晋户部广东清吏司员外郎”，这是一个正五品的级别。但就在他春风得意之时，“三月中旬，以疑案罢官”。由于文献资料的缺如，当时一些与孔尚任交游的人对此也含糊其辞，因此，三百年来，孔尚任罢官问题，也就成了文学史上的一个疑案。但对其罢官原因的探讨，却一直是论者关注的问题。综合各家诸说，可以概括为以下四种：

与《桃花扇》有关说。持这种观点的人不少，比如中国社会科学院文学研究所编《中国文史》(三)、周妙中《清代戏曲史》、郭虞衡《中国古代文学史》(四)都持此种观点。但以袁世硕先生在《孔尚任年谱》中的论述最为充分：“作为皇帝特别提拔使用的官员，孔尚任耽于词曲，至少是没有把心思放在政务上，更谈不上鞠躬尽瘁了。作为一位圣裔，孔尚任不以究明经义、阐发圣道为己任，却喜词曲小道，也该算是舍本逐末吧！这便使康熙皇帝大不以为然，感到孔尚任有违圣衷，有负皇恩。这恐怕就是孔尚任被谪官的根本原因。”[①]至于具体的罢官事由，虽然没有直接明白的记述，袁世硕先生根据对孔尚任及其友人的诗文来往的研究指出：“孔尚任是被以耽于诗酒，废政务，宝泉局监铸不善的罪名而被罢官的。”并举与孔尚任有关的两首诗以及友人的书信证明。孔尚任《放歌赠刘雨峰》云：“命薄忽遭文字憎，缄口金人受诽谤。”《容美土司田舜年遣使投诗赞予〈桃花扇〉传奇，依韵却寄》有：“解组辞却形势路，还乡稳坐太平车。《离骚》惹泪余身吉，社鼓敲聋老年华。”可见孔尚任自谓是以文字受谗而罢官的。张潮次年致王渔洋的信中，有云：“孔老东塘以诗酒受累，深为叹惜。”顾彩《有怀户部孔东塘》诗云：“朱绂遂因诗酒捐，白简非有贪饕证。”袁世硕先生指出，综合以上材料，可得出这样的认识：孔尚任是被以耽于诗酒、废政务、宝泉局监铸不善的罪名而罢官的。[②]

---

① 袁世硕：《孔尚任年谱》，第 6 页。

② 参见袁世硕：《孔尚任年谱》，第 156 页。

与《桃花扇》无关说。刘雁霜在《试谈孔尚任罢官问题》[①]中说："我们可以肯定地说，孔尚任的罢官和他的《桃花扇》无关。"章培恒等先生主编的《中国文学史》也持此论："孔氏罢官原因不详。或以为与《桃花扇》的写成有关，此说不可靠。按作者于《桃花扇本末》中记宫中索剧本一事，是带炫耀的；又记他解官之后京中大僚犹群居观赏此剧，更说明他并非由《桃花扇》得祸。"

与创作《通天榜》传奇有关说。刘世杰《孔尚任罢官疑案探考》一文提出，孔尚任是因为创作《通天榜》传奇而罢官。主要根据是《铜山县志・旧志・圭美堂偶然集序》所收的蒋攸铦《修撰李公传》中的一段文字："……而郎中孔尚任以作《通天榜》传奇，宣播都下，斥逐。"

仅就目前资料，笔者还得不出孔尚任罢官是与《通天榜》传奇有关的结论。因为《通天榜》传奇之有无、作者情况、具体内容等，几乎都是一无所知。而且，《铜川县志》的这段记载，有的版本不是孔尚任，而是"孔尚仕"，持此说者有可能是张冠李戴。再说，《通天榜》的创作在目前已知的孔尚任的诗文集中竟无一处提及，也没有他的朋友的记载，这都是非常值得怀疑的地方。

牵连贪污案件罢官说。刘雁霜的《试谈孔尚任罢官问题》提出："根据对间接资料的分析，孔尚任的罢官和他在监铸任上的表现有关，即牵连在贪污一类的案件之内，这有着较大的可能性。"赵科印的《孔尚任罢官原因再探》[②]认为"孔尚任的罢官……是监铸任上的受牵连而引起的"。

但这种推测目前还没确凿证据，所以难以让人信服。虽然顾彩《有怀户部孔东塘》诗云："朱绂遂因诗酒捐，白简非有贪饕证。"意思是孔尚任是因"诗酒"被罢官，但公文上并没有他贪污的证明。

笔者更认同袁世硕先生的看法："孔尚任是被以耽于诗酒，废政务，宝泉局监铸不善的罪名而被罢官的。"但根本原因还是《桃花扇》。"孔尚任是康熙皇帝特拔的官员，如不经康熙皇帝同意，户部堂官是不好自

① 刘雁霜：《试谈孔尚任罢官问题》，1965 年 7 月 4 日《光明日报》。

② 赵科印：《孔尚任罢官原因再探》，《淮阴师范学院学报》1999 年第 4 期。

动罢他的官的。更何况户部保举晋升孔尚任为员外郎刚刚几天的时间，出尔反尔，何如此之迅速？”①

本书第六章《明史面面观：康熙、孔尚任和遗民的三种态度》进一步论述和补充了袁先生的观点。

附2 孔尚任佚文辑录

1.（清）孔毓圻等撰《幸鲁盛典》，卷四十有孔尚任诗一首

甲子仲冬圣驾幸鲁恭纪阙里礼成任以儒生获侍经筵纪盛排律一章

凤历开先甲，葭灰动早阳。
人歌年豫泰，天祚帝遐昌。
问俗来东土，尊师过孔堂。
风云从剑佩，星汉睹裳肃。
文章宛转鸾，旗拂容与翠。
葆张斋宫神，静穆露冕意。
彷徨赞币驰，天使酌齐出。
上方一牢牲，比汉九拜礼。
超唐臣庶陪，敷奏曾孙事。
俨然凭杖几，肃尔对冠裳。
玉辇擎时重，衮衣覆处香。
明庭罗羽钥，古壁发笙簧。
六代宫悬备，两阶象舞详。
升中仪卒度，竣事敬无忘。
荣及群贤席，光生数仞墙。

① 袁世硕：《孔尚任年谱》，第158页。

昭垂归柱下，观听集桥傍。
殿日红霞丽，坛松碧影长。
经筵亲咫尺，讲位出班行。
盛典逢非偶，曲儒喜若狂。
欣裁三大赋，词陋愧抒扬。

2.（清）智朴编撰《盘山志》卷十四《艺文志》有孔尚任诗二首

长安雪后寄怀拙庵大师二首

其一

马蹄蹀躞御河滨，顷刻春泥踏作尘。
翻笑盘山松寂寞，百年曾见几游人？

其二

博士由来最冷官，思山有梦去仍难。
空劳对雪遥相忆，独扫晴峰上下盘。

3.（清）岳濬等监修、杜诏等编撰《山东通志·艺文志》载孔尚任诗一首

望大泽山

蓬山海上来，峰峰气磅礴。
群峭卫一尊，巍然见大泽。
雄姿既蔚深，秀骨复峻削。
左控渤澥涛，右握岱宗络。
日月相蔽亏，风雨自橐钥。
灵奇闭混茫，余妍发丘壑。
落落挺长松，粲粲罗仙药。
丹泉白石间，真构随所托。
结契含青华，游目极寥廓。
何当蹑层巅，一驭浮丘鹤。

4.(清)陈谦、孔尚任等编纂《莱州府志·艺文志》收孔尚任佚文最多,共收录孔尚任作品计有:诗九首、文三篇

(1)诗九首

瑞莲亭太守陈谦招饮

其一

簇簇新荷续旧游,瑞莲逸事不须搜。
微风吹过绿波去,万朵红蕖总并头。

其二

半锁红桥隔世踪,画屏围着水芙蓉。
香随酒气临风吸,无限清凉注客胸。

其三

荷正开时客乍同,清晨微雨午时风。
浓香扑鼻侵衣袂,似坐黄须粉瓣中。

其四

农忙雨后政多闲,日载行厨消夏湾。
绕郭荷花他郡有,难逢贤守是香山。

同太守陈谦、郡丞靳治荆,过甘观察国壁署内步韵一首

淹留不为顾伶伦,难得华筵礼数真。
压倒庾楼看月客,凑成韩座赏花人。
清风处处常盈袖,佳稿年年欲等身。
垂老追陪歌舞处,也添诗话一番新。

甘观察署中百可亭晚坐二首

其一

爱客如公少,看花应许频。
绿荫宜野老,白发谬词人。
画意亭台阁,童音曲调真。
朱门深绝处,便是武陵春。

其二

高筵开幕府，劝饮不辞频。
堂是听莺处，官多和韵人。
因花张烛早，待漏赏歌真。
醉别雕栏畔，犹怜婪尾春。

午日莱署覆花亭节宴有感

离骚读破老年华，又把蒲觞宴郡衙。
亭覆浓阴风尚冷，帘垂长夏日难斜。
将雏紫燕惊心语，照眼红榴溅泪花。
多少新愁无遣处，孟尝恩重亦思家。

水镜斋北窗临池晚饮

北窗苔砌晚多幽，水泄池澜作瀑流。
荷叶卷珠才过雨，蓼花吐穗略通秋。
时人阅尽收青眼，往事题来点白头。
唯有月明能缱绻，樽前客兴似登楼。

(2)文三篇

论沙丘

顺德府沙丘城，诸志传为秦皇崩处；莱州府有沙丘城，诸志传为九方皋相马处。考史，秦皇东巡至海，有方士献不死草，服之暴崩，尸藏蕴车，载海鱼以乱尸气。此必在莱之海滨，顺德去海远甚，又奚所得海鱼耶？秦穆公命伯乐相马，先使九方皋往，即还报曰："马牡而黄，已得之沙丘。"又使人往视，乃牡而骊，公不悦。

未几，马至，果天下之良马。观其选马往来频数，必产马之地与秦地近者。莱境既远，又不产马，其误甚矣。又兖州府东门外有沙丘，是唐李白居处，旧莱志载李白沙丘城诗，更误矣。

水镜斋记

太守陈公谦治东莱四年，云亭山人将观海于登。路出东莱，易衣冠谒之。相见说平生，甚欢。遂扫西斋留宿，斋名水镜，太守所筑也。曲室爽朗，几榻隐囊，茗香之具，悉如江南。槛外又多花药，新鉴一池在北窗外。汲清泉灌之，潺湲有声，种藕数本，小叶出田田。鱼游田田叶旁，尾可数。山人乐之，与太守对坐五日别去。

噫！天下之最闲者，莫山人若，援止而止，宜也。以太守之忙而能屏诸事对坐五日，其为政，殆未可量已。山人归，每与山友论贤太守，必屈指数陈公。友询其政，山人曰："能扫水镜斋与山人对坐。"友曰："是即为贤太守乎？"山人曰："古称登高作赋可为大夫者，别其雅俗优劣耳。雅者闲优者闲，凡俗与劣者必忙也。夫俗劣之忙，公乎？私乎？义乎？利乎？可以知为政之本矣！昔胶西盖工治黄老言，曹参迎至避正寝居之。用其学相齐，而齐大治。盖胶西盖公以无事处事，得为政之本者也。今太守能扫水镜与山人对坐，虽非曹参学黄老之比，而以无事处事心，则同也。"

次年山人再来，太守待之逾昔。下榻东馆，委以纂事。足不出阈者，尝旬日。每风景晴佳，则招过水镜斋，饮以酒，快谈天下古今事。或散步窗槛外，绕观池水，见花药益茂，荷益盛，鱼益长。又以白石砌池，多岛屿浮梁，皆如海州。何太守之闲若此欤？

未几，太守报迁，谢政在署，常科头著鞋袜，俯首斋池间，视青天思白云，澹然无事，如世外人。而山人者，犹以纂事为竟，矻矻东馆，不得数从游。乃知忙闲何尝惟人自取，况公私义利之间乎？观太守之为政，非水与镜者，不能形其澹然无事之趣也。以之名斋，善矣！或曰："止水明镜为太守听讼颂也。”此则俗学训诂之语何足人记。

游东莱景物记

海

北海，环掖、潍、昌邑三境，东枕三山岛，西抱芙蓉岛。晴空远望，翠涛金波，直粘天际；近其岸则潮头卷雪，漫漫白沙而已。海庙一区，朝宗之府也。殿阁层起，金壁掩映，残碑枯树，数百年物也。寺壁画图，两廊脱塑，皆出前代名手。百灵秘怪，幻貌奇形，千态百变，不可思议。后有观海台，叠石磴九级，高出云表，下临海面青苍。极目岛屿商舶，但墨点如豆耳。所谓洋洋大观，海空天阔也。

南海，环胶州、即墨二境，盘薄于二劳、鳌山之麓，高屿曲港委折不齐。诸岛如青黛浮螺，出没云岚浦溆间。海舶往来，风樯蔽日，信宿千里，可达淮阴。而浮槎网罟，渔村烟火，自三月至五月为海岸一大都会，颜武、董湾为尤盛。沿海沙碛之内，斥卤不毛，盐灶星列，白烟屡屡飘扬，海岸亦旷览者所必历也。

山

大基山，卓然一峰，矗郡之东南，中有道士谷，蔚然深秀。其轩而翥者，曰凤翅山；澄可鉴者，曰圣水池。前为朱阳台，后为立武崖。灵虚宫则倚山之阴，白云庵、青鸟岭则夹其旁。四面如城，一屏翠展。远近之山，曰福禄，曰牛星，曰雌雄，曰冈山，曰逍遥，曰马鞍。内外之洞，曰珍珠，曰神仙，皆附丽此山以成形势者。远望琳宇嵯峨；桧柏苍郁；则先天观也。学仙之世，窟宅于中，泉石出响，花竹秀发，处处可憩。而悬崖密窦中流出，掖水西绕郡城。溯流寻源，则入山之路也。

优游山，接冈连阜。当郡西驿路之旁，地名果村。乱石嶒岈，文质黑白纵横，若浪涌云蒸。山下一涧，潺湲细流，可引为池陂以种芰荷，真天然园亭也。过客莫不驻览。

寒同山,一名山,多天然洞窦,游屐难穷。亦掖水所出也。有峻峰特出,为文笔峰,土人称为笔架山。魏郑道昭学仙处。其深峦绝壁间,多镌仙人名字,大如盘盎。仿佛可识者凡十六人;道昭名亦在焉。好事者搜寻其字,必数人分记方可全得。若一人独寻,虽竟日探求,终难全记。亦异事。

大泽山,居城东南七十里。游山之路皆深林丛薄,阴森蔽翳。软沙乱水,曲折而入。至岭断谷迷,又生异境。渐及山腰,绝壁莫登。道旁有楼子石,檐楹覆砌,壮如楼台。东转由峪入门。磴而下始入大泽之腹。四面犬牙交错,西南为金刚崓,西为飞来峰,东为宝案峰,东北为摩云顶,北为瑞云峰。大都群峰四合,俨如城埤。埤之外有郭,郭之外有郛,郛之外有墉,有郊。层峦叠嶂,凹凸承接。石皆细润奇古,结为形象,如点染捏塑也。再入山口,松林与水石争隙,覆地拂天,无非苍苍之色、珊瑚之韵也。山之正位为佛寺,规模壮丽,寺之左腋有邀月台,南达东严之隧中,为白虎溪,溪上为望莲台。再上殿西行,松队中数百步,有石蹒跚欲堕,其前后诸石,游者以意名之。所谓狮子香、积天耳、天眼,莫不酷肖。迤逦而北为天池,水注石盏中,泓澄可饮。由上度石梁,登飞来峰顶,乃大泽之最高处。仰视瑞云峰,又在万仞之上。云烟松石,苍翠晃目。峰下有仙人桥,桥底阴壑森森,石齿林林,胆怯者不敢度。故至瑞云峰者,绝少也。转向东北得平壤,多嘉树幽鸟,日照庵结其处。庵后涌泉甘冽,宜茶。前后皆大松,虽庵宇萧条,而松阴不改也。

天柱山,与大泽相连,峻峭巉崖,不可攀扪。昏晓青苍之山,遥摄海气。山之西麓,有劈石。东壁一石龛,刻浮图像;西壁则郑道昭父子所勒铭。称其"孤峰秀时,高冠霄星。悬崖万仞,峻极霞亭。据日开月,丽景流精"。又云:"斜岭盖天,层峰隐日。寻石洲于掌上,总六合于眼中"。

大珠山,南距胶州百二十里,通志谓古齐长城自大珠起,

非也。盖齐筑长城以防楚寇,起自济西,东逾泰山,亘穆陵关,直至大珠山海滨而绝。大珠又名玉泉山,壁立千寻,势压群峰。山椒又有石门迸出,涌泉喷,名曰玉泉。泉上有梵宫琳宇,创自金元。山之阳又有麻衣庵,叠石为室,古多仙迹。转而东,有狮子峰,乱石寒砑,与石门相对,奇秀深幽,游屐莫穷,滨海名峙也。

小珠山,居大珠山二十里,高插天际,雨气浓郁,常多岚带。南有朝阳寺,东侧峭壁之下,突出清泉,甘香滑齿。试茶者,品为第一。

胶山,在胶州西南,胶水所自出,俗呼为铁橛山。山形矗直,秀出云表。极顶一泉,吐自石罅,涓涓滴沥,苔藓青葱。上有滴水岩,飞瀑溅扑,清响泠然。坐其下者,六月忘暑。

松山,与胶山相连,壁陡峰绝,苍翠若抹。山麓有碧云庵、岁寒亭,万松郁茂,涛声清冷。

不其山,谷深树密,宅幽势阻,郑康成读书于此;遗址旁尚有书带草。

劳山有二,其高大者,曰大劳;差小者,曰小劳。二山相连皆名鳌山,居即墨滨海之境约六十里。东、西、南跨踞大海,形势延亘,俨若城雉。纵横崇卑,直突旁拥,凡五百余里。所云"高二十五里,周八十里者",指山之中体而言;其股壁盖亦多矣。山之奇峰峻岭,诡石危崖,曲崦绝壑,幽谷神崖,不能名状。栖禅炼真,灵异之际,不可指陈。土人谓峰为崓,故山多崓名。

游者处邑东郭,行三十里,有三标山达海上;从嵩莽中起一峰,曰鹤山。松石错郁,即难攀陟。中有道宫,曰通真庵。后有洞,有石室,皆丘长春书名。乃山之东麓也。其西南诸峰,插天挺汉,剑戟森然,行二十里,多长松怪石。至狮子岩,下有台宇,乃宋太平宫也。两石结架,如户出其上,登峰顶可看日出。从宫之南,渡飞仙桥,有白龙、老君、华阳诸洞,缘海滩乱石间。行历翻眼岭下，临不测至恶水河，则入海涛中矣！转从蛟龙嘴、斜肚石、黑松林，皆山腹处，极险不可测。望下清宫，直瞠目耳。从黄水滩西北转入山中，凡三十里始有人居。由山经历黄山峒、黑山峒、观音庵，俱矗起数十百仞，奇秀难状。又三十里，入群岫间，有北峰，峻极。山半隐台殿，僧垂木阶乃可攀升。上有明霞洞，堂厦户牖，爽塏宜居。左有佛宇僧庐，上登石门数百级，绝壁巉桥，视沧海与天浮动。壁下有草庵，老僧坐定其中。下过石瓢涛凉殿、聚宝峰、三里小峰，下有道院，乃宋所建上清宫也。宫旁一石洞，跨朝真、迎仙二桥，桥侧巨石，镌字邱长春诗也。

由宝珠山入水河十五里，登天门山，极峻险，石多奇形如仙队出游者。更有二峰，天然石门。上逼云际，下临沧海，谓之南天门。亦丘长春书。从天门南下，又历数十峰，每峰势压天半，仰望莫及。降至山麓，濒于海者，曰韩基，一道院名聚仙宫，碑勒元学士张起严记。复西北入山，循淹牛涧、砖塔岭、僧帽石、大风口、三里河、小风口、瘦龙岭、清凉寺、仙迹桥、金刚峒二十里，至巨峰。峰高而奇，形状百出。自下望之，数十百仞，崖穷径绝。两石劈出，小通一窍，僧垂木梯可援而上。有壁中行，转入茅庵，皑皑明洁，有佛殿曰灵鹫庵。构崖隙上，西北群峰直出其后。东南海色，映彻檐宇。滇茶牡丹，异花卉草，种浦岩谷。

下由故道十五里出海滨，循山麓西南行，平地四十里，至华楼山。下过蓝侍郎墓侧，缘涧仄径而陟华楼之巅。乔松偃蹇生石隙中，深入数里，有万寿宫、老君殿、翠屏岩，多金元人题壁。从王乔峒至凌烟峒、高架峒，多羽人楼居。又从金液洞、石门山过清风岭，登华表岭、聚仙台，高数十仞，挺拔奇秀，华楼之高峰也。下华楼山，抵即墨四十里，若五龙岭、下清宫、黄石宫，皆不易至。海中诸岛，东有大管、小管、车门。沧州南，有鲍鱼老、公车屋、大古、小古浮岛。皆登陟可望者也。

鹤山，乃二劳之支峰也，在上苑之北，天柱之东，大泽直冲其足。巅石峙立，如曲项拥到、矫羽之翔云，所谓羽衣仙禽也。上有石楼盘蹸。登之，则坦然平台，可坐而眺万里，岛屿悉在目前。所云万丈澎湖者，即此是也。又有狮峰居苑之巅，状肖狮形，下踞海岸，潮汐澎湃，皆在足底。每半夜黑沉、旭晖乍晃，万顷汪洋悉变赤金巨轮；渐昇，接地连天，一突一撞，变形百出，瞬息脱蒂，宝曜亭亭观之者，神移目眩。较泰岱之日观峰，尤为快睹者也。

崓

翠华崓，在即墨县南四十里即华楼山也。因巅高耸可以避世，故名华楼崓。秀骨层叠，天然楼阁；虽在劳山之傍，而别有十二景：曰迎仙崓，崓石如亭，在华楼之腰；曰清风岭，在华楼之前；曰王乔崓，在华楼之后；曰聚仙台，在华楼之左；曰翠屏岩，在华楼之右，玉皇洞上，平展若屏，曰仙岩，在翠屏岩上，越玉皇洞，在翠屏岩之下，石肖群仙之像；曰凌烟崓，与王乔崓并列，峭拔壁立，上有曲径，攀跻甚难，上有刘使臣云岩子墓，盖羽化于此也；曰玉女峰，在凌烟崓上，山中旧有仙祠九区，此其一也。华楼虽附丽于劳山，实为二劳之绝胜处。俯黄石，望巨峰，左连三标，右引石门，直接沧海，横达平莽，高出云霞之上，千峰万壑，远近俱仰，晴雨皆宜。善画之士，不能摩其分毫也。

洞

神山洞，在寒同山，洞有七：曰虚皇，曰三清，曰五祖，曰六真，曰长生，曰披云，曰灵宫。皆幽邃奥窈，镌琢石像，凡四十有九。须眉冠裳，俨若生成。山阴有姑姑洞，亦奉石像。

虎穴洞，在大泽山，时有云霞封之，莫觅其处。

桃花洞，又明桃源洞，在平度州，与固山向通。洞中举火，固中出烟。

黄山洞，在即墨县南三十里，华楼之北，四面皆山。王乔峒诸峒猎如屏障，万松一径，上达石棚。且入且升，至岩之隅，一洞敞开，喷泉隔阻，有仙书“黄石洞”三字。四壁多古今题咏，真仙灵之窟宅也。传为黄石公所栖止。

台

燕台，在郡呈东北二里，土垅如山。南燕慕容德以掖为青州治，尝登此山以望海。明嘉靖五年，副使冯世雍建亭其上，曰“海山亭”。有毛纪碑记，久圮。今太守陈谦重构一新。

三山台，在海岸三山之上，可望蓬莱、瀛州、方丈三岛。相传汉武帝尝登之，建三山亭；旧址尚存。

观海台，在郡城西北，海神庙后。阶级九层，下俯溟渤。远近岛屿，悉在指顾间。台上一亭，规模壮伟，题曰：“浮天浴日。”

仙人台，在平度州东北五十里青山下。其台四壁巉绝，尘迹罕到。常有人嬉笑于上，疑为仙游。或云：公沙宿成仙于此。

起仙台，在即墨县南七十里，台上缥缈多雾，土人见道士登此乘云而去。

聚仙台，在即墨县南八十里，相传八仙渡海，围棋于此台上。白石分布，坚莹异常，为仙人坐次。每春风早吹，台草先绿，又谓之“先春台”。邑人多游眺焉。

池

瑞莲池，在郡城西南。城下遍种荷花，红白数顷，忽开并蒂，前郡守龙文明构瑞莲亭。久圮，柴望重修。今太守陈谦扩其规制，宏敞爽朗，为纳凉讌息之地。过客多题咏。

红莲池，在平度州，金泉山南三里。发源麻溪，南汇于此。池中有红莲，枯已多年，旧根重发，较昔更茂。人以为瑞。

注仙池，在昌邑县南五十里，石崖巉严，水出崖口，相传仙人刘长生过此，偶谒求饮，以杖撞崖，水随杖出，汇为此池。

仙姑池，在昌邑县四十里，石臼山西坡。传为麻姑合药之地。麻姑母家北盂河，每大旱，北盂人即淘此池，视水浅深，即日而雨。其池，人浴皮肿，牛饮口肿，甚灵异。龙池在昌邑东山上，有龙王祠，旱祷必应。

天井池，在即墨劳山之巅，周匝十余里。上通潢池，盘旋俯窥，莫测其际。传有龙伏其中。腥霖常洒洒也。芙蓉池在昌邑西南二十里，有高台巍然临于池上。郡志云都昌地名芙蓉池，七十二城之一也。池有红白莲及菱、芡之属，鱼虾亦多。

汲清池，在府署后圃中，旧有小亭，花木四围，亦多有趣。康熙四十七年，海宁陈谦来为太守，时和年丰，公余多暇，乃率家童葺废剔荒。又开地于西北隅，凿为小池，周可十数弓。砌以白石，长如圭形，深掘逾丈；苦无涓水。其西一背井忽而涌泉甚盛，渐高于池，遂汲以灌之。一泓清碧，种荷养鱼，又于墙隙得玲珑海石数块，叠之池中，立为三山，横为仙桥。池北又筑小山石，具狮蹲犀眠之状。东岸周以朱阑，可坐可凭。两岸多种柳杨芙蓉，曲径回绕。池之南，构书屋二间，名曰“水镜斋”。几榻琴箧，楚楚精洁。春夏浓荫，禽鸣蝉噪，而泉声清泠若琴筑之相和。旧亭之额题为“十洲小景”，真不虚也。

园

遇仙园，在昌邑李将军旧宅，仙人刘长生游此，取瓜皮题石，曰“遇仙园”。字迹滑腻，如因泥画沙，日久不磨。

坡

荆坡，又名紫金山，在平度北七里。秀色环绕，州之屏障也。郡人茔墓多依脉于此。旧生梅花数树，春初即绽，人以为异云。

石

堕星石，在郡城北七十里，平地一石，凝结如矿。传为落星所化。

劈石，在天柱山西麓，大石中断，可通人行，名曰“劈石”。口五丁之所开也。石左右，刻天柱山铭及浮图像。

楼子石，在大泽山坳，屹立若楼，栋宇皆整，下有洞屋，为神仙奕棋之所。

海眼石，在平度州北四十里，一石挺立，下有海眼。

虾蟆石，在昌邑城北三里洼水中。石类虾蟆，秋水溢涨，石随高下。

盏石，在郡城五十里，北临大海，有盘石，方圆五步，上有洼蹲形，相传古帝凿盏以盛酒，醢祭百神者。

木

周槐，在昌邑西北，城村孙膑庙中。古槐二株，老干盘曲，枯枝俯垂，千旋百结，有游龙之势。俗传孙子擒龙晒袍其上。

汉柏，在高密郑公祠内，公手植也。千有余岁，老干鳞皴，俨肖虬龙。今为家所伐。

双柏二株，在潍县王姓墓前，植于宋元祐间。北柱数丈，下阔而上收；南株少逊，上阔而上收。其大皆二十余围。枝干勃郁作龙凤状，叶香清馥异于他柏。枝上尝生黄芝，粲粲满树，卷簇如花潍人。传为，柏开花或数年一见，或十余年一见，则主人有科第之祥。诗人郭知逊为作《二松行》。

双杨，在潍县西北干氏茔中，传为金元时物，立茔时栽也。直干干霄，虬枝翳日。每大雨，则雷电旋绕其中，传以为神物。今一枯一存，邑人陈调元有《神杨诗》。

双松，在平度宁参塚，奇古莫能状。

豹竹，在平度州两髻山云台观，产竹成林。有一老竹曲枝龙钟，翠叶攒簇，形如伏豹，其孙竹渐老者皆肖此状。

书带草，生不其山，郑玄授教之地。草叶如薤，长尺许，坚韧异常。隆冬亦青，移取下山，种植它所，则不茂。

直棘，在潍县东南钓台畔，棘刺皆直，传为太公钓钩所化，云太公避地，意不在鱼也。

景

掖县八景，曰寒同仙洞，曰大基名泉，曰海神画壁，曰圣水丹霞，曰三山望潮，曰燕草观射，曰燕台古字，曰果村浪石。

平度八景，曰圣水浮金，曰门村漱玉，曰云台豹竹，曰宁塚双松，曰大泽晴云，曰采村烟柳，曰荆坡雪梅，曰金沟水藻。

昌邑八景，曰青峰凝翠，曰潍水环清，曰孙庙奇槐，曰仙园庙笔，曰麻池露香，曰震台月霁，曰西崖晨旭，曰东山晚照。

潍县十景，曰东园早春，曰孤山夕照，曰南溪垂钓，曰麓台玩月，曰塔山观日，曰石桥漱玉，曰北楼闻钟，曰青杨清眺，曰玉清烟晓，曰西山霁雪。

胶州八景，曰文庙松风，曰双井神泉，曰庸生古庙，曰二女荒景，曰云溪晚钓，曰慈云晓钟，曰唐港秋潮，曰石桥夜笛。

高密八景，曰长陵春色，曰洞浦荷香，曰古城晚照，曰龙潭夜雨，曰晏塚穹碑，曰郑祠老柏，曰淮沙落雁，曰九穴栖鸳。

即墨八景，曰翠楼胜览，曰黄石仙迹，曰鹤山望海，曰狮峰观日，曰天井龙霖，曰灵山虎卫，曰天柱凌云，曰劳山悬望。

胶州续八景，曰珠岭飞云，曰胶河澄月，曰石耳献奇，曰天泽昭应，曰柏栏忠义，曰介城古迹，曰铁橛樵歌，曰麻湾渔乐。

胶州又续八景，曰陇树春云，曰山城晚照，曰莲塘横晓，曰柳迳含，曰溟峰吐月，曰石漱秋吟，曰古墓寒烟，曰遥村霁雪。

附 3　孔尚任佚诗《望大泽山》考论

笔者在《文渊阁四库全书·山东通志·艺文志》中偶然读到孔尚任的一首五言古风《望大泽山》，为孔尚任本人及后人编订的《孔尚任诗集》所未收。因此将这首诗的有关情况予以说明，以补孔尚任研究文献中此诗之阙如。

望大泽山

蓬山海上来，峰峰气磅礴。
群峭卫一尊，巍然见大泽。
雄姿既蔚深，秀骨复峻削。
左控渤澥涛，右握岱宗络。
日月相蔽亏，风雨自橐钥。
灵奇闭混茫，余妍发丘壑。
落落挺长松，粲粲罗仙药。
丹泉白石间，真构随所托。
结契含青华，游目极寥廓。
何当蹑层巅，一驭浮丘鹤。

诗题下注明作者为“国朝孔尚任”，大泽山是山东名山，位于今天的青岛市平度北部，与烟台市的莱州接壤，北居莱州市二十五公里。查阅袁世硕先生的《孔尚任年谱》，并没有孔尚任专程去过青岛平度的记载，那么此诗写于何时呢？诗的题目为《望大泽山》，孔尚任是否到过大泽山呢？

《孔尚任年谱》虽没有孔尚任专程去过青岛平度的记载，但康熙五十一年，孔尚任“应莱州知府陈谦聘，客莱州知府陈谦幕，助修《莱州府志》”，到过莱州。而平度当时属莱州管辖，笔者由此推测，孔尚任应该是在莱州期间写下这首诗的。参阅康熙五十一年刻印的《莱州府志·艺文志》所收孔尚任《水镜斋记》一文发现，孔尚任晚年曾两次去莱州，一次是康熙五十年观海途经莱州，一次就是为《孔尚任年谱》所证的康熙五十一年助修《莱州府志》。但《望大泽山》应写于康熙五十一年，因为据《水镜斋记》，虽然康熙五十年孔尚任已经去过莱州并有几日逗留，但并无游览大泽山的记载。这次去莱州是因到登州（今烟台蓬莱市）观海，经过莱州并拜见了知府陈谦，“路出东莱，易衣冠谒之（太守陈谦）”。《水镜斋记》为我们回忆了这次莱州之行：“太守陈公谦治东莱四年（即康熙五十年——笔者注），云亭山人将观海于登。路出东莱，易衣冠谒之。相见说平生，甚欢。遂扫西斋留宿，斋名水镜，太守所筑也……山人乐之，与太守对坐五日别去。”但第二年再至莱州，孔尚任居留半年之久，为写《莱州地理志》，孔尚任曾亲自实地考察、遍游了莱州全境，《游东莱景物记》详细记述了莱州山水风物，其中就有平度的大泽山，并写了饶有文采的游记性地理志《游东莱景物记》，其中“山”条中即有关于大泽山的描述：

> 大泽山居城东南七十里。游山之路皆深林丛薄，阴森蔽翳。软沙乱水，曲折而入。至岭断谷迷，又生异境。渐及山腰，绝壁莫登。道旁有楼子石，檐楹覆砌，壮如楼台。东转由峪入门。磴而下始入大泽之腹。四面犬牙交错，西南为金刚崓，西为飞来峰，东为宝案峰，东北为摩云顶，北为瑞云峰。大都群峰四合，俨如城埤。埤之外有郭，郭之外有郛，郛之外有墉，有郊。层峦叠嶂，凹凸承接。石皆细润奇古，结为形象，如点染捏塑也。再入山口，松林与水石争隙，覆地拂天，无非苍苍之色、珊瑚之韵也。山之正位为佛寺，规模壮丽，寺之左腋有邀月台，南达东严之隧中，为白虎溪，溪上为望莲台。再上殿西行，松队中数百步，有石蹒跚欲堕，其前后诸石，游者以意名之。所谓狮子香、积天耳、天眼，莫不酷肖。迤逦而北为天池，水注石盏中，泓澄可饮。由上度石梁，登飞来峰顶，乃大泽之最高处。仰视瑞云峰，又在万仞之上。云烟松石，苍翠晃目。峰下有仙人桥，桥底阴壑森森，石齿林林，胆怯者不敢度。故至瑞云峰者，绝少也。转向东北得平壤，多嘉树幽鸟，日照庵结其处。庵后涌泉甘冽，宜茶。前后皆大松，虽庵宇萧条，而松阴不改也。

因此，笔者猜测，这首诗应写于同年，即康熙五十一年，也就是孔尚任第二次至莱州助知府陈谦修撰《莱州府志》期间。

孔尚任一生行迹遍及大江南北，所至之处，辄登山临水，游目骋怀，留下了很多山水风景诗篇。“不废登临，不废郊游，不废吟咏。”莱州东临渤海，北依山东名山大泽山。海上波涛，山中风景，孔尚任当然会留诗记胜。但检视孔尚任晚年的诗集《长留集》，集中虽然收录了写于莱州的九首诗，但并无《望大泽山》。《长留集》是作者和刘廷几所编，《望大泽山》不知什么原因竟被作者遗漏了。这使得后来据此诗集编定的孔尚任的作品集中都没有收录这首诗。

康熙五十一年暮春，孔尚任应莱州知府陈谦聘，去莱州(今属山东烟台)帮助其纂修府志。这年孔尚任已经65岁，罢官乡居十年有余了。但他一直不废吟咏，也多次出行，特别是对文献的整理，不遗余力。这之前，他曾赴山西平州助修府志。莱州知府陈谦有感于《莱州府志》独缺未备，致力于府志文献的搜集。“数月间，草稿略备。适遇孔东塘先生，因与商榷，欣然任之。壬辰季春，延之于曲阜。”[①]陈谦为官清正，待人平和，与孔尚任有姻亲关系。孔尚任慨然应允。十月《莱州府志》修成，孔尚任也在修好府志不久返回曲阜，因为腊月陈谦将因升迁离开莱州。从暮春至迟至年末腊月，孔尚任在莱州居留有半年之久。

大泽山位于今天的青岛市平度北部，与烟台市的莱州接壤，北距莱州市25公里。因“群山环而出泉，遂汇为大泽”而名。大泽山自古以来就是山东名山，古语云：“齐之山海为天下冠，而东莱之间山水形势雄深伟丽又为齐冠，而大泽之秀又为东莱之最。”又云：“西之泰(山)，东之崂(山)，两山之外，大泽山俯瞰群山。”而孔尚任的这首五言古风《望大泽山》，就是对大泽山风光的真实描绘。作者来到大泽山，即为其奇峰叠嶂、环山抱水的独特景观所震撼：“蓬山海上来，峰峰气磅礴。群峭卫一尊，巍然见大泽。雄姿既蔚深，秀骨复峻削。”大泽山“下坐于海，上际乎天”，确如海上飞来。群峰峭拔，主峰北峰屹然插天，一峰独尊，中间环抱大泽深水。“左控渤澥涛，右握岱宗络。日月相蔽亏，风雨自橐钥。灵奇闭混茫，余妍发丘壑。”东面俯视渤海的涛起涛落，向西与岱宗泰山山脉相连。大泽山又仿佛蕴含着无尽的自然变幻之理：日出日落月缺月圆，都在这山遮水映中运行；这里不雨而润，晴日生烟，风雨的变化不

① 袁世硕：《孔尚任年谱》，第196页。

是受控于天，好像孕育于这山山水水中。这与曹操的《观沧海》“星汉灿烂，若出其里；日月之行，若出其中”有异曲同工之妙。“落落挺长松，粲粲罗仙药。丹泉白石间，真构随所托。结契含青华，游目极寥廓。何当蹑层巅，一驭浮丘鹤。”岩壑间松姿的洒落，丹泉与白石的相映，又让人心旷神怡，甘老是乡。除了美丽的自然风光之外，孔尚任又为其浓厚的文化气息所吸引：智藏寺为佛教名刹；日照庵相传为泰山老母东游行宫；墓塔林为七大塔林之一。五百余处古代摩崖、碑刻，文辞优美，书体高雅。“书法胡同”石壁上刻有诗偈十余首，记述着明朝时中国佛界在大泽山智藏寺举办的一次壮观的佛事盛会，被誉为佛家之“兰亭”。这里自古以来高人胜士多来隐居，号为“神仙窟宅”，曾使“秦皇游而忘返，武帝过以乐留”。经历了数年宦海起伏的孔尚任，情不自禁向往起大泽山的胜景来：“何当蹑层巅，一驭浮丘鹤。”“上天云送客，出洞鹤迎人”，多想过上这样神仙般来去自如的生活！

孔尚任以《桃花扇》饮誉文坛，但他又视诗歌为家学，一生诗歌创作极为丰富。公务之暇，常登山临水，陶冶心志。因此，孔尚任的诗集中，纪游山水风光的诗篇数量众多，据徐振贵统计，仅《湖海集》近七百余首诗中，就有一百三十多首山水景物诗。这些诗的特点，正如邓汉仪在《诗观三集》卷二中的评价：“圆秀珠玉，矫健如虬龙。俯仰遗踪，留恋胥溺，皆有深心，发为茂制。”

孔尚任的山水景物诗既能摩其形，又能摄其神。既有平山堂前“密疏堤上千丝柳，深浅江南一带山”的妩媚，又有大泽山“雄姿既蔚深，秀骨复峻削。左控渤澥涛，右握岱宗络”的矫健，更有“何当蹑层巅，一驭浮丘鹤”的超然物外。《望大泽山》可以说就是这样的一篇发自深心的“茂制”。

孔尚任在编订《长留集》时，是有意还是无意，将这首诗遗漏在诗集之外，我们今天已无从得知。同样奇怪的是，孔尚任于康熙五十一年纂修的《莱州府志》虽然保留了孔尚任这期间最多的诗文，但也没有这首诗。康熙甲寅年(1734)，康熙皇帝下诏纂修《大清一统志》，而《山东通志》得以在明嘉靖朝“帙简义略”的基础上增扩，刊刻于1736年《山东通志》才为我们留下了这一份宝贵的资料。

主要参考文献

1.《文渊阁四库全书》,台湾商务印书局 1986 年影印版。

2.《清实录》,中华书局 1985 年影印版。

3.(汉)司马迁:《史记》,中华书局 1987 年版。

4.(汉)班固:《汉书》,中华书局 1962 年版。

5.(清)张廷玉等:《明史》,中华书局 1974 年校点。

6.(清)纪昀等:《四库全书总目提要》,中华书局 1965 年版。

7.(清)赵翼:《廿二史札记》,《四部备要本》。

8.(清)谷应泰:《明史纪事本末》,上海古籍出版社 1994 年版。

9.孟森:《明清史讲义》,中华书局 1981 年版。

10.孟森:《心史丛刊》,岳麓书社 1986 年版。

11.陈生玺:《明清易代史独见》,中州古籍出版社 1991 年版。

12.朱福烓:《扬州史述》,苏州大学出版社 2001 年版。

13.南炳文:《南明史》,南开大学出版社 1992 年版。

14.[美]司徒琳:《南明史》(1644~1662),上海古籍出版社 1992 年版。

15.张研、牛贯杰:《清史十五讲》,北京大学出版社 2004 年版。

16.(清)黄宗羲:《明儒学案》,中华书局 1985 年版。

17.(清)黄宗羲:《黄梨洲文集》,中华书局 1959 年版。

18.[美]黄仁宇:《万历十五年》,中华书局 2002 年版。

19.(明)沈德符:《万历野获编》,中华书局 1959 年版。

20.(清)孔尚任主纂:《平阳府志》,三晋文化研究会 1998 年排印本。

21.(清)孔尚任、刘以贵主纂:《莱州府志》,天津图书馆据康熙五十六年刻本影印。

22.(清)阮元编:《十三经注疏》,中华书局 1980 年影印本。

23.唐明邦:《周易评注》,中华书局 1995 年版。

24.杨树达:《论语疏证》,科学出版社 1955 年版。

25.(唐)孔颖达:《春秋左传正义》,北京大学出版社 1999 年版。

26.(清)郭庆藩:《庄子集释》,中华书局 1954 年影印本。

27.(宋)程颐、程颢:《二程遗书》,上海古籍出版社 2000 年版。

28.(宋)张载:《张载集》,中华书局 1978 年版。

29.姜国柱:《张载的哲学思想》,辽宁人民出版社 1982 年版。

30.龚杰:《张载评传》,南京大学出版社 1996 年版。

31.(宋)朱熹:《朱子语类》,中华书局 1986 年版。

32.袁世硕:《孔尚任年谱》,齐鲁书社 1987 年版。

33.古本戏曲丛刊委员会编:《古本戏曲丛刊》,上海商务印书馆 1954 年影印本。

34.孟繁树、周传家编校:《明清戏曲珍本辑选》,中国戏剧出版社 1958 年版。

35.(明)毛晋编:《六十种曲》,中华书局 1959 年版。

36.徐振贵校注:《孔尚任全集辑校注评》,齐鲁书社 2004 年版。

37.王季思主编:《全元戏曲》,人民文学出版社 1999 年版。

38.(明)臧懋循编,隋树森校:《元曲选》,中华书局 1979 年版。

39.(清)孔尚任著,王季思注:《桃花扇》,人民文学出版社 1959 年版。

40.(清)孔尚任著,迟崇起校:《桃花扇》,花山文艺出版社 1997 年版。

41.(明)汤显祖:《汤显祖戏曲集》,上海古籍出版社 1978 年版。

42.刘大杰:《中国文学发展史》,上海古籍出版社 1997 年版。

44. 袁行霈主编:《中国文学史》,高等教育出版社 1999 年版。

45. 章培恒:《中国文学史》,复旦大学出版社 1999 年版。

46. 王国维:《王国维戏曲论文集》,中国戏剧出版社 1984 年版。

47. (明)吕天成著,吴书荫校注:《曲品校注》,中华书局 1990 年版。

48. 中国戏曲研究院编:《中国古典戏曲论著集成》,中国戏剧出版社 1982 年版。

49. 赵荫棠:《中原音韵研究》,商务印书馆 1956 年版。

50. [日]清木正儿:《中国近世戏曲史》,王古鲁译,作家出版社 1994 年版。

51. 李昌集:《中国古代曲学史》,华东师范大学出版社 1997 年版。

52. 谭帆、陆炜:《中国古典戏剧理论史》,中国社会科学出版社 1993 年版。

53. 蔡毅编:《中国古典戏曲序跋汇编》,齐鲁书社 1989 年版。

54. 叶长海主编:《中国戏剧研究》,福建人民出版社 2006 年版。

55. 周贻白:《中国戏剧史长编》,上海书店出版社 2004 年版。

56. 祝肇年:《古典戏曲编剧六论》,中戏剧出版社 1986 年版。

57. 陈衍编:《中国古代编剧初探》,湖北人民出版社 1984 年版。

58. 赵景深:《读曲小记》,中华书局 1959 年版。

59. 许子汉:《明传奇排场三要素发展历程之研究》,台湾大学出版委员会 1999 年版。

60. 胡忌、刘致中编:《昆剧发展史》,中国戏剧出版社 1989 年版。

61. 王守泰:《昆曲格律》,江苏人民出版社 1982 年版。

62. 陆萼庭:《昆剧演出史稿》,上海文艺出版社 1980 年版。

63. 俞为民:《曲体研究》,中华书局 2005 年版。

64. 王力:《曲律学》,中国人民大学出版社 2004 年版。

65. 傅惜华:《明代传奇全目》,人民文学出版社 1959 年版。

66. 傅惜华:《明代杂剧全目》,作家出版社 1958 年版。

67. 郭英德编:《明清传奇综录》,河北教育出版社 1997 年版。

68. 郭英德:《明清传奇戏曲文体研究》,商务印书馆 2004 年版。

69. 徐扶明:《元明清戏曲探索》,浙江古籍出版社 1986 年版。

70. 程芸:《汤显祖与晚明戏曲的嬗变》,中华书局 2006 年版。

71. 赵景深、张增元编:《方志著录元明清曲家传略》,中华书局 1987 年版。

72. 庄一拂:《古本戏曲存目汇考》,上海古籍出版社 1982 年版。

73. 郭英德:《明清文人传奇研究》,北京师范大学出版社 1992 年版。

74. 陆萼庭:《清代戏曲家丛考》,学林出版社 1955 年版。

75. 董每戡:《五大名剧论》,人民文学出版社 1984 年版。

76. 洪柏昭:《孔尚任诗与桃花扇》,广东人民出版社 1988 年版。

77. 徐振贵:《孔尚任评传》,南京大学出版社 1999 年版。

78. 施祖毓:《桃花扇新视野》,福州海峡文艺出版社 1998 年版。

79. 宁宗一等:《明代戏剧研究概述》,天津教育出版社 1992 年版。

80. 朱万曙:《明代戏曲评点研究》,安徽教育出版社 2002 年版。

81. 许建中:《明清传奇结构研究》,中州古籍出版社 1999 年版。

82. 郭英德:《明清传奇戏曲文体研究》,商务印书馆 2004 年版。

83. 赵景深:《明清曲谈》,古典文学出版社 1957 年版。

84. 郭英德:《明清文人传奇研究》,北京师范大学出版社 1992 年版。

85. 吴梅:《吴梅戏曲论文集》,中国戏剧出版社 1983 年版。

86. 陆萼庭:《清代戏曲家从考》,学林出版社 1995 年版。

87. 叶德均:《戏曲小说丛考》,中华书局 1979 年版。

88. 何为:《戏曲音乐散论》,人民音乐出版社 1980 年版。

89. 刘致中:《读曲常识》,上海古籍出版社 1985 年版。

90. 郭英德:《明清传奇史》,江苏古籍出版社 1999 年版。

91. 吴毓华编:《中国古代戏曲跋集》,中国戏剧出版社 1990 年版。

92. 叶长海:《曲学与戏剧学》,学林出版社 1999 年版。

93. 黄天骥主编:《中国古代戏曲与古代文学研究论集》,中华书局

2001年版。

94. 张庚、郭汉城主编:《中国戏曲通史》,中国戏剧出版社1980～1981年版。

95. 王国维:《宋元戏曲史》,上海古籍出版社1998年版。

96. 孙书磊:《中国古代历史据研究》,南京师范大学出版社2004年版。

97. (清)钱谦益:《列朝诗集小传》,上海古籍出版社1983年版。

98. 邓之诚编:《清诗纪事》,江苏古籍出版社1987年版。

99. 严迪昌:《清诗史》,浙江古籍出版社2002年版。

100. 刘世南:《清诗流派史》,人民文学出版社2004年版。

101. 张健:《清代诗学研究》,北京大学出版社1999年版。

102. [美]梅尔清:《清初扬州文化》,朱修春译,复旦大学出版社2006年版。

103. 方勇:《南宋遗民诗人群体研究》,人民出版社2000年版。

104. 蒋寅:《王渔洋与康熙诗坛》,中国社会科学出版社2001年版。

105. 王小舒:《神韵诗学论稿》,广西师范大学出版社2001年版。

106. 蒋寅:《王渔洋事迹征略》,人民文学出版社2001年版。

107. 廖可斌:《明代文学复古运动研究》,上海古籍出版社1991年版。

108. 于雪棠:《〈周易〉与中国上古文学》,北京师范大学出版社2005年版。

109. 葛兆光:《中国思想史》(第1、2卷),复旦大学出版社1998年版、2000年版。

110. 谢国桢:《明清之际党社运动考》,上海书店出版社2004年版。

111. 冯天瑜:《明清文化史散论》,华中理工大学出版社1998年版。

112. 左东岭:《李贽与晚明文学思潮》,天津人民出版社1997年版。

113. 蒙培元:《理学的演变——从朱熹到王夫之戴震》,人民出版社1989年版。

114. 王季思:《王季思学术论著自选集》,北京师范学院出版社 1991 版。

115. 陈来:《宋明理学》,辽宁教育出版社 1991 年版。

116. 陈来:《朱熹哲学研究》,中国社会科学出版社 1988 年版。

117. 侯外庐:《中国早期启蒙思想史》,人民出版社 1956 年版。

118. 张岱年:《中国哲学大纲》,中国社会科学出版社 1982 年版。

119. 冯友兰:《中国哲学史》,中华书局 1961 年版。

120. 仓修良:《仓修良探方志》,华东师范大学出版社 2005 年版。

121. 黄道立编:《中国方志学》,巴蜀书社 2005 年版。